CRISTIANO HALLE

DANÇA COM DEMÔNIOS

ÔMEGA

Cristiano Halle

DANÇA COM DEMÔNIOS

ÔMEGA

:ns

São Paulo, 2023

Dança com demônios – Ômega
Copyright © 2023 by Cristiano Halle
Copyright © 2023 by Novo Século Editora Ltda.

EDITOR: Luiz Vasconcelos
GERENTE EDITORIAL: Letícia Teófilo
COORDENAÇÃO EDITORIAL: Driciele Souza
PREPARAÇÃO: Angélica Cristina Mendonça da Silva
REVISÃO: Rayssa Santos Moreira e Gustavo Rocha
PROJETO GRÁFICO: Stéfano Stella e Manoela Dourado
DIAGRAMAÇÃO: Joyce Matos
COMPOSIÇÃO DE CAPA: Ian Laurindo
IMAGEM DE CAPA: Shutterstock

Texto de acordo com as normas do Novo Acordo Ortográfico
da Língua Portuguesa (1990), em vigor desde 1º de janeiro de 2009.

Dados Internacionais de Catalogação na Publicação (CIP)
Angélica Ilacqua CRB-8/7057

Halle, Cristiano
Dança com demônios: ômega / Cristiano Halle. – Barueri, SP:
Novo Século Editora, 2023.
320p. (Vol. 3)

ISBN 978-65-5561-502-9

1. Ficção brasileira 2. Terror - Literatura I. Título

23-4010　　　　　　　　　　　　　　　　　　　　　　　　CDD B869.3

Índice para catálogo sistemático:
1. Ficção: Literatura brasileira

GRUPO NOVO SÉCULO
Alameda Araguaia, 2190 – Bloco A – 11º andar – Conjunto 1111
CEP 06455-000 – Alphaville Industrial, Barueri – SP – Brasil
Tel.: (11) 3699-7107 | E-mail: atendimento@gruponovoseculo.com.br
www.gruponovoseculo.com.br

PRÓLOGO

Alguns anos antes de uma locomotiva descarrilhar e de um vampiro despencar em chamas do telhado do hotel...

A enorme lua no céu derramava sua luz sobre a movimentação urgente no belo gramado cortado por um longo corredor de pedra. Pessoas caminhavam apressadas, carregando tecidos de diversas cores até barracas construídas com madeira nas margens do amplo tapete verde. Algumas levavam caixas de papelão com diversos objetos em direção a um palco edificado à frente da escadaria que conduzia para a imponente construção de estilo colonial, a fachada iluminada pelos refletores espalhados pelo gramado. As letras maiúsculas sobre as portas duplas de acesso ao interior do complexo, visíveis por cima do palco, traziam o nome da instituição: Thuata Olcán. Uma universidade que recebia, anualmente, uma feira capaz de agitar os moradores da pequena cidade onde estava alocada. Uma faixa criada de modo especial para o evento se estendia por cima de todo o palco e trazia os dizeres em letras enormes:

SEJAM BEM-VINDOS À LUPERCÁLIA!

Em meio à movimentação urgente, um homem, aparentemente de meia-idade, caminhava ao lado de uma mulher mais velha do que ele. Seu corpo esguio transmitia uma graciosidade adquirida com a experiência de muitos anos no comando daquela instituição. O terno escuro com risca-de-giz e o lenço dobrado em seu bolso na altura do peito, com apenas parte do tecido branco visível, davam ao homem a impressão de não ser deste século. Na mão esquerda, os olhos vermelhos de um lobo na extremidade de uma bengala negra pareciam brilhar entre seus dedos. A cada passo, ele mancava, apoiando, por alguns segundos, o peso de seu corpo sobre o comprido objeto, um hábito tão natural que não o impedia de manter o rosto virado na direção da convidada, os olhos castanhos olhando para ela através das lentes vermelhas de seus óculos redondos. Gotas de suor escorriam pela testa franzida e faziam os cabelos longos e negros brilharem. Um leve tremor em seu rosto chamou a atenção da mulher:

— Você está com uma aparência de preocupado, Umberto.

— De fato, estou — respondeu, e desviando rapidamente o olhar para a lua antes de fitar a floresta na extremidade oposta do palco, continuou: — Dimos está quieto demais. Creio que esteja planejando algo para estragar a noite da ascensão.

— Eu compreendo, mas não há necessidade de se preocupar. A Ordem das Rosas Negras estará aqui para garantir a segurança da Lupercália. — Interrompendo a caminhada e virando-se na direção do homem, ela passou a ponta dos dedos pelo braço que segurava a bengala e, buscando alcançar os olhos do anfitrião, continuou: — Preocupe-se apenas em conduzir a transformação com a mesma magnificência de todos os anos.

Retribuindo o gesto, Umberto tocou de leve, com a mão livre, o braço da mulher; com o rosto se contorcendo em um sorriso preocupado, ele respondeu:

— Obrigado, Roberta. A sua ajuda é muito importante para a Thuata Olcán.

Roberta lançou um olhar sério a ele, o rosto refletido nas lentes vermelhas dos óculos, e falou:

— Essa guerra é minha também. Dimos não poderá derrotar nossa aliança. Em breve, ele estará aos seus pés, pedindo por clemência.

– Espero que você tenha razão – Umberto respondeu, olhando para o vazio da escuridão por cima da cabeça dela. Ainda com a preocupação lhe remoendo as entranhas, ele repetiu em um tom mais baixo: – Espero que você tenha razão.

A lua seguia alta no céu com poucas nuvens. Seu brilho intenso competia com a iluminação dos holofotes na fachada do prédio universitário. Aos poucos, o gramado desaparecia entre as pessoas que transitavam de uma barraca à outra, ou com a boca cheia de um espeto de churrasco de porco quase cru, ou com cerveja servida em enormes canecas. No palco, a banda local animava o público com diversos ritmos, o som encobrindo as risadas das crianças que corriam e dos jovens solteiros seduzindo as mulheres na tentativa de encontrar um par romântico para aquela noite de diversão, a mais importante da cidade.

Em meio às pessoas, um jovem de estatura mediana, cabelos negros parcialmente longos e barba por fazer lançava comentários graciosos quando passava por belas mulheres, contagiando-as com seu charme e bom humor. Algumas delas, com o desejo de diversão um pouco mais aflorado, chegavam a passar as mãos pelos fortes braços do rapaz, degustando um pouquinho do corpo dele enquanto ele as abraçava pelas costas, seus dedos roçando a pele por cima do leve tecido de verão; o corpo colado aos delas sentia o movimento suave dos quadris ao se deixarem levar pelo ritmo frenético dos músicos. Mas era só. Por mais que estivesse sozinho, seu prazer residia apenas em flertar com elas e regozijar-se com o poder de sedução, inflamando seu ego a cada risinho sensual arrancado com os elogios.

Um comportamento que estava prestes a mudar...

Depois de passar "sem querer" a mão pela saia colada de uma jovem desacompanhada, o olhar do rapaz recaiu sobre uma bela mulher parada em meio à multidão, com os braços cruzados à frente do corpo enquanto os olhos verdes encaravam as pessoas ao redor, como se procurasse por alguém. De imediato, algo muito estranho aconteceu em seu íntimo. Era como se a morena de cabelos longos com evidentes mechas brancas houvesse conquistado todo o seu interesse sem ao menos saber que ele existia. O curto vestido de alça, com arabescos trabalhados em linha negra sobre um tecido branco, com uma faixa de cetim escura em torno da cintura, realçavam os belos traços femininos, fazendo o coração do pobre rapaz quase pular de seu peito.

Hipnotizado pela sensualidade, ele se aproximou dela. Com um olhar sedutor, lançou suas primeiras palavras:

– Não consigo acreditar que esse ritmo não seja bom o suficiente para fazer o seu corpo dançar!

Sem descruzar os braços, ela apenas lançou um olhar desinteressado na direção dele e voltou a fitar a multidão. Percebendo não ter conquistado a atenção dela, o rapaz mudou o rumo da conversa:

– Está procurando por alguém? Eu venho todos os anos nesta festa e conheço praticamente todo mundo. Posso te ajudar a encontrar, se você quiser.

– Não estou interessada. – A resposta dela foi rude.

Sobressaltado com o tom de voz agressivo, e incrédulo pela resistência ao seu charme, o rapaz buscou uma abordagem diferente:

– Talvez seja porque você ainda não me conhece. Meu nome é Tiago e...

Com um movimento brusco, ela descruzou os braços e apontou para a multidão:

– Você conhece aquele homem?

Tiago desviou o olhar na direção de onde ela apontava e perguntou:

– Quem, exatamente? Eu vejo o Denis com a namorada, a Letícia com...

– Aquele homem alto, musculoso, de aparência jovem, com a parte inferior da cabeça raspada e os negros cabelos curtos lisos e brilhantes penteados para cima como se fosse um moicano – ela o interrompeu mais uma vez.

Tiago não conhecia ninguém com essa descrição, mas tentou identificar a pessoa na multidão para ter certeza de sua resposta. Não a encontrando, respondeu:

– Não vejo ninguém com a descrição que...

Mas, quando se deu conta, a mulher já havia se afastado dele, desviando das pessoas enquanto tentava perseguir o desconhecido que Tiago não vira. Para inflar seu ego depois dessa conversa desastrosa, o rapaz gritou na direção dela:

– Foi um prazer conhecer você, seja lá quem você for.

Tiago não estava acostumado a ser rejeitado desta maneira. Perdido, ele caminhou na direção contrária da mulher. Seu coração estava disparado. A mente vagava pela memória da conversa na tentativa de descobrir o que fizera de errado. Sem prestar atenção às pessoas em volta, ele trombou com um homem trajando calças negras e um casaco, vestimentas no mínimo estranhas para uma agradável noite de verão.

O homem de rosto quadrado e olhar estreito gritou para Tiago:

– Preste atenção por onde anda, garoto.

– Desculpe, senhor, eu...

O homem apenas bufou e se afastou apressado, empurrando as pessoas para o lado, sob alguns protestos, como se perseguisse alguém. Seus movimentos eram tão urgentes que ele sequer percebera ter deixado algo de suma importância com Tiago, removido da cintura pelas mãos rápidas do jovem.

– Estou com o seu revólver – Tiago elevou a mão até a altura dos olhos, o dedo indicador em riste segurando a pistola pelo guarda-mato. Intrigado, continuou: – Os convidados deste ano estão tão estranhos...

Tiago estava tão entretido em seus pensamentos e praticamente hipnotizado pela arma oscilando de um lado para o outro diante dos olhos que não percebeu uma figura musculosa de mais de dois metros de altura se aproximar pelas costas e parar a poucos metros dele, de braços cruzados. A sombra do segurança do evento praticamente o cobria por completo quando as luzes giratórias do palco recaíam sobre ele, mas o jovem não percebeu estar mergulhado no breu até a voz grossa do enorme homem negro alcançar seus ouvidos, arrebatando-o de seus pensamentos:

– Algum problema? Espero que este ano eu não tenha de expulsar você da Lupercália.

Virando-se com a agilidade de um adolescente e abaixando o braço ao mesmo tempo, de modo a esconder a arma atrás da perna, Tiago abriu um enorme sorriso ao cumprimentar o homem:

– Lucca! Meu grande amigo!

– O que você tem nas mãos? – Lucca perguntou, áspero.

– O quê? Isso aqui? – Tiago levantou o braço e mostrou o revólver em sua mão espalmada entre os dois. – Foi um presentinho que eu tirei de um convidado bem estranho quando trombamos. Não sabia que era permitido entrar armado na Lupercália. Se soubesse, teria trazido...

– Me dá isso aqui! – Lucca ordenou.

Com um gesto de rendição e um sorriso sagaz, Tiago respondeu:

– Claro! Pode pegar. – Tiago estendeu o braço na direção dele. Porém, antes que Lucca pegasse a arma, o jovem a segurou com firmeza e, com um rápido movimento de quem já manuseou uma pistola como aquela antes, fez uma das balas sair pela câmara. Pegando-a com a mão livre, ele a estendeu na direção do segurança e indagou:

– Só não sei por que alguém a carregaria com balas de prata e...

Ao ver a bala na palma da mão de Tiago, a expressão séria de Lucca passou a transmitir certa urgência. Pegando a munição e a pistola do jovem, perguntou:

– Para onde ele foi? – A voz pareceu mais um rosnado do que o tom de alguém que apenas flagrara um convidado fazendo algo errado.

Tiago se virou de lado e apontou para o palco ao responder:

– Naquela direção.

Sem dizer mais nada, Lucca empurrou Tiago para o lado e adentrou a multidão, apressado, seguindo a indicação do jovem.

– Foi um prazer ajudar! – Tiago gritou, mais uma vez deixado sozinho.

Aquela não parecia ser a melhor de suas noites, pois todos o deixavam falando sozinho. Primeiro, foi a mulher por quem sentira uma atração mais do que especial, considerando a natureza sombria dela. Depois, o Lucca, um antigo conhecido que não o tratara com a mesma amistosidade de sempre. Caminhando entre homens e mulheres embalados pelo som da banda, Tiago se sentia o pior garoto do mundo. Enquanto todos se divertiam e tinham com quem conversar, ele se via sozinho e esquecido.

Será que me tornei uma pessoa tão chata que ninguém consegue ficar perto de mim? O pensamento, no mínimo perturbador, o incomodava. Toda a extroversão de minutos antes e a vontade de flertar o haviam abandonado. *Mulher misteriosa, o que você fez comigo?*

Enquanto a festa seguia seu rumo natural do lado de fora da universidade, dentro do prédio acontecia um dos rituais mais sagrados da Thuata Olcán. No interior de um enorme salão circular com o piso revestido por um tapete escuro com manchas pretas, dez adolescentes com treze anos de idade estavam perfilados, todos eles com o peito desnudo. Nas mãos de cada um, cruzadas frente ao corpo, havia uma adaga cerimonial e uma corda, cuja extremidade oposta estava atada ao pescoço de uma cabra – uma por jovem. Pressentindo o destino reservado, os animais, uma hora ou outra, soltavam um balido e tentavam fugir. Do altar à frente, o doce aroma do incenso exalava, encobrindo o odor de sangue dos rituais anteriores. Às margens da circunferência, pessoas trajando túnicas cinzas e com o rosto coberto por capuz entoavam um cântico em língua antiga, preparando o ambiente para a cerimônia.

Sem o menor aviso dos membros presentes na sala, Umberto Versipélio adentrou o círculo trajando uma túnica branca; a bengala batendo em silêncio contra o tapete emborrachado. Ao tomar a sua posição atrás do altar, o poderoso homem deu início ao ritual:

Angus,
Ó, Angus,
grande druida.
Poderoso,
que brincou com uma magia ancestral desconhecida.
Você realmente achava que a Lua de Sangue
iria atender seus desejos egoicos?
Ó, Angus,
você foi a desgraça dos druidas.
Seu castigo foi se transformar em lobo
e morrer com o Machado Nefilim atravessado em seu corpo.
Ó, Angus,

desgraça dos povos,
seu reinado se extinguiu pelas mãos dos
druidas que o transformaram.
É uma vergonha termos de ser seus filhos, mas...
Ainda sim somos seus filhos
e devemos continuar o ritual consagrado por você
até os dias atuais.

Conforme as palavras de Versipélio ficavam mais intensas, o cântico acompanhava o ritmo, deixando o clima ainda mais sombrio e misterioso. Buscando o olhar de cada um dos adolescentes perfilados diante dele, continuou:

– Hoje, vocês chegam à maioridade. Hoje, o direito hereditário de se tornarem membros da Thuata Olcán se concretiza. Esta noite, a fera interior de vocês será libertada. – Elevando a voz, continuou: – Filhos de Angus, tomem por direito o seu lugar neste mundo!

Em resposta às palavras de Versipélio, as lâminas cortaram as gargantas dos animais. Ao largar os instrumentos no chão, cada um dos formandos espalhou o sangue das cabras pelo rosto e pelo corpo enquanto os animais se debatiam, aguardando a morte chegar.

No mesmo instante, os garotos começaram a mudar de forma. Gritos adolescentes escapavam de cada um deles, como se a transformação trouxesse dor física e sofrimento. Braços, pernas e troncos, outrora finos, ganharam massa muscular. Pelos nasceram por seus poros, cobrindo a pele. As orelhas cresceram. Os olhos ficaram vermelhos como sangue. As faces se deformaram, adotando a estrutura lupina. Por fim, o grito adolescente se transformou em um uivo raivoso, completando a primeira transmutação da vida daqueles meninos.

– Nossa, que saudade desse ritual! – Um homem alto, musculoso e de aparência jovem, com a parte inferior da cabeça toda raspada e os negros cabelos curtos, lisos e brilhantes, penteados para cima como se fosse um moicano, adentrou a sala, interrompendo o ritual. – Eu quase não me lembro quando foi a última vez que participei deste momento.

Com a entrada inesperada do homem, o cântico se interrompeu. A expressão de Versipélio mudou de imediato. Seus olhos por detrás dos óculos faiscaram. As mãos apertaram com força a imagem do lobo no cabo da bengala.

– Dimos Lykaios – Versipélio falou entredentes. – Sua presença não é bem-vinda aqui!

– Meu grande amigo Versipélio... Vejo que o tempo não o afetou em nada! Como vai sua perna?

Versipélio apertou com mais força o cabo da bengala, os dedos tornando-se brancos. A lembrança da última batalha entre eles veio à memória, quando Dimos o ferira na perna, mas desistira de matá-lo, alegando que a glória da vitória não seria completa se o oponente não estivesse em plenas condições. Desde aquele dia, havia mais de um século, Versipélio esperava pela visita do antigo inimigo. A preocupação desse momento acontecer na Lupercália se concretizara.

– Bem, obrigado – disse Versipélio, controlando a fúria. Com um gesto, ele conteve os membros da Ordem das Rosas Negras ao redor.

Dimos adentrou o círculo e se aproximou de cada um dos adolescentes recém-transformados em lobos. Eles rosnaram e ameaçaram avançar, mas bastou um olhar severo do intruso para todos amansarem. Temerosos, alguns recuaram, tentando ao máximo ficar longe daquele homem desconhecido.

– Então esses são os graduados deste ano? – questionou Dimos. – Já foi o tempo em que os candidatos eram mais fortes e preparados. Creio que a sua tão defendida hereditariedade está fazendo sucessores mais fracos, meu caro Versipélio. Por que você não reconhece que o legado de nosso pai, o grande Angus, está enfraquecendo sob a sua conduta, e se aproveita do nosso dom natural de podermos transformar humanos em lobos? Você sabe muito bem que basta uma mordida ou um arranhão e...

– Porque não foi isso que os grandes druidas nos ensinaram – Versipélio o interrompeu, ríspido.

– Os druidas! – Dimos se alterou. – Tão sábios e tão tolos ao mesmo tempo!

Desconfortável com as provocações, Versipélio foi direto ao assunto:

– O que você quer?

– Eu? – Dimos gesticulou teatralmente, batendo o indicador contra o próprio peito uma única vez; o anel com forma de lobo reluzindo à luz bruxuleante das velas sobre o altar. Deixando um sádico sorriso ganhar seu rosto, ele continuou: – Provar minha teoria.

A transformação de Dimos foi rápida. O homem, já forte como um touro, ficou ainda maior, sua musculatura evidente por baixo da pelagem negra. Os dentes afiados estavam expostos e a saliva escorria pelo canto da boca. Com um único ataque, suas mãos dilaceraram a garganta de três dos recém-transformados antes que os membros da Ordem das Rosas Negras ou o próprio Versipélio pudessem fazer algo. Ganhando as costas de mais alguns com incrível agilidade para seu tamanho, ele mordeu as jugulares, manchando as paredes brancas e as túnicas das figuras ao redor da sala. Conforme os corpos caíam sem vida, retornavam à forma humana, os olhos dos jovens fitando o nada.

– Eu vou matar você! – Versipélio pulou por cima do altar, transformando-se em lobo em pleno salto. Ele não era tão musculoso nem possuía dentes tão poderosos quanto seu adversário, apesar da pelagem ser tão negra quanto a dele, mas a experiência adquirida ao longo dos séculos o fazia equilibrar a batalha.

Com um giro ágil, Dimos desviou-se do ataque, fazendo Versipélio passar ao seu lado sem conseguir tocá-lo com as garras. Tão logo ele passou pelo oponente, os membros da Ordem das Rosas Negras entraram em ação. Fechando o cerco no lobisomem, eles sussurravam palavras em uma língua estranha:

– *Carcer magica, vincire. Carcer magica, capere.*

Raios de luz alaranjada emanaram das mãos unidas dos membros da Ordem das Rosas Negras e se alastraram em direção ao lobisomem, formando arcos ao redor dele. Aprisionado, Dimos urrou, movendo-se de forma agressiva contra as figuras encapuzadas que o cercavam, as garras afiadas rasgando o ar na tentativa de ferir pelo menos um deles, enfraquecer a magia e, assim, encontrar uma rota de fuga. Para sua infelicidade, seus ataques eram inofensivos. A cada investida, a energia lupina era sugada com mais veemência. A expressão de fúria logo se amainou, transformando-se em sofrimento. A preocupação tornou-se evidente em seus olhos.

Não suportando a dor da magia que o aprisionava, Dimos caiu de joelhos. O rosto começou a se transfigurar. Os pelos do peito, dos braços e das pernas desapareciam, fazendo-o retornar à forma humana.

– Dimos, Dimos! – A voz de Versipélio alcançou seus ouvidos humanos. – Você achou mesmo que eu estava despreparado para recebê-lo?

Caído de joelhos, era evidente para Dimos que a Ordem das Rosas Negras e Versipélio haviam usado o ritual como chamariz para aprisioná-lo.

– Não acredito que você sacrificou os formandos para me derrotar! – Dimos falou.

– Eu não esperava que chegasse a esse ponto, mas posso dizer que estava disposto a correr este risco para colocar um ponto final em nossa longa guerra. – Versipélio rebateu.

Dimos riu:

– Essa, meu amigo, é uma atitude digna de um lobisomem. Pena que você não abraça mais a nossa causa como antes.

– As coisas mudaram, meu amigo. É uma pena que você não tenha acompanhado a evolução de nossa espécie.

Indisposto para entrar em um conflito de palavras e longas discussões filosóficas, Dimos apenas abaixou a cabeça e fechou os olhos, se entregando ao seu destino. Infelizmente, naquela situação, ele teria de admitir que a armadilha fora eficiente e que sua vida estava em risco.

Se ele não estivesse preparado para isso...

Quando parecia que Dimos estava derrotado de forma absoluta, os olhos de seu anel em formato de lobo começaram a brilhar, a energia que o aprisionava sendo absorvida pelo objeto em seu dedo. Durante a batalha, incapaz de vencer todos com seus poderes lupinos, ele se deixara aprisionar para ter uma chance de vitória, graças ao presente de uma nova aliada para lhe garantir proteção. O jogo virara e, naquele momento, era a energia vital dos membros da Ordem das Rosas Negras que era sugada.

Protegido e revigorado, Dimos levantou a cabeça e abriu os olhos. A energia pulsava dentro dele. Com um movimento brusco, ele levantou-se com um salto e abriu os braços. Toda a magia que o aprisionava se desfez em uma explosão, retornando com ferocidade para as figuras encapuzadas ao redor, consumindo seus corpos e deixando no lugar apenas as túnicas vazias amontoadas sobre o tapete negro e a poeira do que antes tinham sido membros da Ordem.

Versipélio foi arremessado contra a parede, seu corpo lupino resistindo à magia que aniquilou os integrantes da Ordem. Caído, ele levantou o olhar a tempo de ver os olhos do lobo do anel de seu inimigo perderem a intensidade do brilho até retornarem à escuridão tradicional.

– Como é possível? – Versipélio balbuciou, incrédulo com o que acabara de acontecer. Ele não conseguia pensar em nenhuma Ordem com poderes como aqueles que pudessem ter se aliado a Dimos.

Virando-se para o oponente caído, Dimos se agachou ao seu lado.

– Não quero matar você. Então vamos terminar isso de uma outra forma. – Estendendo a mão com o anel na direção dele, Dimos continuou: – Aceite minha superioridade. Beije o anel e se torne meu súdito.

Versipélio não era um homem – tampouco um lobo – que se entregava.

– Nunca!

Mesmo reconhecendo a superioridade do inimigo naquele momento, Versipélio se levantou com um salto, transformando-se em lobo, e atacou. Dimos, esperando a reação de seu inimigo, recuou um passo, colocando-se em pé enquanto também se transformava, e conteve a investida com facilidade, agarrando-o e o jogando contra a parede. Com o impacto, a estrutura se rompeu e Umberto foi arremessado para fora do santuário, bateu as costas contra a parede do corredor e caiu de bruços no chão em meio a alguns destroços.

Em vantagem, porém ciente de que a batalha ainda não havia terminado, Dimos saltou pelo buraco na parede. Ao alcançar o solo do outro lado, Versipélio já se colocava de pé, pronto para continuar o combate. A fúria o dominava. Seu antigo inimigo levara o conflito, até o momento respeitoso, para um patamar mais agressivo, do qual não havia mais retorno. A partir do momento que matara os recém-transformados e aniquilara os membros da Ordem das Rosas Negras com uma magia poderosa e desconhecida, a guerra entre Versipélio e Dimos apenas teria um fim quando um dos dois estivesse morto.

Apesar de estar ferido e cansado, com o peito subindo e descendo conforme buscava recuperar o fôlego, Versipélio deixou a raiva o inflamar, soltou um urro e avançou.

Prólogo

Dimos também atacou, seus braços fortes varrendo o ar em arco enquanto as unhas afiadas buscavam rasgar o rosto do inimigo. Mesmo em desvantagem, Versipélio contava com a experiência em combate e a ira que fervilhava em seu sangue para equilibrar a batalha. Ao desviar do ataque com agilidade, passou as garras afiadas pelo peitoral do inimigo. Um urro escapou de Dimos. Recuando com a mão sobre o peito, ele olhou para a ferida. De modo imediato, sua forma voltou para a de humano. As feridas no peito, em vermelho vivo.

Olhando para o inimigo, Dimos perguntou:

– Precisava disso?

Versipélio voltou à forma humana e respondeu:

– A partir do momento que você matou membros do meu clã, sim.

Um urro de raiva escapou de Dimos e ele retornou à forma animalesca, mas não atacou. Em vez disso, virou-se e disparou pelo corredor escuro em direção à porta que levava à escadaria e, de lá, à festa. Decidido a não o deixar escapar, Versipélio se transformou em lobo e iniciou uma perseguição pelos corredores da universidade.

Dimos era mais rápido, inclusive por causa das sequelas da ferida da batalha ocorrida anos antes entre os dois. Mas Versipélio conhecia melhor aqueles corredores e, percorrendo caminhos alternativos, conseguiu alcançar Dimos um pouco antes da porta. Os lobisomens voltaram a trocar fortes golpes, as garras rasgando apenas ar, até os corpos peludos se enroscarem, irromperem juntos pelas portas duplas de entrada e rolarem escada abaixo.

Quase ao término da escadaria, Versipélio estava em desvantagem. Com Dimos por cima, restava-lhe apenas uma opção: aproveitando da força e velocidade do inimigo, ele usou as patas traseiras para arremessá-lo por cima de sua cabeça. Pego de surpresa, o lobisomem não teve como se defender e se chocou contra a parte de trás do palco. Para seu azar, a armação não o sustentou e ele a atravessou, caindo sobre o baterista da banda. Os pratos, o bumbo, o surdo, a caixa, os tons e o chimbal se espalharam pelo tablado. A música parou no mesmo instante; o guitarrista, o baixista, o vocalista e o tecladista não entendiam o que estava acontecendo. O público parou de dançar no mesmo momento e todos olharam, assustados, para as partes espalhadas do instrumento. Em meio a eles, havia dois homens caídos.

– Mas o que está acontecendo aqui? – Tiago olhava para a confusão no palco, sem entender nada.

Dimos, tendo voltado a assumir a forma humana, colocou a mão sobre a ferida no peito e se levantou. Ele mal havia endireitado o corpo quando a voz carregada de ódio chegou aos seus ouvidos:

– Dimos! – Versipélio subia a escadaria pela lateral do palco e ganhava o tablado. – Eu vou acabar com você!

Versipélio correu na direção do inimigo e, sem se preocupar com a plateia, se transformou em lobo. Dimos também mudou a forma. De início, a multidão ficou extasiada com a briga entre os lobisomens. Para eles, tudo fazia parte do show. Aos poucos, as pessoas escolhiam para quem torcer, vibrando quando o lado escolhido estava em vantagem e vaiando quando em desvantagem. Elas estavam tão envolvidas no conflito que não perceberam a movimentação urgente de figuras de jaquetas e armadas, empurrando algumas pessoas de lado para conseguir uma boa visão para disparo.

Tiago percebeu a movimentação dessas figuras, entre eles o homem de queixo quadrado de quem roubara a arma. Mas não foi só. Lucca se movia de forma urgente, empurrando as pessoas para o lado na tentativa desesperada de alcançar o palco. Aquela atitude alertou o jovem de que talvez a briga não fosse mera encenação; e se confirmou quando ele viu, pelo canto dos olhos, a misteriosa mulher tentando se aproximar do tablado pelo outro lado da plateia.

Nenhum dos dois, porém, conseguiu chegar. No palco, Dimos foi mais rápido e acertou o rosto do inimigo com as garras. Com um corte aberto e a força do golpe, Versipélio voltou a assumir a forma humana e caiu do tablado, derrubando algumas pessoas com ele. As que conseguiram escapar recuaram, abrindo um círculo para deixar o conflito continuar e não perder nenhum detalhe.

Com a vantagem, Dimos pulou do palco a poucos metros do inimigo ainda caído. Tornando-se humano novamente, falou:

– Da última vez, eu deixei você viver. Hoje, você não terá a mesma sorte.

Desesperado, Versipélio tentava recuar.

Tiago, não muito distante, viu-se forçado a fazer alguma coisa. *Mas o quê?* – perguntou-se, olhando para os lados. Nessa busca rápida por qual ação tomar, viu a mulher tentando chegar ao homem caído. Ela parecia estar desesperada, tentando tirar as pessoas da frente a todo custo e gritando insultos. Do outro lado, Lucca chamava o nome de Versipélio, aflito pelo desfecho iminente.

Na cena do conflito, Dimos voltou a assumir a forma de lobo e levantou o braço sobre a cabeça. As poderosas garras afiadas reluziam a iluminação acima do palco.

– Não! – gritaram Lucca e a mulher desconhecida ao mesmo tempo.

Versipélio, ferido, fechou os olhos e esperou pelo fim do conflito, mas o golpe nunca veio. Quando Dimos estava prestes a descer as garras contra o homem aos seus pés, ouviu-se o som de um disparo. Depois outro. E mais outro. Os homens armados, tendo aberto espaço na multidão, dispararam várias vezes contra o lobisomem. O corpanzil de Dimos recuou alguns passos, sangue escorrendo pelas feridas abertas ocasionadas por projéteis. Olhando para baixo, ele estava incrédulo com as perfurações em seu corpo.

Na sequência, quem ficou incrédulo foi Versipélio quando o lobisomem soltou um urro feroz, demonstrando apenas estar enraivecido, como se os disparos não tivessem surtido efeito sobre ele. Para sua surpresa, as balas foram expulsas da ferida. Ele nunca vira isso antes. Movendo-se com agilidade, recolheu um dos projéteis do chão e o examinou entre os dedos.

– Bala de prata! Como é possível ter sobrevivido?

Versipélio desconfiava ser por causa do anel no dedo de Dimos, mas não teve tempo de pensar mais a fundo sobre a força mística que o protegia. Com a investida do lobisomem contra os humanos que dispararam, ele teve de rolar para o lado para não ser pisoteado pelo inimigo. Colocando-se de pé, viu Dimos abrir caminho na multidão, empurrando as pessoas para o lado com seus braços fortes ou as pisoteando como se nada significassem, enquanto encurtava a distância entre ele e os atiradores.

Com os disparos e a investida do lobisomem, a correria em direção aos portões de saída teve início. As pessoas se empurravam, desesperadas para escapar. Algumas caíam no chão e eram pisoteadas, permanecendo imóveis quando os inúmeros pés se afastavam. Outras eram levadas com a multidão, incapazes de escolher a própria rota de fuga. Outras, ainda, eram atropeladas por Dimos em seu ataque feroz contra os homens armados e, então, arremessadas para longe ou jogadas contra o solo.

Tiago, preso na multidão, não teve muita escolha além de seguir o fluxo. Para seu azar, o destino lhe reservara algo inesperado e, em questão de segundos, era atropelado por Dimos. Ao cair contra o gramado, bateu a cabeça. Um corte profundo se abriu no mesmo instante, por onde o sangue escorria. A visão ficou embaralhada. Mesmo ferido, ele tentou se levantar e tudo começou a girar ao seu redor. Não conseguindo se manter em pé, ele cambaleou alguns passos, o pedido de ajuda saindo silencioso pelos lábios, e caiu de bruços. Sem forças para se reerguer, ele apenas viu o corre-corre em direção à saída, protegeu a cabeça com os braços e torceu para não ser pisoteado.

Dimos, em seu ataque, recebeu mais alguns tiros. Tendo alcançado os atiradores, ele os rechaçou como se não significassem nada. A maioria caiu no chão com arranhões no peito, a barriga perfurada ou com o rosto estraçalhado. Alguns, ainda, com metade do pescoço arrancado quando o lobisomem os mordeu. Por mais que fosse a favor de transformar humanos em lacaios, naquele momento Dimos pensava apenas em matar todos os que haviam atirado nele. Daquela unidade de homens armados, não sobrou nenhum vivo.

Mesmo eliminando-os, a batalha ainda não havia acabado.

– Dimos! – Lucca gritou. Tendo se libertado da multidão, ele correu na direção de Dimos. Em segundos, o segurança grandalhão se transformou em lobisomem. Diferente dos outros, sua pelagem era cinza e ele aparentava ser muito maior e mais forte do que o inimigo. Pelo outro lado, a mulher misteriosa também se aproximava de Dimos, os lábios se movendo em silêncio. Um brilho intenso surgiu entre as mãos unidas, uma técnica aprendida diretamente com a Sacerdotisa da Ordem das Rosas Negras.

Dimos percebeu a ameaça vindo pelos dois lados e reagiu. Virando-se para Lucca, ele soltou um uivo de raiva, desviou do ataque e ganhou as costas do oponente, segurando-o pelo braço e pela nuca. Apesar da força superior de Lucca, Dimos era mais experiente e, com um único movimento, girou o corpo de Lucca a tempo de receber o ataque da mulher. Um urro escapou do lobisomem enquanto seu corpo irrompia em chamas, o odor fétido da pelagem queimando sendo levado pela brisa morna... Quando o fogo se extinguiu, Lucca, tendo retornado à forma humana, foi arremessado para o lado como se nada significasse, derrubando uma das barracas sobre seu enorme corpo.

Sem o lobisomem para lhe incomodar, Dimos voltou a atenção para a mulher. Ela havia tentado transformá-lo temporariamente em humano e merecia um castigo feroz. Cada passo na direção dela deixava uma marca no gramado. Sangue escorria pelo canto da boca. Os dentes afiados estavam à mostra. Em seus olhos, a imagem da jovem preparando mais uma magia o deixou ainda mais enfurecido, fazendo-o acelerar o passo.

Caído no gramado, o pensamento ainda desconexo, Tiago percebeu o perigo que a jovem enfrentava. Alheio a ser um lobisomem ou uma mulher com domínio de magia, o simples humano se esforçou para ficar em pé; os braços tremiam enquanto erguia o corpo. Cambaleando o mais rápido que pôde na direção da batalha, ele usou o que restava de suas forças e pulou nas costas de Dimos, apertando o pescoço da fera o máximo que conseguia.

Aquele humano era insignificante para o lobisomem, mas fora relevante o suficiente para distrair a atenção dele, reduzindo a velocidade do ataque contra a mulher. Com a magia emanando das suas mãos, ela estava prestes a atacar quando um grito chegou aos seus ouvidos:

– Não ataque! Ele está protegido por magia! – Versipélio elevou a voz, mantendo-se distante da batalha para não colocar a vida de Tiago em risco e tampouco atrapalhar a mulher.

– Merda! – ela deixou escapar e desfez a esfera de energia entre as mãos, mas não fugiu da batalha.

Aproveitando-se da distração causada pelo irritante humano, o mesmo que a abordara algumas horas antes, ela sussurrou:

– *Forma vita herbae dominari; plantae, capeo, mei adversus; spina germinare; animal tenere, motus impedire.*

Com Tiago ainda agarrado a suas costas, Dimos se movimentava de um lado para o outro, tentando soltá-lo enquanto seus braços tentavam agarrá-lo. Quando o solo começou a rachar ao comando da mulher, o lobisomem perdeu o equilíbrio, o enorme corpo peludo tombando para a frente. Com o movimento, Tiago escorregou por cima do ombro da fera e caiu de costas diante dele, à distância de um ataque.

O olhar de Dimos brilhou por um segundo, satisfeito, e avançou contra a presa. Da fenda criada pela mulher, surgiram ramos espinhosos que se enroscaram nas pernas do lobisomem, arrancando-lhe sangue e urros de dor, porém não foram suficientes para conter o ataque. Com os braços musculosos ainda livres, ele colocou todo o peso sobre os ombros de Tiago, impedindo-o de fugir. Um grito de dor escapou dele, logo sobrepujado pelo urro raivoso da fera para o alto. Gotículas de sangue das vítimas anteriores pingaram dos dentes afiados, caindo no rosto do jovem.

Nos olhos raivosos do lobisomem, Tiago viu o próprio reflexo. Os dentes enormes, vistos tão de perto, eram muito mais ameaçadores do que vistos à distância. Pela primeira vez em toda a sua vida, ele temeu a morte. Nem mesmo a mente dando rodopios aliviavam o medo que o consumia. Um medo que se intensificou quando Dimos abaixou a cabeça em um ataque feroz, buscando morder o pescoço exposto do humano.

– Não! – a mulher exclamou. Com novas palavras e movimentos rápidos de mãos, comandou os ramos para agarrarem os braços do lobisomem e se enroscarem no pescoço dele, arrancando mais sangue.

Para sorte de Tiago e alívio temporário da mulher, os ramos presos ao pescoço atrasaram o ataque o suficiente para o jovem conseguir colocar a cabeça de lado e a boca do lobisomem rasgar apenas terra e grama. Dimos levantou a cabeça, cuspiu o bolo lamacento e preparou mais um ataque. Quando estava prestes a tentar morder novamente a vítima, sua visão começou a ficar turva. De um momento ao outro, dois jovens apareceram sob seu corpo. Depois, quatro imagens do Tiago. Tentando se livrar do desconforto, sem entender o que estava acontecendo com ele, o lobisomem balançou a cabeça de um lado para o outro, sem sucesso. Os braços e as pernas tremiam, enfraquecidos, mas não o suficiente para liberar a presa.

– São ramos de acônito, Dimos – a mulher gritou na direção dele. – Não há magia que vá protegê-lo da intoxicação.

Dimos soltou um urro estranho. A respiração estava irregular. Não havia nele a mesma ferocidade de antes. *Se a batalha estava perdida*, pensou, *pelo menos vou ceifar a vida desse garoto.* Mesmo vendo diversas imagens de Tiago diante dele, o lobisomem tentou mordê-lo mais uma vez. O ataque foi lento e muito longe do alvo. O jovem não precisou fazer muito para conseguir desviar da segunda investida. Tampouco, para sua infelicidade, conseguiu se livrar da pressão contra o tórax, por mais que se remexesse com todas as forças.

Em ato de desespero, quando Dimos novamente atacou de forma inofensiva, passando longe do corpo do jovem, Tiago decidiu contra-atacar. Aproveitando-se que o pescoço do lobisomem estava livre, ele fez a única coisa que lhe veio à mente: agarrou-o pela orelha, empurrou a cabeça mais para o lado, expondo ainda mais a jugular, e mordeu com toda a força. A boca se encheu de pelo e sangue da fera. Dimos soltou um urro, levantando o pesado corpo para se livrar e soltando Tiago do aperto sobre os ombros.

Enquanto Dimos caía de lado, enfraquecido e com o pescoço sangrando, Tiago tentava se afastar o máximo que conseguia da fera, rastejando pelo gramado. Vendo-se distante, ele parou e cuspiu pelo, carne lupina e sangue. Um breve sorriso se abriu em seu rosto: em meio a uma batalha entre lobos, homens com balas de prata e uma mulher com poderes mágicos, ele fora o único que conseguira ferir o lobisomem de forma letal.

Pelo menos era o que Tiago acreditava antes de perder a consciência.

O lobisomem tentou se levantar, cambaleou e caiu novamente. Rastejando com dificuldade, Dimos continuou se enfraquecendo até retornar à forma humana. Tendo seus membros diminuídos de dimensões, os ramos espinhosos não o prendiam mais. O veneno do acônito, porém, continuava fazendo efeito na corrente sanguínea. Suor escorria por todo o corpo, misturando-se ao sangue das múltiplas lacerações.

Mesmo assim, ele tentou se reerguer, apenas para cambalear mais alguns passos e cair aos pés de Versipélio, de pé ao lado da mulher que o envenenara.

– Você ainda não venceu, meu amigo – Dimos se esforçou para dizer.

Agachando-se à frente dele, Versipélio colocou a extremidade de lobo da bengala sob o queixo de Dimos e o forçou a levantar a cabeça até os olhos se encontrarem. Ignorando o desafio do inimigo, falou:

– Se você pedir clemência e se juntar a mim, a Mirela pode retirar o veneno do acônito de seu sangue. – Olhando na direção da mulher de braços cruzados ao lado dele, perguntou: – Não pode?

– Posso – disse Mirela, séria –, mas não sei se devo.

– Concordo com você, Mirela. Para merecer a cura, ele terá de nos contar quem lhe concedeu o anel com poderes mágicos. – Voltando o olhar para Dimos, Versipélio ordenou: – Comece a falar!

Dimos não iria falar. Pelo menos, não o que eles queriam ouvir. Com as pálpebras começando a oscilar em alta velocidade e os olhos revirando de um lado a outro em ritmo frenético, ele exclamou:

– *Virtus planus umbrae canalisare.* – As palavras saíram de forma calma e controlada.

A cada palavra pronunciada, o ar ao redor ficava mais gélido. As luzes do palco e das barracas começaram a estourar, uma a uma, lançando estilhaços de vidro para todos os lados, aos poucos mergulhando o gramado na escuridão. Vendo o breu tomar conta do campo de batalha, Mirela falou com urgência:

– Afaste-se dele! – Colocando a mão no ombro de Versipélio, continuou: – Ele está possuído!

Enquanto recuavam, nuvens negras encobriram a lua, bloqueando a passagem da luz. Aos poucos, as sombras consumiam tudo até engolirem por completo Versipélio e Mirela. Do local onde eles haviam deixado Dimos, uma névoa escapou do corpo do lobisomem, se espalhando de forma desordenada, rodopiando ao redor dele, até começar a se condensar, como um fantasma flutuando que lentamente se materializa, e assumir a forma de uma figura de baixa estatura trajando um manto negro com o capuz jogado por cima da cabeça, encobrindo o rosto.

Quando os pés da figura encapuzada tocaram com leveza sombria o gramado, falou:

– *Creaturae vocare...* – O timbre feminino estava carregado de poder sombrio.

– Isso não é bom! – Mirela deixou escapar, ainda puxando Versipélio para trás pelo ombro.

– *Canis spectrum famulus creare...* – a figura encapuzada continuou.

Reagindo às palavras da figura misteriosa, um uivo chegou aos ouvidos de Versipélio e Mirela. Da floresta, na outra extremidade do

gramado, um enorme cão negro, de aparência espectral, irrompeu das árvores, avançando com ferocidade contra os dois.
— *Servi, convocata creaturae* — a figura encapuzada deu a ordem.

Com um uivo assustador, a enorme fera, visível apenas pelos olhos vermelhos brilhantes em meio à escuridão, acelerou o ritmo em direção aos dois. Seus passos deixavam marcas no gramado. Valendo-se da distração criada, a figura encapuzada agachou-se ao lado de Dimos e, colocando a mão sobre as costas dele, sussurrou:
— *Actio venenum neutralisare.*
— Ela está neutralizando o veneno do acônito — Mirela falou, preocupada. — Logo, Dimos estará em condições de lutar. Se isso acontecer, não teremos chances de vencer esta batalha.

Soltando-se da mão que o segurava pelo ombro, Versipélio falou:
— Eu cuido disso. Mantenha o animal espectral longe de nós.

Mirela sabia que Versipélio, sozinho, não seria capaz de lidar com Dimos enquanto aquela figura misteriosa estivesse presente. Porém ela não poderia fazer nada para ajudá-lo enquanto o cão espectral fosse uma ameaça.

Versipélio estava sozinho nesta batalha. E Mirela também. A vitória dependeria do quanto ela seria rápida para se livrar da distração criada para poder ajudar seu aliado.

Caminhando com passos determinados na direção do cão espectral, o olhar estreito encarando apenas os olhos brilhantes da musculosa figura, Mirela juntou as mãos à frente do corpo enquanto seus lábios se moviam, o sussurro da magia se perdendo na noite:
— *Animal tenere, motus impedire.* — Seus cabelos se movimentaram com a leve brisa que a rodeava.

Reagindo às palavras de Mirela, o cão fantasma começou a perder ritmo. A musculatura já não o impulsionava com a mesma determinação de antes. A fera, incomodada com a magia impedindo seus movimentos, balançava a cabeça de um lado para o outro, tentando se livrar de algo que estava além de sua compreensão ou capacidade. Os dentes pontiagudos e podres, com pedaços de vítimas de outras batalhas, continuavam à mostra, tão ameaçadores quanto antes.

Movendo os braços unidos na direção da criatura, Mirela liberou a magia condensada entre as mãos:
— *Creatura irruptio, pro suus planus versare* — ela gritou.

A ventania ao redor dela aumentou de intensidade, movimentando mais ainda seus cabelos e roupas. Quando alcançou o cão espectral, formando um furacão em torno dele, a criatura não conseguiu mais avançar e foi levada pela força do vento. Um ganido escapou enquanto um risco vermelho surgiu, acompanhando o vórtice formado. A fera começou a se desintegrar. Pedaços de carne, pele e membros se espalharam pelo vento rodopiante. Com a ameaça neutralizada, Mirela cerrou os punhos, encerrando a magia. No lugar onde o cão espectral estava, restou apenas as pegadas de uma criatura levada de volta para seu plano de existência.

Com a respiração ofegante, gotas de suor escorrendo pela testa e mechas de cabelo caindo por sobre um dos olhos, Mirela olhou de relance para Versipélio. Para sua surpresa, o lobisomem fora imobilizado pela figura encapuzada com a mesma magia que usara contra o cão espectral. Para piorar, o inimigo misterioso se aproximava dele.

Se Mirela não fizesse nada, Versipélio encontraria a morte naquela noite.

Mesmo sabendo que enfrentava alguém com muito mais poder do que ela, Mirela não se acovardou. Avançando na direção da figura encapuzada e de Versipélio, ela fez a única coisa que lhe veio à mente: sussurrando palavras na língua antiga enquanto encurtava a distância até a batalha, a jovem criou uma barreira de proteção entre o lobisomem e o inimigo. Por mais que soubesse não ser suficiente para deter a ameaça, pelo menos lhe daria tempo de pensar em alguma outra forma de vencer – ou não. Bastou um rápido movimento de mão da figura encapuzada para a barreira se romper com um brilho intenso.

– Merda! – A meio caminho da batalha, Mirela virou de costas para se defender do efeito rebote de sua magia, usando o braço para proteger a cabeça.

Quando voltou a encarar o inimigo, ela nada pôde fazer contra a magia que a atingiu.

– *In lapis vertere* – a figura encapuzada sussurrou, a voz fria como a morte.

De um segundo ao outro, todo o seu corpo ficara paralisado. Petrificada, sem possibilidade de se soltar ou realizar magia, Mirela encarava Versipélio. Impotente, ela viu o lobisomem virar, com muito esforço, o rosto na direção dela, o olhar desesperado pedindo por ajuda enquanto a figura encapuzada levantava o braço e colocava a mão espalmada à frente do rosto do homem, os dedos arqueados de modo às unhas compridas estarem todas voltadas para a face de Umberto.

Sinto muito!, Mirela pensou, sabendo não poder fazer mais nada para ajudar.

– *Tempus mori* – a figura encapuzada começou a lançar o feitiço.

– *Imperium*...

– *Incenderunt hostes!* – o poderoso grito alcançou a todos. O gramado entre Versipélio e a figura encapuzada se incendiou, as chamas se alastrando em semicírculo para aprisionar o inimigo. Do outro lado da batalha, no entanto, havia muito poder e não foi difícil neutralizar as chamas, apagando-as com um simples estalar de dedos enquanto recuava alguns passos.

Tão logo as chamas se extinguiram, um portal se abriu e a luz da magia quebrou a escuridão ao redor. Roberta atravessou por ele, seguida de inúmeras figuras da Ordem das Rosas Negras. Caminhando com a confiança de uma Sacerdotisa muito experiente, ela quebrou com facilidade a magia que aprisionava Mirela e Versipélio sem ao menos tirar os olhos da figura encapuzada. Livre, a jovem caiu de joelhos, exausta e aliviada.

Ela não estava mais sozinha. Seu clã chegara para ajudar na batalha.

Versipélio, no entanto, não se conteve. Com um passo adiante, ignorando o gramado queimado sob seus pés e o grito de Roberta para se manter afastado, assumiu a forma lupina e partiu para o ataque. Dominado pela raiva, ele arreganhou a boca, mostrando os dentes afiados enquanto encurtava a distância até a figura encapuzada.

Porém não chegou a alcançá-la. Vendo-se frente a frente com diversos membros poderosos, a figura encapuzada recuou até Dimos, ainda caído, se recuperando após ter sido envenenado. Assim que se agachou ao lado dele para ajudá-lo a se levantar, ela deixou escapar suas últimas palavras da batalha daquela noite:

– *Umbrae equus, is citatio audi. Veni ad me.*

Das sombras ao redor, irromperam dois animais com forma de cavalo, de tronco largo e olhos sombrios. As costelas estavam expostas, de onde sangue escorria e carne morta pendia. Galopando em alta velocidade, eles apenas passaram ao lado da figura encapuzada e de Dimos. Quando os dois montaram no dorso dos animais, eles mudaram a direção do galope e rumaram para a floresta.

Percebendo a intenção, Roberta e os membros da Ordem das Rosas Negras tentaram impedir a fuga, lançando feitiços para derrubá-los das montarias ou aprisioná-los. A figura encapuzada, no entanto, esperava por isso e lançou ao redor deles uma magia de proteção. Por mais que tenham sido acertados pelos poderes do clã, quando brilhos intensos quebravam a escuridão cada vez que as magias se encontravam, os dois continuaram firmes na rota. Nem mesmo a tentativa de dividir a terra à frente dos cavalos das trevas foi eficiente. Com um salto, os animais escaparam do perigo, levando um lobisomem ferido e uma poderosa figura para a segurança da floresta, onde desapareceram no breu entre as árvores.

Dimos e a figura misteriosa haviam sobrevivido para lutar mais uma batalha.

— O que vamos fazer com ele? — A pergunta chegou aos ouvidos de Tiago, que lutava para despertar do abraço sombrio da inconsciência.

A claridade de um novo dia entrava por suas pálpebras semicerradas. As vozes, discutindo seu futuro, chegavam distorcidas aos ouvidos do jovem acamado, como se ecoassem pela ampla enfermaria da Thuata Olcán, repleta de leitos vazios, antes de alcançá-lo. Todo o corpo doía. O gosto ruim de sangue na boca o deixava nauseado. *Flashes* de uma batalha que acontecera havia pouco tempo surgiam à mente de Tiago, fazendo-o remexer-se bruscamente sobre a cama da enfermaria.

— Devemos matá-lo! — a resposta de Mirela, encostada contra a parede e com os braços cruzados, foi direta.

Ignorando a resposta, Roberta dirigiu a palavra a Versipélio:

— Qual é sua opinião?

— Deixá-lo viver é um risco. Quando ele mordeu Dimos, seus destinos se cruzaram. Mais cedo ou mais tarde, esse garoto vai tentar se juntar à matilha de nosso inimigo.

Mirela abriu um sorriso quando o ponto de vista de Versipélio se espalhou pela sala.

– Porém – ele continuou – esse garoto tem potencial. Se conseguirmos controlar os impulsos de buscar seu criador e integrá-lo à nossa matilha, ele pode ser um trunfo nesta guerra contra Dimos.

Mirela bufou.

– É um risco que não devemos correr.

– Um risco que estou disposta a correr. – Roberta tomou a decisão. Voltando-se para a jovem, deu uma ordem: – Mirela, como peeira, é sua função cuidar dos lobos. Quero que prepare uma poção capaz de controlar os instintos deste garoto.

Mirela bufou mais uma vez, deixando transparecer toda a sua revolta perante a decisão de Roberta. Descruzando os braços e se desencostando da parede, respondeu:

– Como desejar, Sacerdotisa. – E deixou a sala com passos firmes para preparar a poção.

Um gemido de dor escapou de Tiago. Abrindo os olhos, ele viu quatro silhuetas próximas da cama onde estava deitado. Uma delas deixava o aposento. Piscando algumas vezes para colocar tudo em foco, o jovem se esforçou para se sentar. Uma dor forte na cabeça o fez levar a mão até a têmpora. Mesmo com tudo girando, ele focou a atenção no que acontecia ao seu redor.

– Alguém está acordando – Lucca, até o momento apenas ouvindo a discussão, chamou a atenção de todos.

Virando-se para o jovem acamado, encurtando o espaço até ele, Roberta lançou um olhar de compaixão e perguntou:

– Como se sente?

– Como se tivesse sido atropelado por um caminhão – Tiago respondeu. Olhou para Versipélio e perguntou: – Como você fez aquilo? Digo, que truque você usou para se transformar em lobo na frente de todos?

Versipélio encarou o jovem pelas lentes vermelhas de seus óculos e respondeu:

– Não foi truque. O que você viu foi real.

– Mas... Mas... Como você conseguiu fazer isso?

Adentrando a sala com um frasco de vidro âmbar lacrado em suas mãos, Mirela retrucou:

– Temo que vá descobrir da pior maneira!
– Mirela! – Roberta chamou a atenção da jovem.

Tiago abriu um sorriso ao ouvir o nome dela. Lançando o olhar diretamente à jovem por quem se encantara, provocou:

– Então você tem um nome, afinal.

– Um nome do qual você nunca deveria ter ficado sabendo – Mirela respondeu com rispidez, entregou o frasco à Roberta e deixou a enfermaria.

Estendendo o frasco na direção de Tiago, Roberta falou:

– Quando você ouvir vozes o chamando, quando você se sentir atraído para seguir um caminho que desconhece ou quando você sentir a fera interior querendo se libertar, tome um pouco desta poção. Ela irá controlar o seu instinto animal.

Pegando o frasco com certo temor, Tiago perguntou:

– O que isso quer dizer?

Adiantando um passo e pousando a mão sobre o ombro de Tiago, arrancando-lhe uma breve careta de dor, Versipélio disse:

– Isso, meu amigo, eu espero que você nunca descubra.

1

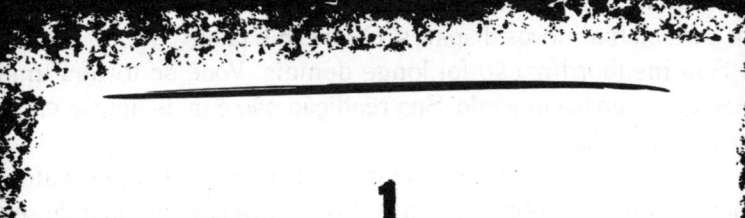

Cafelândia, dias atuais.

A manobra arriscada de Tiago não surtira o efeito desejado. A explosão na traseira da locomotiva em movimento chegou aos seus olhos, o intenso clarão o ofuscando por alguns segundos. O estrondo chegou logo em seguida. Do alto, ele viu os dois civis e o demônio serem engolidos pelas chamas um pouco antes das rodas escaparem dos trilhos e a locomotiva tombar. Temeroso pelas vidas daquelas pessoas, seu próximo ato seria encontrar um local para pouso e verificar se eles estavam bem.

Porém não passou de uma intenção.

Guilherme, tendo disparado seu último míssil na locomotiva, usou a metralhadora do helicóptero para tentar derrubar Tiago. Com a maioria dos tiros passando ao redor sem causar danos, o jovem não teve escolha além de acelerar o máximo que pôde, fugindo dos disparos. Afastando-se dos trilhos, as chamas ficavam cada vez menores conforme a perseguição continuava para longe de Cafelândia, até desaparecerem por completo em um campo muito distante atrás das duas aeronaves.

Pelo rádio, perseguindo-o em alta velocidade e tentando fazer a mira para efetuar novos disparos, Guilherme falou:

– Sua insubordinação foi longe demais. Você se tornou uma ameaça para nossa unidade. Sua rendição não é mais uma questão a ser considerada.

– Quem disse que eu penso em me render? – Tiago rebateu, realizando uma manobra evasiva atrás de outra para escapar de seu perseguidor. Se conseguisse abrir uma distância considerável, teria tempo suficiente para fazer um giro com o helicóptero e contra-atacar.

A batalha aérea entre ele e Guilherme se tornara um confronto que apenas terminaria com a morte de um deles. Ou de ambos.

Mais experiente, Guilherme não dava espaço para Tiago tomar qualquer atitude de defesa ou contra-atacar. Aproximando-se cada vez mais, ele disparava. Para infelicidade do piloto à frente, os disparos acertaram o rotor do helicóptero. Luzes começaram a piscar no painel. Um alerta sonoro de perigo tomou conta da cabine. Mordendo os lábios inferiores com ferocidade, chegando a arrancar sangue, o jovem tentou recuperar o controle enquanto o aparato girava no ar, perdendo altitude de forma perigosa, deixando uma nuvem de fumaça negra no céu noturno.

Naquele ponto, a queda era inevitável. Não havia como Tiago impedir o helicóptero de cair sobre as árvores da floresta abaixo, mas poderia não cair sozinho.

Com a loucura de um condenado e os últimos movimentos no manche, Tiago posicionou a face do helicóptero para o inimigo acima dele e, mergulhando de costas para a floresta, disparou. Um sorriso escapou por seus lábios quando as balas atravessaram o aparato de Guilherme, abrindo buraco na fuselagem a poucos metros da posição do piloto.

Não tendo mais como controlar equipamento, Tiago largou o manche, cruzou os braços na altura do peito, as mãos espalmadas praticamente sobre o ombro oposto, e deixou o helicóptero mergulhar para as árvores. O olhar fixo no inimigo trazia um brilho de satisfação: Guilherme também estava com dificuldade para se controlar no ar e iniciava um mergulho de bico enquanto fumaça escapava do rotor.

Capítulo 1

As luzes da aeronave inimiga afundando em direção à floresta foi praticamente a última visão de Tiago antes da queda. Quando o helicóptero alcançou o topo das árvores, tudo começou a tremer. Galhos batiam na fuselagem e entravam pelo vidro, jogando estilhaços pontiagudos no piloto preparado para a queda. Na sequência, veio o forte impacto contra o solo.

A escuridão o abraçou.

— Aaaai! – o gemido escapou de Nicolas antes que fosse capaz de abrir os olhos. Tudo doía. O odor quase insuportável de material orgânico em decomposição adentrou pelas narinas. A brisa gelada o fez tremer quando passou por seu corpo, trazendo-lhe a desagradável sensação de estar vestindo apenas roupas íntimas, o que era estranho. A última recordação que conseguia alcançar antes de começar a despertar naquele lugar frio era de subir a escadaria de um antigo prédio iluminado, entregar o convite que recebera de última hora para a noite de gala e adentrar o grande salão, onde um garçom atravessou apressado pelo meio dos casais dançando e lhe entregou a última taça de espumante. Depois de sorver o líquido saboroso em um único gole e depositar a taça de volta à bandeja, ele não conseguia se lembrar de mais nada.

Até recobrar a consciência com o gemido e sentir o frio passando por seu corpo. Com as pálpebras tremendo, lutando para abrir os olhos, ele sentiu alguém, ou alguma coisa, o agarrar pelo pulso. O choque o fez despertar e colocar-se sentado com um salto. Imediatamente, soltou mais um gemido de dor:

— Aaaai! – A cabeça doía tanto que ele a abaixou entre as pernas semiflexionadas e colocou a mão sobre a testa.

Os dedos rapidamente ficaram umedecidos com o suor que melava seus cabelos curtos e espetados.

Sentindo-se tonto, Nicolas aguardou alguns segundos até o chão de terra coberto por folhagem seca parar de girar. Ignorando a cabeça latejante, ele a ergueu com lentidão excessiva e olhou ao redor. Junto dele, no fundo de uma vala em meio a uma floresta desconhecida, jaziam vários corpos masculinos, todos trajando apenas roupas íntimas, como ele. Alguns dos cadáveres estavam de boca aberta e com baba escorrendo. De um deles, uma aranha ocupou o ínfimo espaço entre os lábios e desceu apressada pelo pescoço.

— Você está legal? – o homem agachado ao lado de Nicolas, trajando apenas roupas íntimas, perguntou. – Quando toquei seu pulso para ver se ainda estava vivo, você se levantou. Espero que esteja bem.

— O que... – Nicolas tentou organizar os pensamentos. A garganta estava seca e a voz saiu mais rouca do que o normal. – Onde estamos?

— Esta é uma pergunta que eu e os poucos que encontramos vivos em meio à carnificina estamos tentando descobrir – ele refutou. Levantando-se e estendendo-lhe a mão suja de terra, continuou: – A propósito, me chamo Heitor.

— Nicolas – ele respondeu, aceitando a ajuda para se levantar e apoiando as mãos sobre os joelhos, mantendo a cabeça ainda baixa enquanto esperava tudo voltar ao eixo.

— Isso vai passar logo – Heitor disse, tentando acalmá-lo. – Aconteceu comigo e com os outros que encontrei pelo caminho.

— Vocês estão em quantos? – Nicolas perguntou, lutando contra a ânsia.

— Seis com você – falou Heitor, já se dirigindo para os próximos corpos inertes ao lado de onde encontrara Nicolas.

Nicolas se ergueu com dificuldade e olhou ao redor. Assim como Heitor, outros homens trajando apenas roupas íntimas buscavam por sobreviventes, tocando os corpos ou chutando de leve as costelas. Quando nada acontecia, eles partiam para os próximos, esperando encontrar mais alguém vivo.

— Nada aqui! – um deles gritou.

Capítulo 2

– Aqui também não há sobreviventes! – outro respondeu de algum lugar de onde Nicolas não conseguiu identificar.

E, mesmo que tivessem descoberto alguém vivo, aqueles homens não seriam capazes de ajudá-los. O uivo de alguma criatura perigosa chegou aos ouvidos deles. Desviando o olhar dos corpos para se encararem, um deles gritou:

– Corram!

Todos se colocaram em movimento e começaram a escalar a lateral da vala. Nicolas, porém, ficou estagnado no mesmo lugar e perguntou:

– O que está havendo? Que uivo foi esse?

Correndo de volta ao encontro de Nicolas, Heitor o empurrou pelas costas e respondeu ao mesmo tempo:

– Você não vai querer ficar aqui para descobrir, vai?!

Forçado a se colocar em movimento, Nicolas correu para a lateral da vala ao lado do novo amigo. Afundando os dedos em garra no terreno em aclive, os dois começaram a escalar. Os pés descalços às vezes escorregavam na terra lamacenta, fazendo-os bater o peito na encosta íngreme. Recuperando-se com a máxima agilidade que conseguiam, continuavam a escalada com o corpo todo coberto de barro.

Quando estavam próximos do fim da escalada, as mãos de um homem magrelo, que já alcançara o terreno plano, se estendeu na direção deles, os ajudando a chegar à superfície.

– Vamos logo, não temos muito tempo.

– Como assim? – Nicolas perguntou. – O que está acontecendo?

A resposta veio através de um vulto passando rápido por entre as árvores, assustando-os. Pelos breves segundos que a figura assustadora foi vista, Nicolas teve a impressão de que se tratava de um enorme animal, praticamente tão grande como um urso, mas com incrível agilidade, não compatível com o tamanho de sua desconfiança. Considerando o uivo de antes, não havia dúvida de que se tratava de um lobo, por maior que pudesse parecer.

E lobos caçam em bandos.

Arregalando os olhos, Nicolas falou:

– Temos de sair daqui.

– Agora que você percebeu isso? – Heitor deixou escapar e empurrou Nicolas pelas costas, fazendo-o correr pela lateral da vala, e colocou-se em movimento, seguindo-o de perto.

Os dois haviam dado três passos quando um enorme lobo, de pelagem negra, irrompeu com um salto pelo meio das árvores, a bocarra aberta, e se atracou com o homem magrelo que os havia tirado do buraco. Sangue espirrou nos dois quando a garganta da vítima foi dilacerada com uma única mordida e o cadáver rolou para dentro do buraco, juntando-se aos inúmeros mortos que ali jaziam.

O lobo que o atacou, no entanto, conseguiu se manter na superfície, patinando no terreno lamacento e parando a poucos metros da beirada. Por um segundo, a fera fitou o corpo rolando pela encosta até se juntar aos cadáveres. Depois, virou-se na direção dos dois homens e os encarou com olhos vermelhos. Um rosnado escapou dele antes de se virar e iniciar a perseguição aos sobreviventes.

– Corre, vai! – Heitor gritou, assustado, batendo nas costas de Nicolas. Estando os dois na estreita trilha entre as árvores e a vala, Heitor era o último da fila e, portanto, o primeiro na linha de ataque do lobo que matara o homem magrelo.

Nicolas correu o máximo que pôde, seguido de perto por Heitor. O segundo homem, virando brevemente o rosto para olhar a fera encurtando a distância com incrível velocidade, gritou para o colega à frente:

– Temos de entrar na floresta!

A ideia parecia boa, até Nicolas e Heitor virem, pelo canto dos olhos, as sombras de outros lobos os acompanhando por entre as árvores.

– Não dá! – Nicolas gritou. – Seremos dilacerados pelo resto da matilha.

Lançando mais um rápido olhar por cima do ombro, Heitor respondeu:

– Não temos escolha! – e agarrou Nicolas pelo braço, puxando-o para adentrar a floresta no momento que o lobo atrás deles pulou sobre os dois corpos em movimento. A bocarra rasgou apenas ar, a poucos metros de Heitor. Eles conseguiram escapar por muito pouco.

Mas ainda não estavam livres. Correndo lado a lado por entre as árvores, eles viram, pelo canto dos olhos, as sombras dos outros lobos que os perseguiam. Atrás deles, a fera que os atacara na trilha ao lado da encosta freou seu movimento quando tocou o chão e se embrenhou na mata, encurtando a distância com passadas largas.

Enquanto corriam desesperados, os finos galhos pendurados deixando marcas vermelhas em seus corpos, os gritos agoniantes dos outros sobreviventes chegavam aos ouvidos deles.

— Não vamos conseguir! — Nicolas falou, praticamente se entregando à realidade de que ambos morreriam na floresta.

— Temos de nos separar — Heitor mudou a direção de seus passos antes mesmo que Nicolas pudesse retrucar, deixando-o sozinho em meio à floresta escura. Por mais que alguns lobos continuassem em seu encalço, inclusive o que o perseguira na encosta do cemitério improvisado, ele teve a sensação de que o plano funcionara. Os lobos haviam se dividido, aumentando as chances de resistirem até alguém resgatá-los ou deles mesmos encontrarem uma solução por conta própria.

Porém, quem iria resgatá-los se nem eles sabiam onde estavam? Para piorar a situação já complicada de Nicolas, não tardou para o grito de Heitor o alcançar. Menos de um minuto depois, as silhuetas escuras dos lobos que haviam perseguido o novo amigo retornavam para ameaçar a vida do único homem ainda em fuga.

— Meu Deus! Meu Deus! Meu Deus! — Nicolas demonstrava todo o seu desespero.

Ele não sabia quanto tempo iria aguentar. Seu corpo, cansado e dolorido, já não respondia mais da mesma maneira aos comandos. No desespero, chegou a tropeçar algumas vezes em raízes altas. Apoiando as mãos no chão, Nicolas conseguiu recuperar o equilíbrio e continuou correndo, porém em um ritmo mais lento do que antes, deixando, contra a vontade, os lobos se aproximarem.

Nem tudo, porém, estava perdido. Havia uma chance de salvação. Entre as árvores, depois de tropeçar mais uma vez, Nicolas viu as luzes externas de uma enorme construção logo após uma clareira. Aquela visão o encheu de esperanças, pois as luminárias eram para Nicolas como um farol para navios, conduzindo-os à segurança do porto. Se conseguisse sair da mata, atravessar o campo aberto e chegar à casa, ele poderia se proteger das feras que o perseguiam.

Irrompendo para a clareira o mais rápido que as pernas aguentavam, Nicolas se virou, meio desequilibrado, para olhar se ainda era perseguido pelas feras. Para sua infelicidade, três lobos de olhos vermelhos deixaram a proteção escura das árvores e continuaram a segui-lo por campo aberto. Arregalando os olhos com a imagem sinistra das bocas pingando sangue e saliva no gramado, o homem de meia-idade buscou usar as últimas energias para acelerar o ritmo e alcançar a segurança da enorme casa.

Com os lobos quase o alcançando, Nicolas subiu apressado as escadas, tropeçando nos degraus, e chegou ao terraço. Puxando a porta de vai e vem, na qual uma tela para reter mosquitos fora instalada, ele se jogou contra a barreira seguinte, esperando não estar trancada. Girando a maçaneta, ele se permitiu sorrir quando a porta abriu para o interior, soltando um rangido sinistro. Quando a fechou e se recostou, usando o corpo como peso extra para mantê-la fechada, resistindo ao impacto dos lobos, o homem foi acometido por um alívio imediato.

Mas não havia acabado. Os lobos se jogavam contra a porta, tentando abri-la. Em uma das investidas, um vão se abriu e um braço peludo, com garras afiadas, agarrou a madeira, deixando marcas de arranhões enquanto tentava abrir mais espaço para adentrar. O focinho, enfiado na passagem estreita, farejava o interior, o sangue das vítimas anteriores escorrendo de seus dentes afiados, deixando uma mancha vermelha no piso de casa.

Com um grito de desespero, Nicolas usou as costas para empurrar a porta com mais força. Para sua surpresa, ele conseguiu vencer a pressão dos lobos e a madeira bateu contra o batente, o som ecoando pelo interior da casa. Por ora, ele conseguira se livrar da ameaça, mas os animais continuavam empurrando. Se o homem não fizesse nada, logo seria mais uma vítima daquelas feras.

Passando um rápido olhar pela sala, ele viu a barra de ferro usada para trancar a porta jogada no chão a poucos metros de seus pés. Sem desencostar da madeira, agachou-se e esticou a perna, tentando alcançar a trave. Na terceira tentativa, conseguiu trazer o objeto para perto dele. Agarrando-o com firmeza com as duas mãos, ele se levantou. Faltava apenas se virar e passar a trava pela porta.

– Um... Dois... – Nicolas se preparou, tomando coragem para seu último ato. – Três!

Com um giro rápido, no intervalo entre uma pancada e outra na porta, ele prendeu as extremidades da barra de ferro nos ganchos

Capítulo 2

ao lado dos batentes, de modo a deixá-la atravessada diante da porta fechada e, assim, impedir que fosse aberta. Recuando alguns passos, Nicolas contemplou, aliviado, o resultado de todo o seu esforço. Os lobos tentavam entrar, mas o objeto garantia a segurança do homem.

Pelo menos, por ora.

Recuando mais alguns passos, os olhos fixos na porta travada à sua frente, Nicolas achava ter conseguido escapar dos lobos, quando, na verdade, o plano dos perseguidores era levá-lo exatamente para o local onde ele se encontrava.

3

— De todos os meus convidados, eu não acreditava que justo você, Nicolas Barros de Albuquerque, fosse capaz de chegar até aqui.

Nicolas se virou, sobressaltado, e passou os olhos pela sala pela primeira vez desde o momento que entrara na casa. Para além das confortáveis poltronas à sua esquerda, todas elas voltadas para a lareira de pedra, jazia uma enorme mesa com inúmeras cadeiras encostadas contra o tampo de madeira maciça. Sobre ela, diversos castiçais estavam espalhados, cada um deles com três velas negras acesas, fazendo a iluminação artificial oriunda do lustre de bronze ser apenas um mero coadjuvante. Na extremidade oposta à porta pela qual entrara, um homem musculoso e de cabelos no estilo moicano comeu um pedaço de carne crua.

Estendendo o braço na direção da cadeira à esquerda, em que uma tigela com o mesmo tipo de carne crua repousava sobre a mesa, ele o convidou:

— Você deve estar faminto, com frio e cheio de dúvidas. Sente-se, por favor.

Com inúmeras perguntas passando por sua cabeça, Nicolas reparou que o pulso do homem estava envolto em uma atadura. Sangue tingia o tecido, deixando o convidado na dúvida se aquela mancha era oriunda da carne crua que o anfitrião comia ou se ele havia se machucado em alguma outra ocasião.

Percebendo que Nicolas continuou estagnado no mesmo lugar, em estado de choque, o homem mordeu um pedaço da carne crua e falou com a boca cheia:

— Pode se sentar. Eu não mordo. — Uma risada se seguiu, o pedaço de carne mastigado visível dentro da boca aberta.

No mesmo momento, a porta balançou mais uma vez, assustando o homem trajando roupas íntimas. No segundo seguinte, um lobo espiou para dentro da casa pela janela ao lado da passagem trancada, a respiração embaçando o vidro a cada expiração raivosa da fera. Nicolas sabia muito bem que, se o animal quisesse entrar, a frágil janela não o impediria.

— Fique tranquilo. Ele só irá entrar quando eu ordenar.

Virando-se, assustado com a revelação que chegara aos seus ouvidos, Nicolas apontou o dedo para o anfitrião sentado e soltou todas as dúvidas que preenchiam a mente de um homem desesperado:

— Você sabia da existência dessas feras o tempo todo? O que é você? E como sabe meu nome?

— Eu sei muito mais sobre você do que o seu nome, Nicolas. Por que acha que eu lhe mandei o convite para a minha festa de gala? — o homem sentado respondeu com calmaria excessiva. — Agora, se puder fazer a gentileza de se sentar e comer a maldita carne que eu separei para você, eu agradeço. Afinal, sei o quanto está com fome. Posso ouvir sua barriga roncando daqui.

Nicolas hesitou. Aquilo não era o que esperara encontrar na casa. Percebendo que o convidado não se mexia, o anfitrião se colocou de pé. Com o ruído da pesada cadeira arrastando sobre as tábuas de madeira ecoando pela sala, ele apontou para o prato intacto sobre a mesa e ordenou:

— Eu não arranquei um pedaço de mim para você recusar! Sente-se aqui e coma logo! — A ira fervilhando dentro do homem estava refletida em seu olhar estreito.

Sem alternativa, Nicolas se aproximou com passos temerosos da cadeira, o olhar fixo na tigela sobre a mesa. Com as mãos trêmulas, ele pegou um pedaço de carne e levantou o braço bem devagar,

Capítulo 3

ponderando se não escapara de uma armadilha para cair em outra, muito mais letal do que as feras do lado de fora da casa.

Tudo aquilo, no entanto, não passava de uma tentativa de distrair o anfitrião de seus planos. No último segundo, com o pedaço de carne quase tocando os lábios, ele a largou e correu para a porta aberta à direita, que o levaria para um cômodo mantido às escuras. O homem, até então satisfeito com o possível desfecho daquele momento, deixou o sorriso desaparecer. Não fez, porém, mais nada do que olhar, de braços cruzados, a tentativa de fuga desesperada.

Três passos. Era tudo do que Nicolas precisava para alcançar a porta para o aposento adjacente. Mas não deu mais do que dois. Quando alcançou o batente, uma figura apareceu nas sombras e o derrubou. Caindo de costas na sala iluminada, ele olhou estarrecido para o que trombara. Parado na escuridão, também de braços cruzados, havia um homem aparentemente usando apenas roupas íntimas.

– Pensando em fugir, Nicolas? – a figura mergulhada na escuridão perguntou.

Nicolas acreditava conhecer aquela voz, apesar de estar um pouco mais grave e firme do que a última vez que a ouvira. Suas suspeitas se confirmaram quando o homem deu um passo à frente, adentrando a sala iluminada. Por um segundo, os olhos do fugitivo caído se encheram de esperança. Depois de ouvir o grito no meio da floresta, ele achava que aquela pessoa que o salvara da morte havia menos de uma hora estava morta.

– Heitor!

Existia, porém, algo de diferente no homem que ele conhecera. Apesar do corpo coberto por pequenas feridas e das manchas de sangue relativamente frescas na barba, o olhar não era mais o mesmo. Algo havia acontecido com ele na floresta depois que se separaram. Nicolas somente não sabia dizer o quê.

Mas desconfiava estar prestes a descobrir.

– Eu acho melhor você fazer o que ele disse.

– Heitor, não posso acreditar que você esteja me pedindo isso depois de me salvar.

Bufando, Heitor lançou um breve olhar na direção do homem de braços cruzados e respondeu:

– Eu temia que fosse dizer isso.

Mal ele havia acabado de falar, suas articulações começaram a deslocar. A cada estalo ecoando pela sala, os membros se retorcendo de forma estranha antes de aumentar suas dimensões e ganhar massa muscular, um gemido escapava de Heitor. Pelo cresceu por todo o corpo. As unhas das mãos e dos pés ficaram maiores enquanto os dedos se esticavam. As orelhas mudaram de forma, tornando-se pontiagudas. A face se alongou, adotando a forma de um focinho de onde dentes afiados podiam ser vistos. As lamúrias, até o momento de dor, transformaram-se em um uivo capaz de gelar os ossos de qualquer pessoa.

Apoiando-se nas quatro patas, Heitor caminhou com passos lentos em direção à vítima estendida no chão. Ao ver o homem se transformando em uma das feras que os perseguira na floresta, os olhos vermelhos fixos no frágil corpo humano, Nicolas recuou, arrastando-se. Ele tentava se afastar do animal, mas os passos dele, maiores, não o deixavam escapar. Desesperado com a infrutífera tentativa, o rapaz decidiu por adotar uma medida diferente. Apoiando os cotovelos no chão, ele tentou se levantar e correr para longe do perigo. Colocando-se de pé, correndo em direção à mesa, parecia que ele iria conseguir escapar.

Mas o lobisomem estava determinado a pegá-lo a todo custo. Com um movimento rápido, ele avançou alguns passos, a boca aberta, e mordeu a vítima na altura do rim direito. A massa suculenta composta de pele e musculatura foi arrancada do humano. Sangue escorreu pela ferida enquanto Nicolas soltava um grito de dor e caía sobre a mesa, batendo o peito e o braço sobre o tampo, derrubando a tigela com o pedaço de carne que fora obrigado a comer e tombando para o chão.

Fitando o teto da casa, a respiração de Nicolas estava ofegante. Conforme o sangue escorria pela ferida, fazendo uma poça avermelhada sobre as tábuas de madeira, a visão tornava-se cada vez mais escura. Mesmo assim, ainda conseguiu sentir o peso das patas do lobisomem pisando sobre seus membros e distinguir a face peluda bem acima da sua, os dentes expostos enquanto um rosnado escapava pela garganta da fera.

Como se o sofrimento não fosse o bastante, o homem com cabelos de moicano se agachou próximo da cabeça de Nicolas, o pedaço de carne que tombara para o chão preso entre os dedos. Vendo-o de ponta-cabeça, o rapaz foi forçado a abrir a boca e, mesmo contra a vontade, engolir aquela massa sangrenta. O sabor era horrível. Ele tentou cuspir, mas o rosnado feroz do lobisomem sobre ele e as mãos fortes segurando as mandíbulas pressionadas uma contra a outra não deixavam escolha além de engolir.

Debruçando-se um pouco mais sobre Nicolas, o homem falou:
– Seja bem-vindo à matilha. Você pode me chamar de Dimos. – Após uma pausa, quando levantou brevemente o olhar na direção dos olhos vermelhos do lobisomem antes de voltar a atenção para Nicolas, ele continuou: – Ou você simplesmente pode me chamar de Alpha.

4

Tiago abriu os olhos de repente, tirado de seu estado de inconsciência pelo zumbido repetitivo de curto-circuito dentro da cabine do helicóptero tombado no meio da floresta, os destroços da fuselagem misturados às partes do que fora a cauda e as pás da aeronave entre algumas árvores derrubadas pelo impacto da queda. *Estou vivo! Estou vivo!* Ele não parava de repetir essa mesma frase em sua mente, desviando o foco de compreender o que se remexia dentro dele – um fator muito mais importante do que os estalos elétricos ecoando no interior da cabine, tão poderoso a ponto de poder ter sido o verdadeiro responsável pelo despertar repentino.

Apesar do corpo dolorido e da metade direita dormente por estar pressionada contra a lateral da aeronave tombada, Tiago se jogou para a frente em uma tentativa de atravessar o vidro dianteiro do helicóptero, arrebentado com o impacto, e sair dele. Mas ele conseguiu se mexer apenas alguns centímetros, pois algo o manteve preso contra o assento, arrancando uma careta de dor ao aumentar a pressão contra seu peito. Desviando o olhar para o que o prendia, o jovem deixou escapar um muxoxo. Como ele poderia ter se esquecido de destravar o cinto que o salvara da morte?

Puxando as alavancas com as mãos trêmulas, Tiago soltou as fivelas do cinto. Livre, ele passou pela abertura onde estiveram os vidros dianteiros e deixou a gravidade fazer o resto, caindo de costas na terra seca da floresta, em meio a alguns destroços. Fitando a fraca claridade que atravessava a copa das árvores, ele se perguntou quanto tempo ficara inconsciente. Parecia que ele passara praticamente o dia todo desacordado. A última lembrança antes da escuridão o abraçar era a do helicóptero de Guilherme mergulhando para a floresta, antes mesmo do sol ter alcançado o horizonte de uma nova manhã.

Guilherme... Guilherme... O nome fazia algo se remexer dentro dele com mais ferocidade. Era algo familiar, que ele já lutara para controlar em outras ocasiões, uma maldição adquirida havia alguns anos. Uma maldição que somente tentava sobrepujar sua consciência quando a raiva chegava ao extremo. Uma maldição que somente poderia ser controlada por...

Tiago levou a mão direto ao bolso da roupa em seu peito. Nem precisou abri-lo para perceber que o frasco ao qual buscava não estava ali. Como a missão era curta, ele não se preocupou em trazer o elixir preparado especialmente para ele. O jovem nunca pensara que um dia o helicóptero poderia cair... Muito menos que seria derrubado por um membro de sua própria equipe.

– Guilherme... Guilherme... – o nome saiu de sua boca contra a vontade, um reflexo da raiva que despertara aquela maldição. – Não, não. Eu preciso me controlar. – Tiago tentou fazer a maldição retornar para o estado de latência. – Eu preciso manter Guilherme a salvo, apesar do que ele fez.

Mas ele era dependente do elixir e, sem este, não acreditava ser capaz de manter o controle. Todo o seu corpo começou a queimar por dentro. Colocando-se de joelhos, ele abraçou a barriga e se inclinou para a frente, tentando fazer parar a dor que lhe consumia.

– Guilherme, eu vou proteger você da fera crescendo dentro de mim. – Tiago balbuciou enquanto olhava para os lados, procurando por qualquer coisa que pudesse usar para interromper o doloroso processo. Para a sua infelicidade, nada ao redor seria capaz disso.

A raiva crescia e o consumia com mais força cada vez que ele falava o nome do homem que o derrubou no meio da floresta. Endireitando o corpo e levantando a cabeça até os olhos fitarem as copas das árvores, Tiago arrancou o capacete. Seus cabelos, tendo crescido depois da noite em que o mundo sombrio lhe fora apresentado, estavam livres e caíram ao redor da face. Um filete de sangue escorreu de uma ferida, uma pequena lembrança da queda que sofrera, e desceu pelo rosto até melar a barba comprida e negra. Inflamado pela raiva de ter sido ferido, ele jogou o capacete de lado de forma displicente e soltou um grito. Pássaros, assustados, deixaram a segurança dos galhos mais altos, voando para longe.

– Guilherme, eu vou... – Tiago tentou recuperar o controle antes de perder a consciência por completo.

Mas a raiva já o havia consumido. Não havia mais como controlar a fera. Seus membros começaram a ficar maiores e mais fortes, rasgando o uniforme verde escuro. Unhas compridas e afiadas cresceram das mãos e pés. Pelos cinzentos nasceram pelo corpo, cobrindo o tom rosáceo da pele. As orelhas cresceram, tornando-se mais pontudas. O rosto começou a se alongar, transformando-se em um focinho de onde dentes pontiagudos ganhavam forma.

Mesmo sabendo ter perdido a batalha contra a fera dentro dele, Tiago usou seus últimos lampejos de consciência para tentar se manter no controle.

– Guilherme, eu vou...

O que começou com um grito de dor acabou em um uivo carregado de ódio, enquanto os últimos pensamentos passavam pela consciência quase dominada pela fera:

– Guilherme... Eu vou... Eu vou...

Houve uma pausa no pensamento de Tiago e o que se seguiu já não era mais ele.

– Guilherme, eu vou matar você!

5

A revoada dos pássaros despertou Guilherme do sono inconsciente. Com os olhos arregalados, ele permaneceu deitado sobre as folhas secas das árvores. De algum lugar próximo, um calor incompatível ao ambiente aquecia metade de seu corpo. Estranhos estalos chegavam até ele. Virando apenas a cabeça para o lado, ele viu os destroços da aeronave em chamas e praguejou. O fogo consumia a única oportunidade de pedir socorro pelo rádio. No momento que perdera o controle, nos poucos segundos de queda, o experiente piloto analisou as possibilidades de sobrevivência. Tomando uma decisão, ele pulara do helicóptero quase no momento que a cabine tocava a copa das árvores. Por mais que planejasse se agarrar a um dos galhos, no que falhara, ele agradecia mentalmente ao instinto de ter saltado do aparato. Se tivesse permanecido nele, seu corpo estaria queimando junto ao metal.

Os devaneios de como sobrevivera duraram pouco, retornando à realidade pelo uivo feroz que chegou aos seus ouvidos. Ao se pôr sentado, Guilherme sentiu as dores do impacto contra o solo. Um gemido escapou ao mesmo tempo que as mãos foram às costelas. Ele deveria ter fraturado alguns ossos, mas ainda era capaz de se mexer. Colocando-se de pé com dificuldade, retirou o capacete e o jogou no chão, liberando os cabelos castanhos no corte estilo militar. Quando um segundo uivo o alcançou de algum lugar mais próximo do que o anterior, o mercenário se empertigou. Assustado, a mão de Guilherme foi ao coldre atado à perna. Pegando o revólver, ele o engatilhou. Se algum animal estivesse à espreita, esperando a oportunidade certa de atacar e se alimentar, teria uma surpresa. Ele não seria um alvo fácil.

Porém, ele também não esperava pelo animal que o perseguia. Quando tomou a direção oposta ao local de onde acreditava ter vindo o uivo, desviando dos destroços em chamas, um rosnado o alcançou. Virando-se, seus olhos se arregalaram quando a enorme criatura, parecendo um lobo, equilibrado apenas sobre as patas traseiras, rosnou mais uma vez. Uma baba estranha escorria pelos cantos da boca da fera.

Agindo por instintos, Guilherme apontou a arma na direção do animal, arrancando-lhe mais um rosnado feroz. Quando o lobo caiu sobre as quatro patas e avançou em sua direção, ele disparou. Àquela distância, para um homem treinado, não haveria como errar. Mas as balas que entravam na fera, deixando pequenas marcas de sangue na pelagem cinzenta, apenas reduziam o ritmo da investida, dando um pouco mais de tempo para o mercenário pensar e agir, mas não eram suficientes para contê-la.

– Merda! – Guilherme deixou escapar e pulou para o lado no momento em que a fera se chocou contra a carcaça do helicóptero em chamas, fazendo-a girar. Com a rotação do aparato deixando um rastro no solo, a cauda passou por cima da cabeça do mercenário, uma das pás traseiras, intacta, quase o decapitando.

Guilherme escapou por muito pouco e, colocando-se de pé, ignorou as dores no corpo e correu para o meio da floresta, a arma ainda na mão. A fera se colocou em movimento, seguindo-o por entre as árvores, as passadas largas encurtando a distância drasticamente. Se continuasse assim, o homem em fuga alucinada seria morto antes que pudesse alcançar o horizonte diante de seus olhos.

Se quisesse sobreviver, ele precisaria fazer algo com urgência. *Mas o quê?*, pensou. A fera já se mostrara imune aos tiros da pistola. Buscando uma explicação para o inexplicável, sua mente vagava pelos últimos fatos: forma de lobo, maior que um ser humano, equilibrado nas patas traseiras, resistente às balas. Só poderia ser...

Capítulo 5

Não!, ele tentou tirar o pensamento repentino da cabeça. *Lobisomens não existem!*

Mas, se fosse verdade, ele estaria diante de um enorme problema, e o fato de estar sendo perseguido por algo feroz e brutal como um lobisomem não poderia ser descartado.

Em sua fuga alucinada, de vez em quando olhando para trás, somente para ser agraciado com o corpanzil peludo da fera cada vez mais próxima, os olhos vermelhos fixos nele, Guilherme não percebeu a inclinação do terreno à frente, em declive. Quando os pés encontraram apenas o ar, ele rolou pela encosta lamacenta. A arma escapou das mãos e ficou pelo meio do caminho.

Quando o terreno ficou plano novamente, Guilherme mergulhou em um pequeno riacho. O impacto lhe arrancou um gemido de dor. Estando submerso, ele engoliu água. Ao voltar à superfície, pisando com cuidado sobre as pedras do leito, o mercenário tossiu algumas vezes. Os cabelos e as roupas estavam ensopados, mas seguia vivo. Porém não sabia por quanto tempo, pois o lobisomem estava próximo dele quando despencara pela encosta do riacho.

Olhando para o lado da floresta de onde caíra, ele o viu. Para sua surpresa, a fera caminhava em círculos na margem. Às vezes, chegava a colocar as patas dianteiras na encosta. Quando o pesado corpo começava a deslizar no terreno lamacento, ela soltava um ganido estranho e, patinando, retornava para a segurança da planície. O rosnado que escapava dela não carregava mais o mesmo tom feroz de antes. Em vez disso, parecia trazer uma certa apreensão, confirmada pelo medo aparente de descer a ribanceira.

– Ele tem medo de água – Guilherme sussurrou. Enquanto permanecesse no leito do riacho ou mantivesse o vale inundado entre ele e o lobisomem, estaria seguro. Levantando o olhar até encontrar os olhos dele na margem, o mercenário o desafiou. Abrindo os braços, gritou: – Está com medo? Estou bem aqui. Vem me pegar!

Incapaz de alcançá-lo, o lobisomem soltou um uivo feroz e se virou, desaparecendo no meio da floresta. Acreditando ter se livrado do estranho animal, Guilherme voltou a atenção para o sol poente, tentando se localizar. Daquele lugar, ele poderia escolher três caminhos: seguir o sentido da fraca correnteza, ir contra ela ou escalar o outro lado da margem, onde acreditava estar protegido do lobisomem.

Desconfiado de que a fera tentava ludibriá-lo a sair do riacho, Guilherme optou pela alternativa mais segura. Havia, então, dois caminhos a seguir: a favor ou contra a correnteza. Por mais que não conhecesse a região, o mercenário já participara de várias incursões em florestas, tanto em treinamento quanto em missões, e sabia que, na maioria das vezes, a correnteza seguia em direção a rios maiores, onde, se tivesse sorte, poderia encontrar alguma cidade ou vilarejo. Decidido, ele começou a caminhada pelo leito, equilibrando-se sobre as pedras soltas enquanto a água batia na altura dos joelhos.

Ao longo da caminhada, o sol cada vez mais baixo no horizonte, Guilherme via, pelo canto dos olhos, o enorme corpo do lobisomem o acompanhando pelo meio das árvores, apenas esperando o momento certo de atacar. Afinal, em alguma ocasião o mercenário teria de abandonar a segurança do riacho.

Residia, nesse ponto, uma questão importante: quando chegasse a hora, ele teria de enfrentar o lobisomem. Estando desarmado e em terreno desconhecido, o que ele poderia fazer? Parecia que as alternativas seguiam apenas um caminho, como a rota adotada pelo leito do rio: ser morto. Se esse fosse seu destino, pelo menos o faria lutando até o fim.

Essa batalha com a criatura assustadora, então, estava longe de chegar ao seu derradeiro final.

6

O ônibus encostou na lateral da rodovia Rio-Santos, no início da serra entre Boiçucanga e Maresias.
Assim que as portas traseiras se abriram, apenas um jovem, de pouco mais de 20 anos de idade, desceu. Tão logo os pés tocaram o asfalto, uma brisa quente lhe acariciou a face, balançando de leve os cabelos castanhos. Depois de horas na estrada, ele finalmente estava próximo de seu destino. Para onde iria a partir daquele ponto remoto, veículo nenhum poderia levá-lo.

Levantando os olhos castanhos dos tênis em seus pés, ele viu o sol próximo do horizonte. Pegando o telefone celular do bolso da bermuda, o jovem desbloqueou o aparelho. De imediato, a foto dele e de uma jovem loira apareceu, arrancando-lhe algumas lágrimas. Ele não conseguia acreditar que o relacionamento havia acabado depois de anos felizes. Lembranças dos momentos juntos invadiram sua mente. Mudando a tela, ele buscou o contato da ex-namorada. A vontade era de ligar para ela, tentar mais uma vez a reconciliação. Mas o jovem sabia muito bem que sua ex não o atenderia.

– Não seja idiota! – ele se repreendeu. – Ela já seguiu em frente!

Controlando a tentação, o rapaz saiu da tela de chamadas. *Pelo menos, o lugar para onde vou não terá sinal*, pensou. *Quando voltar, estarei renovado e livre deste peso que me atormenta*. Lançando um olhar para o relógio do aparelho, ele checou o horário. A viagem de São Paulo até aquele ponto na rodovia levou mais tempo do que ele havia planejado. Se quisesse chegar ao destino antes do anoitecer, teria de acelerar o passo.

Com um movimento rápido, o jovem jogou a pesada mochila nas costas e iniciou a caminhada. Primeiro, passou por casas e carros velhos enquanto subia a rua íngreme até o início da trilha. Quando alcançou a entrada do parque estadual, ele olhou uma última vez pelo caminho por onde veio.

– Vamos, Pedro, coragem! – falou para si mesmo, tentando buscar dentro de si o que estava com dificuldade de encontrar.

Erguendo a cabeça, as maçãs do rosto vermelhas pelo esforço da caminhada até o início da trilha, Pedro deu os primeiros passos para o caminho estreito cercado por mata nativa, subindo a montanha. Naquele momento, ao fim da tarde, a verdadeira jornada rumo a um novo horizonte teve início.

O novo horizonte, no entanto, não era bem o que Pedro planejara quando deixou São Paulo.

1

O pequeno vilarejo no meio da Serra do Mar, com construções antigas e ruas de pedra entre os entrepostos da ferrovia que um dia escoara café para o litoral, quase desativada por completo, era o local perfeito para quem buscava se esconder, principalmente se esta pessoa específica tivesse sido acariciada com uma maldição sobrenatural, pois, caso precisasse mostrar sua verdadeira natureza, não passaria de mais uma lenda urbana sobre o quanto aquele local era mal-assombrado. Ninguém acreditaria e, mesmo que um ou outro indivíduo pudesse crer ser verdade, logo tais feitos cairiam no esquecimento, como aconteceu com o evento da Thuata Olcán de alguns anos antes, quando Versipélio conseguiu convencer a maioria de que os lobisomens e as figuras mágicas não passavam de fantasias e efeitos especiais para entreter o público presente na Lupercália.

Mas Luan não acreditava nisso. A forma lupina que assumira, mesmo durante a luz do dia, era evidência mais do que necessária de que as palavras de Versipélio não passavam de distração para esconder uma verdade muito mais aterrorizante: a da existência de pessoas como Luan, que podiam se transformar em lobisomens. Ele mesmo, havia muito, já fizera parte da matilha, mas deixara a segurança do Alpha para seguir seus próprios passos por causa da guerra secular contra Dimos.

Seguindo a vida em meio aos humanos, ele tornara-se um ômega, um lobisomem sem matilha, e se transformava apenas para ficar parado o dia todo sobre uma pequena caixa negra atrás de um pote para os turistas de fim de semana depositarem dinheiro e, assim, o ajudarem a sobreviver.

– Ei, moço! – Um menino com um pouco mais de nove anos chamou sua atenção. – Tira a máscara que você está muito feio assim!

Ok! Esse era o tipo de provocação com que Luan tinha de lidar algumas vezes. Abaixando a cabeça e fixando os olhos vermelhos diretamente no garoto, ele soltou um urro controlado, audível apenas para as pessoas em volta, ao mesmo tempo em que estendia as verdadeiras garras na direção dele. Assustado, o menino gritou pelo pai e saiu correndo, abandonando um lobisomem rindo mentalmente com o que acabara de fazer.

Ficar o dia inteiro de pé sobre uma caixa podia ser um martírio para os colegas, trajando fantasias das lendas urbanas locais, como a noiva que se matou depois de ter sido abandonada no altar ou a figura da morte, carregando sua foice; mas para Luan não passava de mais um dia convencional em companhia da maldição que caíra sobre ele. Quando o sol começou o movimento descendente, a neblina que subia do litoral se espalhou pelo vilarejo e a leve brisa fez os turistas colocarem seus casacos e irem embora, Luan desceu da caixa, pegou o pote e iniciou a pequena caminhada até um lugar deserto atrás de uma das casas de madeira vermelha. Diferente dos colegas, que podiam simplesmente arrancar a máscara da fantasia e seguir o rumo de suas residências sem se importar de se mostrarem, Luan precisava encontrar um lugar onde pudesse voltar a ser humano sem ser visto.

Ao sair detrás de uma das casas, Luan já havia assumido a forma humana. Trajava um sobretudo sobre uma camiseta escura e calça comprida. Botinas negras de cano alto protegiam os pés dos pedregulhos soltos. Os cabelos longos estavam desgrenhados, algumas mechas suadas caindo ao lado do rosto fino, os fios se misturando à longa barba. Desviando o olhar para dentro do pote enquanto caminhava pelas ruas de pedras, os pés seguindo o caminho mais do que conhecido pelo meio da neblina em direção à

Capítulo 7

sua pequena residência, ele contava o dinheiro que a performance lhe rendera. Não era o que esperava, mas teria de dar para o gasto.

Ao contornar uma casa e começar a subir a montanha, um odor característico alcançou as narinas treinadas de Luan. O som de algumas pedras estalando sob passos firmes em algum lugar atrás dele chegou aos seus ouvidos. Levantando a cabeça do pote, ele olhou ao redor. Atrás dele, em meio à neblina cada vez mais densa, identificou a silhueta de uma figura caminhando pelo meio da rua. Conhecendo cada um dos moradores do pequeno vilarejo, nem o porte nem o cheiro do suposto perseguidor eram conhecidos. Turista perdido? Poderia até ser, mas os passos de pessoas perdidas não são firmes e determinados como aqueles.

Para Luan, ele estava sendo seguido. A questão era por quem e o que queria.

Conhecendo o vilarejo como a palma de sua mão, Luan desviou o caminho, rumando para a casa onde o engenheiro-chefe, na época da construção da ferrovia, residira com a família, a atração turística conhecida como Castelinho. Se realmente estivesse sendo seguido, a posição que adotaria quando alcançasse a residência, o ponto mais alto de todo o lado inglês do vilarejo, lhe garantiria a vantagem de tomar ações mais certeiras para fugir.

A certeza de não ser um turista perdido se abateu sobre Luan quando ele percebeu tanto a mudança de direção da figura em seu encalço quanto a presença de mais um vulto descendo a rua na qual entrara, surgindo do meio da floresta no ponto mais extremo do vilarejo. Para consagrar suas suspeitas e entregar de vez as intenções dos perseguidores, um uivo de alerta quebrou o silêncio da noite recém-chegada. Não tardou para outros uivos, originários de diversos pontos da vila, o alcançarem.

– Eles estão se comunicando. – Luan deixou escapar, para si mesmo, a tensão do momento, evidente nestas quatro palavras.

Aquilo não podia ser coincidência. Já havia um tempo que Luan via nos noticiários as mortes caracterizadas pelos repórteres como ritualísticas. Para qualquer humano desavisado, realmente não passavam disso. Mas, para ele, aqueles assassinatos iam muito além: os ômegas estavam sendo caçados. Versipélio, sendo liberal quanto à decisão dos lobisomens de seguirem seus próprios rumos, não faria aquilo. Para Luan, aquele serviço macabro era realizado por Dimos. O propósito lhe escapava, mas, para sua infelicidade, tornar-se ômega não o deixou de fora da guerra como achava que ficaria.

Ele apenas não compreendia porque Versipélio, ciente de tudo isso, não mandava seus lobos em socorro aos ômegas.

No momento, porém, isto não importava. Luan tentara se esconder em Paranapiacaba, mas foi descoberto. Agora, teria de lutar por sua vida e, se conseguisse escapar de ser mais uma vítima dos rituais ditos como satânicos, teria de buscar a ajuda de Versipélio.

Largando o pote com displicência, parte das moedas batendo contra a lateral de plástico enquanto rolava ladeira abaixo, Luan se pôs a correr em direção ao Castelinho. Pelo canto dos olhos, ele viu o perseguidor apenas aumentar o ritmo, ciente de que o homem estava cercado – e realmente parecia estar. Pelo meio da mata em torno da construção de madeira com inúmeras janelas voltadas para todos os lados, outras figuras encurtavam o terreno até a construção, algumas delas ainda na forma humana. Outras já haviam se transformado, ganhando terreno com muito mais velocidade do que a vítima.

– Merda! – Luan deixou escapar quando a figura de um lobisomem apareceu por alguns segundos em meio à mata ao seu lado. Se continuasse neste ritmo mais lento, ele não conseguiria chegar nem perto da sacada do destino seguro.

Luan precisava se transfigurar para ter uma chance. Não tardou para mais um lobisomem estar correndo na direção da casa. Este, porém, buscava refúgio enquanto os outros uivavam em seu encalço. A discrição do silêncio da emboscada já não era mais necessária. Os perseguidores já sabiam terem sido descobertos.

O ômega alcançou as escadarias para a entrada principal quase junto de outro lobisomem. Quando o inimigo pulou sobre ele, as garras expostas procurando rasgar seu corpo, Luan, mais experiente, reduziu o ritmo e se encolheu, deixando a fera passar por cima dele sem tocá-lo e cair desengonçada do outro lado, rolando no chão por não conseguir mudar a posição das patas para pousar em segurança, de forma que a terra levantada se misturasse à neblina.

Amador, Luan pensou, subindo a escadaria com um único salto. Ao aterrissar com segurança, a madeira rangendo com seu peso, ele voltou a forma humana, bateu de ombro contra a porta, arrebentando o trinco, e passou pelo umbral. Tendo adentrado o hall, de onde se

Capítulo 7

abriam caminhos para a sala de reunião à esquerda, o escritório do engenheiro-chefe à direita e as partes privativas da casa à frente, o homem correu diretamente para os fundos. Graças ao tom vermelho das paredes de madeira, deixando o ambiente ainda mais escuro do que realmente era, ele pôde se aventurar, usando a negritude para se esconder. Tão logo deixou o hall, subiu as escadas até o segundo patamar e parou para ouvir os lobisomens se espalhando pela casa, procurando-o nos cômodos inferiores.

Do segundo piso, os degraus continuavam subindo até o sótão. Levantando a cabeça, Luan abriu um sorriso. Conhecendo cada canto da casa, ele sabia que a passagem havia muito fora lacrada por causa de podridão na madeira, tornando-se incapaz de aguentar o peso de um homem, ainda mais de um lobisomem. Aquele seria um trunfo que seus perseguidores não esperariam.

Com passos rápidos e silenciosos, ele subiu as escadas até o limite da passagem. Com sua força sobrenatural, Luan empurrou o alçapão do sótão até abri-lo. O impacto da madeira contra a madeira ecoou pela casa mergulhada na escuridão. Um pouco de serragem caiu sobre ele, incomodando-o a ponto de ter de piscar algumas vezes para tirar os resquícios de partículas dos olhos, e se dispersou no ar pelo vão entre os lances de escada. Os lobisomens, tendo a atenção despertada pelo barulho, se aglomeraram na escadaria, brigando por espaço para subir até o local de origem do estrondo.

Pulando os degraus de dois em dois, Luan apostou corrida com os lobisomens até o segundo patamar. Chegando antes, ele se aventurou para a porta mais próxima e adentrou o quarto que pertencera ao casal. Fechando a passagem com cuidado para não chamar atenção, atravessou o aposento até alcançar o banheiro. Ao entrar, o homem se apressou até a banheira, uma construção azulejada estreita e profunda, parecendo mais uma piscina que, se cheia até o limite recomendável, o nível de água alcançaria o peito de qualquer um. Agachando-se na escuridão, Luan fechou os olhos e apurou seus ouvidos lupinos sem se transformar, uma capacidade adquirida apenas pelos lobisomens mais antigos ou experientes.

Do esconderijo, ele ouviu a maioria das criaturas subirem apressadas em direção ao sótão. Uma delas, porém, parou no segundo patamar e virou a cabeça para o lado.

– Vai, sobe – Luan sussurrou na escuridão, torcendo para seu plano dar certo. Porém o lobisomem, em vez de subir a escadaria, levantou a cabeça, farejando o ar.

Foi o que o salvou. Quando os lobisomens que subiram as escadas irromperam para o sótão, rosnando, o piso rangeu e cedeu, fazendo-os mergulhar pelo vão junto a destroços de madeira. Alguns ficavam pelo caminho, caindo sobre os degraus. Outros foram mais além, batendo contra o chão do térreo, rachando a madeira. De uma hora para a outra, os rosnados se transformaram em ganidos e uivos de dor.

O plano de Luan foi eficiente para tirar de ação a maioria dos lobisomens que o perseguiam, mas não foi apenas isso. Seus atos despertaram a raiva de um homem que entrou na casa quando as feras caíam praticamente aos seus pés. Tirando o boné e deixando os cabelos longos caírem ao redor da face, ele torceu o pano entre as mãos, extravasando a fúria. Com os dentes cerrados à mostra, pulou as criaturas feridas e começou a subir as escadas.

Além dele, havia ainda um lobisomem no andar superior, assim como as feras espalhadas pela vila, perceptíveis apenas pelos uivos ferozes cada vez mais próximos da casa. Tendo farejado o rastro do alvo, ele urrou em direção ao dormitório e se jogou contra a porta fechada por onde Luan havia passado, arrebentando-a. O som da madeira rachando e do impacto dela contra o piso ecoou pelo cômodo.

– Acabe com ele, Nicolas! – o homem subindo as escadas ordenou.

Luan não conhecia Nicolas. Para ele, deveria ser alguém que fora amaldiçoado por Dimos depois de ele ter abandonado a matilha de Versipélio. Mas aquela voz... Aquela voz ele conhecia bem. Diversas vezes ele se sentara à mesa da Thuata Olcán com o lobisomem que dera a ordem.

– Heitor... – Luan sussurrou.

Os passos descuidados de Nicolas estavam próximos. Luan ouviu o lobisomem adentrando o banheiro, farejando o ar à procura dele. Preparando-se, o homem escondido se transformou e aguardou. Quando a fera em seu encalço apoiou as patas dianteiras na beirada da banheira e investiu com a boca aberta contra o alvo escondido, Luan jogou o corpo de lado, desviando do ataque, e rasgou a garganta

Capítulo 7

de Nicolas com um único golpe. Sangue escorreu pelo buraco como uma cachoeira, melando a pelagem do ômega.

Com um salto, Luan pulou para fora da banheira. Ao pousar, chutou Nicolas para dentro do buraco sem sequer se virar. Tendo retornado à forma humana, a vítima colocou as mãos na garganta, tentando, em vão, impedir que o sangue deixasse seu corpo e escorresse pelo ralo enferrujado. Em choque, ele tremia. Os olhos arregalados encaravam o teto daquele banheiro, o qual logo seria o local de libertação de sua maldição lupina.

Sem tempo a perder, Luan deixou o banheiro. Ao retornar ao quarto, a surpresa: Heitor, tendo se transformado, investiu contra ele. Os dois se atracaram no centro do aposento, os corpos peludos praticamente colados um ao outro enquanto rasgavam o ar com as garras em tentativas frustradas de acertar o inimigo. As bocas com dentes pontiagudos também tentavam morder a jugular, mas não encontravam o alvo. Os dois, além de serem experientes, conheciam as táticas de batalha e as fraquezas do adversário. O confronto feroz estava longe de ter um fim.

Mas Luan não podia perder tempo. Outros lobisomens se aproximavam da casa. Se eles os alcançassem, seria impossível vencer a todos, principalmente em espaço confinado como o quarto onde se encontravam. Partindo para medidas desesperadas, ele abraçou com força o corpo do inimigo e se jogou contra a janela. O vidro arrebentou quando os dois atravessaram o vão quadrado, os corpos caindo sobre o telhado inclinado da sacada. Conforme rolavam em meio a cacos pontiagudos, as telhas quebravam sob o peso deles. Quando mergulharam em direção ao chão de pedra, os dois se soltaram.

Algo parecido com um gemido de dor escapou de ambos ao baterem contra o chão. Feridos, os dois se transformaram em humanos novamente. Mesmo com o corpo dolorido, Luan não podia se dar ao luxo de se recuperar. Mais lobisomens se aproximavam da casa, os uivos cada vez mais próximos. Esforçando-se, os dentes cerrados para resistir à dor, ele se levantou. Com um dos braços atravessado à frente do corpo, a mão pressionando as costelas fraturadas com a queda, o homem coberto de sangue cambaleou o mais rápido que pôde para a floresta ao redor, onde estaria um pouco mais seguro do que em campo aberto.

Conforme se aventurava pelo meio da mata, os uivos chegavam aos seus ouvidos, vindo de todos os lados. O vilarejo estava tomado pelos lobisomens. Permanecer ali seria decretar sua morte. Luan sabia que esse dia chegaria e havia preparado uma rota de fuga. Estava na hora de colocar o plano de evasão em prática. Para isso, ele precisava chegar à casa de máquinas, no topo da serra, e descer os trilhos em direção ao litoral.

Cambaleando no meio da mata, Luan agradecia por estar coberto com o sangue de Nicolas. Quando os lobisomens inimigos passavam próximos a ele, forçando-o a se esconder atrás de troncos de árvores, eles paravam para farejar o ar e, reconhecendo o odor do aliado, seguiam o caminho montanha acima sem perceber que, por baixo do cheiro de sangue, estava o alvo daquela noite.

Com o fim da floresta, Luan usou da cobertura da densa névoa que vinha do litoral para correr por campo aberto, a mão ainda pressionando as costelas fraturadas. Ao alcançar a passarela que passava por cima da cerca de contenção e dos trilhos que desciam a Serra do Mar, permitindo acesso à parte alta do vilarejo, de origem portuguesa, ele fez um esforço adicional e começou a escalar a grade. Quando estava no alto, avistou, ao longe, vultos de lobisomens correndo pelo meio da névoa em sua direção.

– Merda! – Luan deixou escapar e pulou para o campo aberto onde os trilhos passavam.

Correndo o mais rápido que podia, a enorme construção do primeiro dos três galpões, que consistia na casa de máquinas, ganhava forma em meio à névoa. Desviando o olhar na direção do caminho atrás dele, tropeçando algumas vezes quando o fazia, Luan viu a silhueta dos lobisomens em seu encalço derrubando a cerca por onde pulara. Valendo-se da distância que os separava dos perseguidores, conseguiu entrar no primeiro galpão quando os lobisomens ainda estavam a meio caminho. Esgueirando-se pelo amplo espaço escuro e desviando das bancadas onde diversas ferramentas estavam expostas e da mesa usada para transportar cadáveres entre Paranapiacaba e o litoral, Luan buscou a porta na outra extremidade do galpão.

Retornando para o espaço aberto, ele foi novamente envolvido pela névoa densa. Acelerando o passo em direção ao próximo galpão, ele se permitiu olhar algumas vezes para trás. Para sua

Capítulo 7

surpresa, parecia que os lobisomens não estavam mais em seu encalço. A neblina os havia despistado. Não conseguindo evitar um sorriso, seguiu o caminho em campo aberto, desviando de vagões e locomotivas completamente enferrujados, um local que mais parecia um cemitério de trens.

Mal ele sabia que o cemitério de trens poderia também ser o local de seu sepulcro.

Ao adentrar o segundo galpão, Luan se dirigiu à locomotiva atada a um vagão usado durante muito tempo para transportar os cadáveres para o litoral e atualmente utilizada apenas para passeios turísticos. No caminho em direção à máquina a vapor, destravou o encaixe para o vagão, jogando os pinos com displicência sobre as pedras ao redor dos trilhos. Sem o peso extra, poderia descer mais rápido a Serra do Mar. Subindo a escadaria da locomotiva com a dificuldade de uma pessoa ferida, ele iniciou os preparativos para dar a partida no trem que o levaria para a segurança. Por ser a vapor, os procedimentos eram demasiado longos e complicados. Aquilo, na atual situação, não importava. Ele havia despistado os lobisomens. Perder um pouco de tempo jogando carvão para dentro e depois aquecendo a caldeira não parecia ser um problema tão sério depois do que se passara no Castelinho.

Mas Luan não estava sozinho. Ao pegar com uma enorme pá um punhado de carvão e jogá-lo dentro da fornalha aberta, as costelas latejando, uma voz grave chegou aos seus ouvidos, vinda de algum lugar em meio à escuridão:

— Você pode até ter enganado os lobisomens de minha matilha com o sangue de Nicolas sobre seu corpo, mas meu faro consegue reconhecer o seu cheiro, Luan – o jeito de falar era controlado, deixando-o ainda mais assustado.

— Quem está aí? – Luan se virou na direção de um tubo vertical construído em pedra, com uma abertura, uma passagem sem porta, no nível do solo e um segundo vão no topo, dando à estrutura a forma de uma chaminé onde, no passado, carvão era queimado para a realização dos diversos serviços naquela parte da casa de máquinas.

Da escuridão dentro da chaminé, a silhueta de um homem forte apareceu, atravessando a passagem aberta com passos firmes.

— Não reconhece mais a minha voz?

— Dimos! — Luan sussurrou. Assustado, ele pulou da locomotiva e tentou correr em direção à Serra do Mar. Como a máquina não estava pronta para partir, ele teria de descer a montanha com os próprios pés.

Mas não conseguiu ir longe. Transformando-se em lobisomem, Dimos investiu contra ele, apenas se chocando contra o corpo do homem em fuga e fazendo-o cair de bruços no chão de terra. Antes que Luan pudesse se levantar, Lykaios o agarrou pelo pescoço com um rosnado feroz e o levantou no ar. Sem deter o movimento, ele correu até a parede do galpão e bateu as costas da vítima contra a pedra. Quando o soltou, o homem caiu sentado no chão.

Retornando à forma humana e inclinando-se na direção de Luan, Dimos lhe estendeu a mão e disse:

— O tempo dos ômegas acabou. Está na hora de você escolher um lado. Sua experiência seria muito bem aproveitada por minha matilha.

Luan levantou o olhar na direção dele e, depois de uma careta de dor, perguntou:

— Ou?

Dimos abriu um sorriso, endireitou o corpo e respondeu:

— Você já deve saber o que o espera caso não se junte à minha matilha.

— Neste caso... — Luan se mexeu, firmando a base. — Eu prefiro tentar minha sorte.

Transformando-se, Luan atacou Dimos com suas garras afiadas. Devido às feridas no corpo, o ataque foi lento demais para um homem experiente como o Alpha. Desviando com facilidade, Lykaios se transformou e contra-atacou, abrindo um rasgo no peito do ômega. Um grito de dor lhe escapou antes de bater novamente as costas contra a parede e cair sentado.

De volta à forma humana, Luan olhou na direção de Dimos e falou:

— Eu nunca vou me juntar à sua matilha.

Transformando-se em humano por apenas alguns segundos, Dimos olhou para as próprias mãos antes de responder:

— Eu temia que fosse dizer isso.

Ao se tornar lupino pela última vez na noite, Dimos atacou. Cravando as unhas na barriga de Luan e abrindo um buraco por onde muito sangue começou a escorrer, o lobisomem fechou os dedos em

Capítulo 7

torno das costelas inferiores e o levantou até atingir a altura de seu rosto, as costas da vítima raspando nas paredes de pedra. Por um breve momento, os dois se encararam. Um filete vermelho escorreu pelo canto da boca de Luan quando ele falou:

— Termine logo com isso.

Atendendo ao pedido da vítima em seus momentos finais, Dimos abriu a boca, revelando os dentes afiados. Com um movimento rápido, ele mordeu a garganta de Luan e não a soltou. Para causar mais danos e sofrimento, ora balançou a cabeça de um lado para o outro, ora abriu e fechou a bocarra, fazendo novas marcas na pele do pescoço onde o abocanhara. Nas primeiras investidas, um gemido escapou do homem. Depois que a cabeça tombou para a frente, morto, o silêncio reinando no enorme galpão mergulhado na escuridão, os ataques do lobisomem passaram a ter apenas um significado: transmitir uma mensagem para Versipélio, como vinha fazendo a cada ômega que matava.

— Eu acredito que Versipélio já entendeu a mensagem — uma voz sombria o alcançou, vindo de algum lugar atrás dele, antes de uma leve brisa balançar os pelos do lobisomem.

Ao largar o corpo, cujo sangue escorria pela garganta dilacerada e pela ferida no abdômen, Dimos retornou à forma humana e se virou. Olhou na direção de onde veio a voz e viu aparecer uma figura encapuzada em meio à escuridão do galpão. Sem querer, ele estremeceu. A memória de ter sido possuído por ela ainda lhe trazia calafrios, por mais que tivesse concordado com a fusão naquela época.

Dimos aproximou-se dela e falou:

— Quando você aparece, posso esperar por novas missões que vão me deixar ainda mais forte. O que tem para mim hoje?

— Você ainda não percebeu que os ômegas não estão se juntando a você? Você ainda não percebeu que eles preferem morrer com a pequena dignidade de um ômega do que fazer parte de sua matilha?

Dimos respondeu com a naturalidade de quem tem a certeza de estar fazendo o certo:

— Antes mortos do que se juntando à matilha de Versipélio.

— Você está com medo — o tom da figura encapuzada foi acusador.

— Transformar humanos ou matar os ômegas que se recusam a te seguir — ela desviou rapidamente o olhar para o cadáver do ômega

–, não irá te conduzir à vitória, Dimos. Tudo isso é apenas distração que te dá a falsa sensação de segurança. Você precisa de uma aliada tão poderosa quanto os membros da Ordem das Rosas Negras. Você precisa de alguém que possa unir os ômegas sob seu comando. Você precisa de alguém como Mirela.

Dimos não se deixou levar pela provocação. Abrindo um sorriso, respondeu:

– Eu tenho você. Não preciso de mais ninguém.

– É aí que você se engana! Eu não posso te ajudar com isso. – Levantando o dedo indicador na direção dele, continuou: – Portanto, quero que você procure por Camila. Ela terá mais sucesso do que você na hora de recrutar ômegas para sua matilha.

O sorriso de Dimos desapareceu no momento que ouviu o nome de Camila.

– Não acho uma boa escolha.

– É a única escolha. Se você quiser estar preparado para a Sétima Lua, é melhor trazer Camila para o seu lado – Lembranças de um passado longínquo ao lado de Camila invadiram a mente de Dimos. Mantendo-se em silêncio, ele ponderava se essa seria a melhor solução quando a figura encapuzada quebrou o ritmo de seus pensamentos. – ou aceitar a derrota perante Versipélio.

As últimas palavras da figura encapuzada mexeram com a fera dentro de Dimos. Deixando a raiva praticamente explodir, ele respondeu:

– Isso nunca vai acontecer!

– Então procure Camila! – a figura encapuzada respondeu à altura. Seu tom de voz parecia ordenar que o lobisomem fizesse as coisas do jeito dela.

Dimos abriu a boca para continuar questionando, mas ela o ignorou. Abrindo um portal – a brisa gerada pela magia balançava tanto sua túnica quanto os cabelos estilo moicano do lobisomem –, a figura encapuzada atravessou por ele. Antes de encerrar a magia, deixou suas últimas palavras:

– Eu também dependo do seu sucesso na Sétima Lua. – Apontando o dedo na direção dele, finalizou: – Não me decepcione, Dimos Lykaios.

Com um movimento de mão, ela fechou o portal, deixando Dimos com a missão de encontrar Camila.

8

A subida até o topo da montanha fora o mais difícil para Pedro. Seu rosto branquelo estava agora todo vermelho. Suor escorria pela face e melava os cabelos. Manchas úmidas eram evidentes na camiseta de manga curta. Parando por alguns minutos no mirante do ponto mais alto, ele tirou a garrafa de água da mochila e bebeu quase metade em um único gole. Depois, jogou o restante na cabeça, refrescando-se. Renovado, lançou um olhar para o horizonte à direita. O sol poente jogava sobre a praia de Boiçucanga os últimos lampejos de claridade daquele dia. Voltando-se para o outro lado, ele viu, bem abaixo, o destino: a deserta Praia Brava.

Colocando-se em movimento, Pedro acelerou ainda mais o passo. A partir daquele ponto, o caminho seria praticamente em declive e ele recuperaria o tempo perdido. Porém, quanto mais próximo do destino, mais o jovem se sentia mal. Lembranças das aventuras que teve com a namorada nas areias da Praia Brava e na pequena cachoeira na ponta sul da orla o assolavam. A mão imediatamente pegou o telefone celular do bolso. Levantando o aparelho à frente dos olhos, o jovem não se controlou mais e discou o número dela. Sem sinal, a ligação não foi completada.

De início, ficou revoltado. Depois, clareando a mente, agradeceu pela ligação não ter sido completada. Pedro sabia que as palavras dela o machucariam ainda mais e não ter conseguido falar com ela de certa maneira o acalentava. Mas ainda havia um problema: como tirar aquela mulher de seus pensamentos? Talvez, só talvez, ter ido para um lugar onde passara momentos felizes ao lado dela não tenha sido a melhor opção. Porém, a Praia Brava era o único local deserto que ele conhecia.

– Como o cansaço é uma benção! – Pedro deixou escapar, recordando-se de como o esforço físico da subida desviara seu foco dos problemas.

Não demorou muito mais para o caminho de terra se abrir para a praia. Tão logo Pedro alcançou a grossa areia, ele deixou a mochila cair das costas, sentou-se em uma pedra sob as árvores e tirou o tênis. O toque aquecido dos grânulos lhe arrancou um sorriso. Levantando o olhar, o mar quebrando com violência parecia convidativo. Sua vontade era de correr para um mergulho refrescante, por mais que o sol já houvesse quase desaparecido no horizonte.

Mas, apesar de ter alcançado o destino, a missão ainda não havia acabado. Ao se levantar, Pedro agarrou a mochila e praticamente a arrastou pelo chão, deixando um rastro na areia. Saindo da proteção da copa das árvores, ele olhou para os dois lados. A praia estava deserta, como era de se esperar. O caminho tornava o acesso difícil e poucas pessoas faziam a trilha. E, se decidissem visitar aquela praia, era apenas para passar o dia. Por causa da falta de estrutura, ninguém optava por passar a noite naquele lugar desolado.

O que tornava a Praia Brava o local ideal para Pedro realizar seu retiro espiritual pós-término de namoro.

Escolhendo por montar o acampamento na parte sul da orla, próximo do acesso à cachoeira, Pedro adentrou o espaço de uma pequena caverna, tirou a barraca da mochila e, aproveitando os últimos raios solares, a montou com a experiência de quem já fez muito isso na vida. Tendo terminado, ele pegou a lanterna na bolsa e recolheu gravetos secos. Retornando, juntou-os sobre a areia e acendeu a fogueira, onde começou a cozinhar o jantar.

Enquanto a comida cozinhava, Pedro tirou a camiseta e, pela primeira vez desde o momento que chegara, correu até o mar. Mesmo com a praia praticamente mergulhada na escuridão, sendo a claridade da fogueira o único ponto iluminado de toda a orla, Pedro

Capítulo 8

nadou com vontade. A água fria e as braçadas para se manter em movimento no mar agitado clareavam sua mente e o fortaleciam. As lembranças da ex-namorada não o incomodavam mais. Para ele, naquele momento, parecia que ela nunca existira. Na praia deserta, era somente ele e a acolhedora natureza ao redor.

Naquele momento, não havia mais nada nem ninguém com o que se preocupar.

Até, entre uma braçada e outra, a sombra de alguém passando próximo à fogueira chegar aos seus olhos. Parando de nadar, Pedro pisou no fundo do mar. Com a água na altura do pescoço, apesar de estar apenas a três metros da arrebentação, ele olhou para o acampamento. Sem conseguir ver mais do que as labaredas da fogueira, esfregou os olhos com as costas das mãos fechadas para retirar o excesso de água e voltou a fitar o local. Não havia ninguém ali.

– Nem tem como – Pedro falou para si mesmo. – Estou sozinho neste fim de mundo.

Depois de mais algumas braçadas, Pedro retornou para o acampamento. Faminto, ele esperava que a comida estivesse pronta. Sentando-se sobre a areia e cruzando as pernas, começou a comer, a sombra repetindo seus movimentos no fundo da caverna. Entre uma colherada e outra, o jovem bebia cerveja quente. Normalmente, isso incomodaria as pessoas. Mas, para ele, considerando as condições da viagem, não havia importância, contanto que o álcool cumprisse a função de fazer todos os problemas desaparecerem.

Mas o álcool em excesso também pode fazer problemas aparecerem.

Depois de comer, Pedro continuou bebendo. Virando uma garrafa atrás da outra, o jovem começou a ficar alterado:

– Você não vale nada, sua vagabunda! – Pedro gritava para as sombras, gesticulando. – Eu nunca amei você! Fico feliz que não estejamos mais juntos.

Depois, chorou:

– Por que você fez isso comigo? Eu amava tanto você!

Em meio a momentos de revolta e de depressão alcoólica, Pedro se encostou na pedra e fechou os olhos. As chamas da fogueira não iluminavam mais o ambiente como antes. O som de grilos, sapos e outros animais ganhavam a luta contra as lamúrias e revoltas do jovem, cada vez mais escassas.

De olhos fechados, o corpo pendendo para um dos lados, a garrafa de cerveja pela metade em uma das mãos, Pedro sussurrou:

– Eu amo tanto você. Volta para mim, meu amor!

A brisa marítima flertou com o rosto de Pedro, fazendo-o soltar um gemido inconsciente. Junto daquele vento agradável, um sussurro chegou aos ouvidos do jovem:

– Pedro, meu amor, eu quero você de volta.

Despertando com um salto e derrubando a cerveja na areia próximo à sua perna, Pedro gritou:

– Renata! Renata! Você está aqui, meu amor?

– Sim, meu querido. Estou te esperando no lugar onde você desbravou meu corpo pela primeira vez!

Com um salto, Pedro colocou-se de pé e correu para fora da caverna. O desespero apaixonado era tão grande que ele nem se preocupou em pegar a lanterna para encontrar o caminho. Tampouco precisava. Ele estivera lá tantas vezes que conhecia cada canto da praia como a palma de sua mão. Encontrar a trilha para a pequena cachoeira e seguir os poucos metros que a separavam da areia não seria problema nenhum.

A ansiedade de Pedro era tamanha que ele pouco se importava que os ramos ou galhos que cobriam o caminho batessem em seu corpo ou rosto, algumas vezes deixando um vergão vermelho. Na correria, chegou a escorregar algumas vezes. Apoiando as mãos no chão, o jovem recuperava o equilíbrio e continuava o trajeto. Em uma das escorregadas, apoiou a palma aberta sobre a extremidade pontiaguda de uma pedra soterrada, deixando-a manchada com seu sangue.

– Cuidado, meu querido – o sussurro chegou a Pedro junto de uma leve brisa morna. – Eu preciso de você inteiro.

Faltava pouco. Bastava fazer uma curva para a esquerda e logo chegaria à cachoeira, onde seu grande amor o esperava. Pelo menos era o que Pedro acreditava.

Reduzindo o ritmo da corrida, ele chegou à pequena cachoeira. Ofegante, estreitou o olhar para enxergar na escuridão no meio da floresta. O ruído da água caindo na piscina natural formada por

Capítulo 8

pedras chegava aos seus ouvidos, encobrindo todos os outros sons ao redor. Porém não havia sinal da amada.

– Onde você está? Não consigo ver você!

– Aqui, meu amor! – ela respondeu. – Debaixo desta água refrescante. Entre comigo, meu amor. Vamos recuperar o tempo que perdemos.

A piscina natural abaixo da cachoeira estava totalmente escura, mas Pedro tinha toda a certeza de que a amada estava lá. Deveria estar. Parecia até que eles estavam revivendo, naquele momento, uma lembrança antiga.

– Está bem, meu amor, estou indo – Pedro gritou de volta, tirando a roupa.

A água estava mais gelada do que o normal, mas Pedro pouco se importou. Do outro lado da piscina natural, de costas para ele, estava Renata, os braços apoiados sobre a pedra e a cabeça recostada neles. Os cabelos loiros caíam por cima dos ombros nus, as pontas dançando de um lado para o outro na superfície, seguindo o fluxo fraco causado pela queda d'água. Ele não havia percebido na escuridão ao redor de ambos, mas havia algo de diferente com ela, como se sua forma fosse mais etérea do que o convencional.

Pedro atravessou a piscina natural o mais rápido que pôde. De início, ele não estranhou o fato dela não se virar. Para o jovem, aquilo fazia parte do jogo de sedução da ex-namorada, ou namorada – ele não sabia mais como chamá-la. Mas, conforme se aproximava, dizendo palavras doces ou clamando por seu nome, a preocupação lhe assaltava. Ela não havia respondido nenhuma das vezes desde quando entrara na água. Tampouco ficara quieta. Parecia que a jovem soluçava.

Estendendo o braço na direção dela, Pedro a tocou de leve pelo ombro, fazendo-a virar:

– Meu amor, estou aqui, não precisa mais...

Pedro se interrompeu quando olhou para o rosto da jovem. Apesar dos cabelos loiros serem muito parecidos com os de Renata, aquela figura à sua frente nada tinha de semelhante com a ex-namorada. Na testa, havia uma tiara com uma crescente lunar no centro. Pendurado no pescoço, até o momento escondido pelos longos cabelos loiros, pendiam correntes que mais pareciam serpentes, como se fosse uma gargantilha. No centro, onde as bocas abertas das serpentes se encontravam, via-se um pingente com a representação do corpo feminino sobre três cabeças.

O corpo dela era esbelto, de aparência frágil. Os belos traços deixavam qualquer um apaixonado.

Vendo-a, Pedro se sentiu ao mesmo tempo consternado por não ser Renata e hipnotizado pela beleza da misteriosa mulher:

– Você... Você não é... – ele balbuciou. – Você é linda!

Colocando-se de pé sobre uma das pedras ao redor da piscina natural, de modo que apenas os tornozelos ficassem submersos, a bela mulher fez um gesto delicado com as mãos à frente de seu corpo nu:

– Venha, meu querido, satisfaça o seu desejo. – Os sensuais olhos azuis deixaram Pedro hipnotizado.

Sem dizer nada, Pedro se aproximou dela, os olhos fixos no corpo sensual. Ele acreditava estar sonhando, mas pouco se importava. Se aquela mulher o queria, se ela fosse o motivo pelo qual o jovem esqueceria Renata, ele se entregaria por completo; por mais que no dia seguinte descobrisse não se passar de efeitos de sua imaginação fértil misturada com álcool em excesso.

Mas aquilo não era um sonho. Estava mais para um pesadelo.

Quando ele, ajoelhando-se aos pés dela, a envolveu pela cintura com seus braços e a beijou na altura do umbigo, ela o agarrou com força por debaixo do queixo, fazendo-o levantar a cabeça. Fitando-o com penetrantes olhos azuis, porém não mais sensuais, a mulher falou:

– Essa é a última vez que você toca em uma mulher!

As palavras dela acertaram Pedro como uma faca atravessada por seus ouvidos. No segundo seguinte, ele estava livre do transe. Sentindo medo pela primeira vez desde o momento que a encontrara, o jovem tentou fugir, mas o aperto no queixo se intensificou, impedindo-o de mover-se para longe dela.

– Me deixe ir! – Pedro balbuciou como pôde. – Por favor!

Levantando o olhar para a margem da piscina natural às costas do rapaz, ela respondeu:

– Está bem. – E o empurrou com força, fazendo-o mergulhar.

Quando Pedro alcançou a superfície, assustado, a mulher estava sentada em uma das pedras à margem da piscina natural, apenas um de seus tornozelos na água, enquanto olhava para as unhas bem-feitas.

– Você é louca! – Pedro gritou na direção dela e se virou, agarrando-se às pedras da outra extremidade da piscina natural, por onde pegaria a trilha de volta para a praia.

Mas ele e a loira não estavam sozinhos. Ao redor da piscina natural, gigantescos lobos rosnavam na direção dele, as patas apoiadas sobre as pedras da margem. Os corpos eram translúcidos, como fantasmas, através dos quais era possível enxergar traços distorcidos da vegetação ao redor da cachoeira. Os olhos brilhavam em vermelho intenso. As narinas dilatavam-se e recuavam a cada inspiração e expiração. Gotas de salivas escorriam pelo canto das bocas.

– Meus filhos – a loira disse sem ao menos levantar o olhar das unhas –, vocês podem se alimentar.

– Não, não... – foi o que Pedro disse, recuando para o centro da piscina natural, antes dos espectros lupinos caírem sobre ele, afundando-o.

O primeiro ataque do lobo lhe atravessou o abdômen, os dentes rasgando pele, músculos, intestino, estômago, fígado e tudo mais que estivesse no caminho. A piscina natural logo ficou vermelha. Um grito teria escapado de Pedro se ele estivesse na superfície. Em vez disso, engoliu e inspirou a água que descia da montanha e formava a piscina, deixando escapar o que sobrara de ar em seus pulmões.

E esse foi apenas o primeiro ataque. Aproveitando o buraco feito pelo primeiro lobo, e líder da matilha, outra fera mordeu as costelas do rapaz assim que o corpo emergiu. Balançando a cabeça de um lado para o outro, ela quebrou seus ossos antes de recuar, trazendo junto de si pedaços do que um dia fora a caixa torácica de Pedro.

Ao mesmo tempo, outros dois espectros lupinos morderam os braços dele e os puxaram, levando consigo o prêmio, enquanto mais dois se dedicavam a dilacerar e arrancar as pernas do jovem. O último e mais forte de todos cravou os dentes no rosto dele, perfurando os olhos do pobre rapaz. Balançando a cabeça para os lados com ferocidade, o animal arrancou a metade superior do rosto, pondo fim à carnificina do escolhido para alimentá-los naquela noite. Do cadáver dilacerado, sobrou apenas uma massa disforme, irreconhecível, em meio a sangue que, aos poucos, seguia o fluxo fluvial em direção ao mar, renovando a água da piscina natural, logo retornando a ser límpida e incolor.

Os espectros ainda roíam ossos, arrancando o resto da carne a eles presos, alguns deles aos pés da mulher, que ainda olhava para as unhas, quando uma voz masculina os alcançou, surgindo de algum lugar desconhecido no meio da floresta escura ao redor da cachoeira:

– É assim que você trata os humanos que encontra, Camila?

Camila se colocou de pé com um salto quando ouviu seu nome, os punhos cerrados. Fitando a escuridão, ela abriu os dedos das mãos e chamas azuladas irromperam sobre as palmas expostas, prontas para atacar o invasor encoberto pela escuridão.

– Quem está aí? – Camila perguntou.

Uma enorme figura apareceu na trilha, caminhando com passos lentos na direção dela. Os espectros lupinos, ao sentirem a presença do vulto, largaram os espólios e se colocaram em posição de ataque, rosnando, apenas aguardando a ordem de Camila para avançarem.

– Você, mais do que ninguém, sabe que podemos usar os humanos de uma forma muito mais eficiente do que meros alimentos para sua matilha. – A figura continuou avançando, despreocupada com a ameaça.

Ao ouvirem o tom de desprezo direcionado a eles, os espectros lupinos soltaram um ruído mais feroz. O visitante inesperado, deixando a escuridão das árvores ao redor da trilha, rosnou de volta, mostrando seus dentes, o olhar fixo na líder da matilha. Em resposta, as feras fantasmagóricas, prontas para atacar, abaixaram as cabeças, reconhecendo a superioridade do Alpha que se aproximava.

– Dimos... – Camila também relaxou. Após flexionar os dedos, encerrando a magia nos punhos fechados, ela fez um breve movimento de mão e vestes imediatamente cobriram as partes íntimas, deixando ombros, barriga e pernas ainda à mostra. Com um sorriso misterioso e um olhar intenso fixo no homem que se aproximava, ela caminhou com sensualidade pela superfície da água. Esticando o braço na direção dele, ela se deixou levar quando ele a pegou pela mão e a ajudou a descer pelas pedras que formavam a piscina natural.

Quando os pés descalços tocaram o solo lamacento de forma graciosa, Camila respondeu ao comentário dele:

– Mesmo assim, eu ainda preciso alimentar a matilha.

Capítulo 8

Dimos riu. Gesticulando para a floresta ao redor, retrucou:
– Assim, vivendo à margem da sociedade, pegando apenas homens desesperados como sobras de alimentos? O que aconteceu com a grande Camila, uma das peeiras mais sanguinárias que eu conheci?

Estreitando o olhar para Dimos, Camila o desafiou:
– Ela foi abandonada à margem da sociedade por lobos em quem um dia confiou a própria vida. Os espíritos dos lobos condenados juntos comigo me mantiveram viva todos esses anos.

– Isso é bem típico de Versipélio e da Ordem das Rosas Negras – Dimos respondeu.

Levantando a cabeça, o olhar estreito ainda fixo em Dimos, ela demonstrou toda a sua revolta:

– E você, Dimos, meu maior aliado, não fez nada para evitar que eu vivesse à margem da sociedade, como você mesmo disse. Minha vontade, quando você apareceu, era de acabar com sua raça.
– Desviando o olhar para o chão, ela continuou: – Eu só não o ataquei por causa da história que um dia tivemos.

Acariciando a face da loira encantadora, Dimos usou o dedão para retirar o pouco de sangue que respingara quando o jovem fora morto na piscina natural. Deixando a mão escorregar, colocou o dedo indicador flexionado sob o queixo de Camila, fazendo-a levantar o rosto para encontrar seus olhos cheios de ternura.

– É por isso que estou aqui – Dimos respondeu. – A luta com Versipélio já se estendeu demais. Os ritos ancestrais foram esquecidos. Chegou o momento de darmos um golpe final no coração da Thuata Olcán e tomarmos o nosso lugar por direito como líder de toda a cadeia dos descendentes de Angus.

– Quando você diz "nosso" – Camila rebateu –, está se referindo somente a você, certo?

Dimos pensou na resposta. Ser sincero poderia colocar tudo a perder. Mentir para sua potencial aliada seria um jogo perigoso que, no futuro, poderia se voltar contra ele. Tomando uma decisão, respondeu:

– Sim, mas não conseguirei isso sozinho. Para tomar o controle da Thuata Olcán e depois mantê-lo, vou precisar muito de alguém com os poderes que você tem. – Percebendo que Camila poderia recusar, ele apelou: – Essa é sua chance de se vingar do que Versipélio e a Sacerdotisa fizeram com você e com os espectros lupinos, além de

recuperar o seu lugar de direito no controle dos lobisomens, como a peeira mais influente e poderosa que um dia foi. Você não quer todos os lobos aos seus pés? – Para dar a cartada final, completou:
– Inclusive eu?

Por um segundo, os olhos de Camila brilharam de esperança. A proposta de Dimos a levaria da degradação ao topo novamente. Ao seu lado, ela estaria de volta ao lugar de onde nunca deveria ter saído.

Deixando-se inflamar pelo ego e pela ganância, perguntou:
– O que eu e meus espectros lupinos devemos fazer?

9

As cores mudavam muito rapidamente no céu do interior do estado. A sombra de Guilherme começou a se alongar sobre um dos lados da encosta. Não tardou ao sol desaparecer no horizonte e as primeiras estrelas surgirem. Sem a fonte de calor natural, a água do riacho ficou mais gelada. O som dos insetos aos poucos se tornou evidente sobre o chapinhar dos pés do mercenário. Algumas vezes, ele teve de bater contra a nuca ou agitar a mão na frente do rosto para espantar os mosquitos que o vinham incomodar. E, em meio a todo o desconforto, o vulto do lobisomem continuava o acompanhando por entre as árvores, ora mais próximo da margem, ora mais para dentro da floresta, a ponto de quase desaparecer de vista.

A fome e o cansaço começavam a se abater sobre Guilherme. Logo, ele precisaria encontrar um local seguro para poder passar a noite. O lobisomem parecia que não daria sossego até que o corpo do mercenário estivesse entre seus dentes. Porém, quando olhou para a margem, a fera havia desaparecido. *Ela está tentando me enganar*, pensou e seguiu a marcha constante pelo riacho.

Porém, a lua tornava-se cada vez mais alta no céu estrelado e o lobisomem não voltou a aparecer na margem, fazendo Guilherme começar a duvidar das próprias suspeitas. *Talvez ele tenha desistido da perseguição*, o mercenário deixou-se levar pela esperança, ainda que pequena. Mesmo assim, não arriscou a deixar a segurança do riacho, por mais que o leito, aos poucos, se tornasse mais profundo, as margens mais distantes uma da outra e as águas ganhassem velocidade em seu fluxo contínuo. Para ele, a fera estava à espreita, apenas esperando um deslize do homem para abocanhá-lo.

E realmente estava. Guilherme não sabia, porém, que o lobisomem havia mudado de estratégia e o aguardava em um ponto mais à frente do riacho.

Após percorrer algumas centenas de metros e acompanhar a tênue curva do leito, Guilherme se deixou encher de esperanças. Com os olhos adaptados à fraca luz emitida pelo luar e pelas estrelas, pareceu-lhe que havia uma ponte adiante. Se havia tal construção, deveria haver uma estrada. E, se havia uma estrada, deveria existir alguma civilização próxima ou, pelo menos, uma casa de fazenda onde poderia pedir ajuda. Mas bastou se aproximar do local com passos mais rápidos para a desesperança lhe dominar: não era uma ponte, mas apenas um tronco podre de uma árvore que caíra sobre o riacho, as extremidades apoiadas nas duas margens. Para piorar a situação, o lobisomem estava sobre o tronco caído, rosnando de forma feroz em direção a Guilherme.

– Mas que droga! – ele deixou escapar, parando no meio do riacho. A água batia quase na altura da cintura. Mais adiante, porém, parecia ser muito mais fundo, de modo que a superfície do leito banhava o tronco caído. *Eu não percorri todo esse caminho para descobrir que não tem saída*, pensou, ao mesmo tempo revoltado e desiludido.

Mas havia uma saída. Estreitando o olhar na direção do lobisomem, analisando o terreno com máxima cautela sob a luz do luar, ele sorriu. Chegara o momento de virar o jogo contra o perseguidor. Respirou fundo algumas vezes, tomando o máximo de ar que conseguia, abrindo seus pulmões. Por fim, inspirou profundamente uma última vez, prendeu a respiração e mergulhou.

Debaixo da água, Guilherme perdeu toda a referência da posição do lobisomem. As ações subaquáticas, a partir daquele momento, seriam baseadas no instinto e na análise do terreno que fizera antes do mergulho. Com braçadas firmes, ele se aproximou em velocidade do tronco atravessado, ajudado, em partes, pela correnteza. Quando se viu sob o pedaço podre da árvore, nada mais do que uma mancha

Capítulo 9

escura acima dele, o mercenário apoiou os pés com firmeza no chão de pedras e se impulsionou, batendo um dos ombros contra o tronco enquanto o empurrava para cima. Para sua surpresa, a madeira era mais pesada do que esperava. Não era para menos. Havia, sobre ela, o peso extra de um lobisomem feroz.

O esforço, no entanto, tivera resultado. O pouco que conseguiu mover o tronco foi o suficiente para desequilibrar o lobisomem, fazendo-o despencar para um dos lados do riacho. Mas a fera não era boba e conseguiu se agarrar à tora, as longas unhas das patas dianteiras deixando marcas cada vez mais longas na madeira enquanto o corpanzil escorregava para dentro da água. Um uivo de desespero escapava do animal no mesmo instante que ele tentava se manter agarrado à segurança do tronco.

Apesar de eficiente, o plano de Guilherme não saíra como planejado. Ele pretendia ter derrubado a fera do tronco por completo, mas o lobisomem continuava abraçado ao pedaço de madeira e o ar do mercenário estava acabando. A pressão aumentava em seu peito, tornando-se quase insuportável permanecer debaixo da água. Ele logo precisaria emergir para respirar, e o lobo relutava em cair.

Não aguentando mais, Guilherme alcançou a superfície, mantendo o tronco entre ele e o lobisomem. Apoiado à tora, soltou um grito enquanto puxava o corpo para cima. Pela primeira vez desde o início do conflito, ele e a fera ficaram cara a cara.

Mesmo escorregando, o lobisomem tentava morder o rosto ou os braços de Guilherme. Cada vez que investia contra ele, no entanto, escorregava mais para o riacho, as garras fincadas deixando marcas profundas na madeira. Aproveitando-se da posição desfavorável do perseguidor, o mercenário mudou o lugar das mãos para ter mais firmeza e gritou:

– Cai, seu desgraçado! – Por baixo do tronco, ele chutou o peito do lobisomem uma única vez. Com a força do impacto, as unhas compridas alongaram mais o corte na madeira até se soltarem do tronco, fazendo-o cair no riacho com um ganido amedrontado.

Livre do perigo, os braços trêmulos de Guilherme o puxaram para cima do tronco. Quando alcançou a segurança, exausto, ele deixou-se cair sobre a tora. Virando o rosto de lado, respirando fundo ao mesmo tempo, o mercenário apenas observou uma massa negra se debatendo nas águas profundas enquanto o lobisomem era levado para longe pela correnteza.

Quando o corpo dele desapareceu de vista, Guilherme se colocou de pé. Equilibrando-se, olhou para os dois lados, decidindo para qual margem ir. A brisa noturna acariciava o homem todo molhado, fazendo-o estremecer de leve por causa do frio. Cruzando os braços à frente do corpo, ele escolheu seguir pelo lado oposto ao local onde o helicóptero caíra e se colocou em movimento, retornando à mata fechada.

Com frio, Guilherme não sabia quanto tempo caminhara, mantendo o riacho sempre às costas. O farfalhar inesperado das folhas o fazia parar e se virar, atento a qualquer movimento, acreditando que talvez, de alguma forma, o lobisomem saíra da água e estava em seu encalço. Algumas vezes, chegou a pensar ter visto o enorme corpo da fera correndo por entre às árvores. Mas, como o seu uivo feroz não chegava aos seus ouvidos e nada mais acontecia, ele ignorava o fato, acreditando ser apenas coisas de uma mente assustada e cansada, e seguia em frente.

A floresta ao redor estava cada vez mais fechada, tornando a caminhada difícil. Pelas condições do terreno, não lhe parecia que encontraria alguma civilização nos arredores para repousar. Para passar a noite, Guilherme teria de encontrar um lugar seguro por entre às árvores.

Procurando desesperado por um lugar para descansar, Guilherme deixou escapar um sorriso quando, mesmo na escuridão, seus olhos foram agraciados com a entrada de uma caverna. Caminhando com cuidado por entre as pedras que delimitavam o acesso, ele se aventurou no breu que crescia diante dele, sendo engolido pela enorme boca rochosa.

Mantendo a fraca luminosidade da lua às suas costas, o mercenário, por segurança, buscou afastar-se da entrada o máximo que pudesse. Os pés pisavam com cautela sobre o chão de terra batida, temeroso por tropeçar em alguma irregularidade do terreno e cair de bruços. Conforme se aprofundava no ambiente desconhecido, serpenteava por um caminho sinuoso e atravessava galerias mergulhadas na escuridão – às vezes tropeçava ou esbarrava em estalagmites de diversos tamanhos, tendo de reequilibrar-se para não despencar –, a claridade externa desaparecia. Guilherme estava

Capítulo 9

indo fundo no coração da caverna e, já sem visão da abertura por onde entrara, temia não conseguir encontrar o caminho de volta caso continuasse adiante.

Achando-se seguro no lugar em que estava, ele se sentou e, apoiando as costas contra uma das rochas que brotava do solo, abraçou os joelhos. Por causa do frio, ficou esfregando as mãos sobre o corpo, uma vã tentativa de se aquecer. Mantendo-se em silêncio mórbido, o ruído dos morcegos, misturado ao som natural do restante da floresta ao redor e ao monótono gotejar da água das estalactites, chegava aos seus ouvidos. De início, Guilherme se empertigou com os sons, assustado, acreditando que o lobisomem adentrara o esconderijo. Mas logo se acalmou e o som repetitivo o conduziu a fechar os olhos contra sua própria vontade, aos poucos o levando a se entregar completamente ao sono.

Até o rosnado feroz do lobisomem ecoar no interior da caverna.

10

O carro importado negro e com película escura protegendo a identidade dos ocupantes vagueou pelo vilarejo de Paranapiacaba até parar em frente ao Castelinho, entre duas viaturas da polícia. Os giroflex refletiam na neblina, dando a impressão de ser muito mais densa do que realmente era. Do veículo recém-chegado, desceu um homem e uma mulher, ambos trajando ternos escuros. Eles mal haviam fechado a porta e foram abordados por um policial que se aproximava a passos rápidos.

– Ainda bem que vocês chegaram! Eu não sei o que fazer com esses corpos.

– Muito obrigada por me contatar, capitão Almeida – Roberta respondeu.

O capitão Almeida lançou um olhar tenso para o homem alto usando óculos de lentes vermelhas e, apontando para a casa atrás dele, disse:

– Temos um corpo dentro da banheira do Castelinho e... – Mudando a posição do braço para apontar na direção da casa de máquinas da ferrovia, engoliu em seco antes de continuar: – Outro corpo dentro do terceiro galpão. Eu nunca vi nada parecido com isso...

– Muito obrigado, capitão Almeida – Versipélio respondeu, frio. – Nós assumimos daqui.

Ao ouvir essas palavras, por mais que emitidas em um tom sombrio por um homem estranho, o capitão Almeida relaxou um pouco. Pegando o rádio preso ao cinto, ele ordenou a todos os policiais que deixassem o local. Parecia que os homens esperavam ansiosos por aquela ordem, porque desceram as escadas apressados. Versipélio e Roberta nem haviam subido as escadarias externas até a sacada do Castelinho e as viaturas já estavam em movimento, deixando às pressas o vilarejo.

– Humanos... – Versipélio falou, balançando a cabeça de um lado para o outro.

A dupla adentrou a casa. As luzes estavam acesas. Logo à frente, o assoalho rachado em meio a destroços de madeira mostrava onde os lobisomens caíram depois de despencarem do sótão com piso apodrecido. Aproximando-se do ponto exato, Roberta se agachou e, passando de leve a ponta dos dedos sobre as rachaduras, disse algumas palavras na língua tão familiar a ela. Imediatamente, seus olhos ficaram brancos. A mulher não enxergava mais o ambiente como estava no momento, mas os acontecimentos de um passado próximo.

– Reconheço Luan. – Versipélio se empertigou ao ouvir o nome do antigo membro de sua matilha. – Foi ele quem criou a armadilha para derrubar os lobisomens aqui. Eles caíram aos pés... Aos pés... – Roberta ficou ofegante, sentindo a raiva fervilhando diante da figura que aparecera. – Aos pés de Heitor.

Versipélio rangeu os dentes ao ouvir o nome. Ele foi conivente quando Heitor lhe pedira para deixar a matilha, mas lhe era desconhecido, até o momento, que seu antigo aliado houvesse se juntado a Dimos.

– Além de Heitor, mais um lobisomem escapou da armadilha – Roberta falou, subindo as escadas. Versipélio a acompanhou, ouvindo cada relato dos acontecimentos. – Eu não o reconheço, mas é o corpo dele que vamos encontrar dentro da banheira.

Versipélio sentiu-se um pouco mais aliviado enquanto entrava no quarto adjacente ao banheiro onde o corpo de Nicolas jazia. Ele temia que fosse encontrar Luan morto. Os relatos dos acontecimentos, no entanto, não haviam terminado.

– Luan e Heitor lutaram neste quarto. Os dois despencaram pela janela. – Tendo se aproximado da janela quebrada com Versipélio

Capítulo 10

em sua cola, parecia que Roberta olhava pela abertura através da névoa quando, na verdade, ela acompanhava, em silêncio, os passos de Luan na fuga pelo vilarejo até a casa de máquinas.

Repentinamente, ela arfou. Assustada, Roberta colocou a mão no peito e encurvou o corpo para a frente. Seus olhos voltaram à coloração normal no momento que as palavras preocupadas de Versipélio a alcançaram:

– O que foi? O que você viu?

Roberta endireitou o corpo e respirou fundo algumas vezes, de olhos fechados. Quando os abriu, fitou o parceiro pelas lentes vermelhas. Por fim, respondeu:

– Você não vai gostar disso!

11

O portal se abriu nos arredores do terceiro galpão da casa de máquinas, levando Versipélio e Roberta até o local. Quando os dois pisaram no gramado, a névoa quase os impossibilitando de enxergar o companheiro ao lado, a Sacerdotisa finalizou a magia, fechando a passagem. Eles estavam no topo de uma escadaria que levava até a um espaço coberto onde enormes roldanas atadas a grossos cabos de aço garantiram, na época em que a ferrovia estivera ativa, a descida e subida segura dos locobreques do litoral para o vilarejo, e vice-versa. Por estar abandonada, os vidros ao redor do galpão estavam, em sua maioria, quebrados; as dobradiças das portas, enferrujadas, algumas delas nem abrindo mais; os poços das roldanas, inundados, algumas delas com a parte inferior mergulhada na água; alguns cabos desfiaram com o tempo e se romperam. E, em meio a tudo isso, como se o passado e o presente se unissem em um único local, o corpo de um lobisomem.

– Eu preciso de sua palavra que você irá se controlar antes de descer estas escadas – Roberta pediu a Versipélio.

Olhando por cima da cabeça dela para o galpão, desconfiando do que encontraria, ele apenas fez um gesto afirmativo com a cabeça e os dois desceram as escadas de pedra. Quando atravessaram a porta aberta, adentrando a escuridão do galpão, Versipélio tirou os óculos vermelhos e os segurou firme entre as duas mãos. As lentes se quebraram com a pressão e as hastes ficaram retorcidas. Tudo por causa do que estava diante de seus olhos.

Pendurado de cabeça para baixo contra as grossas hastes que compunham a enorme roldana, os braços e pernas abertos, amarrados aos cabos de aço pelas próprias vísceras arrancadas do abdômen dilacerado, jazia Luan. Os cabelos compridos quase tocavam a água parada do fosso. No peito do cadáver, cortes profundos, feitos por unhas afiadas de lobisomem, traziam um trecho de uma profecia:

Na Sétima Lua
matilhas ancestrais medirão forças.
O lobo negro, branco se tornará.
O Alpha dos Alphas
sua glória alcançará
e o mundo a seus pés estará!

– Quem fez isso? – Versipélio perguntou, entredentes.

– Acho que você já sabe quem fez isso – Roberta, colocando-se ao lado dele, respondeu. Virando-se de frente para o companheiro, continuou, séria: – A Sétima Lua se aproxima. Não podemos mais perder tempo.

Olhando para Roberta e colocando sobre ela a raiva que lhe fervilhava o âmago, Versipélio respondeu:

– Essa guerra é minha! Você não vai se meter!

Levantando o tom de voz, Roberta usou todo o poder de Sacerdotisa e retrucou:

– A Ordem das Rosas Negras já está envolvida! Você não vai me impedir de convocar as peeiras! Não desta vez! – Os olhos de Roberta adotaram um tom negro.

Versipélio não temia Roberta e manteve o olhar fixo nos olhos dela. Por um momento, parecia que os dois iriam entrar em uma batalha poderosa. Lobisomem contra Sacerdotisa. Porém, o homem alto apenas respondeu:

– Faça o que você quiser! São as vidas de suas peeiras que estarão em risco. – Ao virar-se de costas, deixando o local com a fúria característica de um lobisomem, continuou: – Esperarei no carro.

Capítulo 11

Roberta não havia dito a Versipélio que as peeiras, em segredo, já se preparavam para a Sétima Lua. Uma delas, muito próxima e conhecida de ambos, naquele exato momento, estava em busca de um poder supremo capaz de desequilibrar a balança do conflito para o lado da Thuata Olcán.

– Mirela, Tala, Accalia, Ainar, Conwenna, Daciana... – uma a uma, Roberta dizia o nome das peeiras, terminando por ditar as respectivas mensagens. Uma leve brisa balançou seus cabelos ao mesmo tempo que, das mãos unidas diante do corpo, uma esfera dourada surgiu. Ganhando altura, o orbe luminoso se dividiu em várias partículas esféricas menores enquanto ela sussurrava: – *Fremitus ventus, nuntius mittere, ferre verbi.*

As microesferas se dispersaram, cada uma tomando uma direção na busca do destinatário da mensagem. Uma delas, porém, pairou mais tempo no ar do que o esperado por Roberta. Por fim, diferentemente das outras, simplesmente desapareceu, não deixando vestígios de que um dia existira.

Roberta sabia o que a ação da última microesfera significou. Ela sabia exatamente onde a peeira havia ido para completar a missão. A Sacerdotisa apenas esperava que ela lograsse êxito em sua busca e, mais importante, que a mensagem a alcançasse naquele universo sombrio a tempo de retornar para o momento decisivo: a Sétima Lua.

12

Guilherme despertou assustado com o rosnado do lobisomem. Ele não sabia quanto tempo permanecera adormecido, mas o cansaço e a dor no corpo o diziam não ter sido muito. Encolhendo-se na escuridão e acreditando ser algum reflexo traumático de seu estado de subconsciência momentânea, ele apurou os ouvidos e aguardou. Nenhum som diferente daqueles que fizeram os olhos fecharem contra a vontade chegavam até ele.

Pelo menos no início. Não tardou para o ruído de unhas riscando a pedra que formava a caverna sobressair ao som constante da floresta. Assustado, Guilherme mal havia se colocado de pé, com dificuldade, a musculatura reclamando a cada movimento, para mais um rosnado feroz alcançar seus ouvidos. Não era sonho nem devaneio subconsciente. O lobisomem realmente estava dentro da caverna.

Preocupado em se manter nas sombras e não fazer barulho, o mercenário seguiu com lentidão excessiva, um pé à frente do outro, serpenteando pelo caminho de volta até conseguir ter visão da entrada. Agachando-se atrás de uma das estalagmites, ele se inclinou apenas o suficiente para enxergar a posição do lobisomem, podendo, assim, avaliar a situação e criar uma estratégia de sobrevivência. O que viu, no entanto, lhe arrancou as esperanças. O animal equilibrava-se sobre as patas traseiras, a silhueta do enorme corpo evidente contra a fraca claridade do luar adentrando a abertura, bloqueando a única rota de fuga conhecida. Gotas de água lhe escorriam dos longos pelos e terminavam por umedecer a terra. O fedor parecido ao de cachorro molhado se dispersava pelo ambiente fechado, levado pela leve brisa que invadia o espaço confinado, e lhe incomodava as narinas. Para piorar, a cabeça levantada da fera farejava o ar.

Repentinamente, ele encurvou o corpo e abaixou a cabeça, fitando a escuridão no fundo da caverna. Os olhos vermelhos do lobisomem recaíram sobre Guilherme, imóvel atrás da estalagmite. Apreensivo, o mercenário mordeu os lábios e recuou, tentando se esconder. Temeroso por ter sido descoberto, sentou-se no chão, apoiando as costas contra a estrutura rígida de modo a lhe encobrir o corpo todo. Não teve certeza, porém, se o animal o vira. Tomando coragem, ele virou de lado para espiar. Nesse momento, um rosnado feroz ecoou pelo espaço fechado. Firmando-se novamente nas quatro patas, a fera investiu contra o breu adiante, ganhando velocidade enquanto encurtava a distância até o esconderijo provisório de Guilherme.

Acreditando ter sido descoberto, o mercenário deixou a segurança do esconderijo e correu em direção ao único local possível: os fundos da caverna, esperando que houvesse uma galeria onde pudesse se esconder ou, se desse sorte, outra saída para a floresta. O lobisomem, vendo-o pela primeira vez desde o momento que entrara no ambiente confinado, soltou mais um rosnado feroz e acelerou a passada.

Se o mercenário não fizesse nada além de correr desesperado e sem rumo pelo meio das estalagmites, a cada pouco olhando por cima dos ombros para apenas ser agraciado com a visão perturbadora do lobisomem cada vez mais perto, morreria ali. Porém, sem conhecer a região e com dificuldade para enxergar o caminho, o que tornava a fuga mais lenta do que o desejado, ele tropeçava no terreno irregular, chutando pedras ou esbarrando nas estalagmites ao longo do caminho.

O lobisomem, enxergando melhor no escuro, logo o alcançou. Com um rápido movimento, a fera pulou contra as costas do mercenário, as garras no ar prontas para rasgar o humano e a enorme boca aberta, procurando dilacerar o primeiro membro que encontrasse. Tendo percebido, por instinto, as ações do perseguidor, Guilherme mudou a direção de seus passos. Por sorte, escapara do animal, que passou ao lado dele sem feri-lo. Mas, para azar do mercenário, tropeçou no terreno acidentado. Na queda, bateu o peito em uma estalagmite próxima. O braço esquerdo mergulhou entre duas proliferações rochosas enquanto o corpo girava no ar. Ao cair de lado no chão, o primeiro som que ecoou pela caverna foi o estalo do osso fraturando. Logo depois, o grito dele entrou na sinfonia, sobrepujando, por alguns segundos, todos os ruídos ao redor.

Guilherme estava gravemente ferido. O lobisomem, não encontrando o alvo, pousou em segurança e virou o rosto na direção do corpo estatelado. Deslizando, deixava um rastro no chão de terra enquanto freava da investida anterior. Parado por completo, virou-se totalmente na direção do inimigo desprotegido, preparando um novo ataque.

Guilherme, ao ver a silhueta do lobisomem retornar em velocidade ao seu encontro, agarrou o braço fraturado e tentou se levantar. Teve, porém, tempo apenas de se colocar de joelhos. No segundo seguinte, as garras afiadas da fera abriam rasgos profundos da base da barriga do mercenário até o ombro direito. Com o impacto, ele tombou para trás, batendo as costas com violência contra a estalagmite na qual tropeçara. Mais um grito de dor ecoou pelo ambiente. Assustado, com a respiração ofegante e dores insuportáveis por todo o corpo, colocou a ponta dos dedos do braço íntegro na ferida. Uma careta de dor lhe escapou quando a tocou.

Ao levar os dedos ensanguentados até a altura do rosto, Guilherme arregalou os olhos. Não por causa das gotas vermelhas escorrendo pela mão, mas por causa do lobisomem, novamente equilibrado sobre as patas traseiras. O braço da enorme fera estava acima da cabeça peluda, as garras prontas para o golpe final.

Aquela caverna desconhecida seria o túmulo de Guilherme.

13

Aquele mundo tingido de vermelho estava desolado. O céu escarlate encontrava as rubras areias no horizonte, dando ao lugar a impressão de ser totalmente desértico. Às vezes, os grãos que formavam a enorme planície se moviam pela ação dos ventos abafados, trazendo à tona esqueletos de vítimas das areias escaldantes ou dos animais que abaixo dela residiam. Apesar das condições inóspitas, havia construções acima de bases firmes alicerçadas sobre as areias instáveis, interligadas por compridas passarelas com medianos parapeitos ao longo de toda a extensão, que permitiam o trânsito seguro entre os diversos complexos.

Se havia construções, havia também seres inteligentes que as construíram. Um deles, uma figura alta e esquelética, usando ombreiras douradas de onde saíam duas espécies de correntes que se cruzavam na altura do peito, tivera o azar de encontrar uma visitante indesejada em uma das quatro passarelas que conduziam, cada uma, a uma das faces da imponente pirâmide, aparentemente sem portas de acesso. As feições da mulher, trajando um manto vermelho sobre roupas negras e calçando botas também escuras, eram severas. Um filete de sangue, causado pela tentativa infrutífera daquela figura de se defender da invasora, escorria pelo canto da boca.

Irritada, ela agarrou o inimigo pelas correntes e o empurrou até a cintura dele bater contra o parapeito da passarela, ameaçando jogá-lo nas areias escaldantes. Colocando o pé sobre o ombro da figura esquelética e o impedindo de revidar, a mulher se debruçou sobre ele. Uma mecha branca de cabelo escapou do capuz vermelho e caiu pela lateral do rosto suado, deixando-a com uma expressão ainda mais feroz. Os olhos verdes fitavam o estranho ser com intensidade assassina.

– Eu não percorri todos esses mundos por nada – Mirela falou.

Depois de preparar a poção para Tiago, Mirela fora incumbida por Roberta de encontrar um objeto sagrado que, de acordo com as profecias, colocaria um fim ao conflito entre Dimos e Versipélio. Para chegar até aquele local desolado, ela passou por diversos mundos, desconhecidos pela maioria; conheceu magos e bruxas; aprendeu novas magias; leu muitas profecias; teve uma viagem espiritual até os druidas ancestrais, através da qual foi capaz de descobrir onde estava escondido o objeto de sua busca; passou por perigos inimagináveis e quase morreu. Se não fosse o talismã do pentagrama dentro de uma circunferência pendurado no pescoço por uma fina corda negra, um presente da Sacerdotisa para atravessar as barreiras que separavam os mundos, ela seria mais um dos esqueletos no meio das areias quentes ou estaria apodrecendo em algum outro lugar.

Apontando com a mão livre na direção da pirâmide, Mirela ordenou:

– Você vai liberar o acesso para a pirâmide. – Ela sabia que ele não compreendia sua língua, mas o medo era uma linguagem universal e, no final, a figura esquelética entenderia o que precisava fazer para continuar viva.

Porém, naquele mundo, o medo nada significava. Furiosa, a figura esquelética abriu a boca, os dentes pontiagudos e retorcidos dando-lhe uma expressão mais feroz do que realmente era, e tentou avançar contra ela. Tendo-a prendido bem, Mirela sussurrou algumas palavras na língua antiga. A mão segurando as correntes brilhou com intensidade, fazendo-as incandescer. O odor fétido de pele queimada se dispersou pelo ar rarefeito, transformando a fúria daquela criatura em gritos de dor.

Mirela precisava dela viva, mas nada a impedia de torturá-la, descontando a fúria de tudo o que passara até aquele momento. Sem

Capítulo 13

encerrar a magia, ela tirou o pé de cima do ombro da criatura e começou a arrastá-la pela passarela em direção à pirâmide. Mesmo com o peito queimando e a pele derretendo sob as correntes, a estranha figura se debatia, em meio aos gritos, tentando se levantar, agarrar ou morder as pernas de Mirela, tudo em vão.

Tendo alcançado a pirâmide, Mirela levantou a criatura à sua frente e, sem soltar as correntes, a empurrou contra a parede da enorme estrutura. Logo, a vermelhidão ao redor deu espaço a uma estranha escuridão. Por alguns segundos que pareceram uma eternidade, a mulher se sentiu vagando pelo infinito, rodopiando, como se estivesse perdida no breu eterno. Os únicos pontos de lucidez eram o colar do pentagrama, esquentando o peito enquanto realizava a travessia, a sensação da corrente entre os dedos, os gemidos da vítima e seus pensamentos. *Talvez*, pensou em meio ao desespero do momento, confiando na magia do pingente, *eu nem precisasse desta figura demoníaca para adentrar a pirâmide.*

Aos poucos, o breu foi se dissipando. Seus pés pareciam tocar novamente o solo. Quando a vertigem da travessia terminou, Mirela se viu no interior da pirâmide, estranhamente iluminado por algum tipo de magia desconhecida por ela, como se a sua visita, ou de qualquer outra pessoa que buscasse o objeto sagrado, já fosse aguardada. No centro do local, todas as passarelas terminavam em uma enorme plataforma circular onde, alinhada exatamente sob a intersecção das quatro faces que formavam a pirâmide, havia uma imponente estátua de uma mulher sobre um pedestal, virada na direção por onde a visitante entrara. Entre as mãos postadas à frente do corpo de pedra, descansava o objetivo da missão: um enorme machado de duplo corte. Nas lâminas curvas, runas entalhadas no metal o tornavam especial, criado pelos Nefilins, a pedido dos druidas, para um único propósito: ceifar a vida de Angus.

– Até que enfim eu encontrei você! – Mirela deixou escapar, deslumbrada com o poder do Machado Nefilim. Voltando a atenção para o ser esquelético sofrendo com as queimaduras das correntes, ela continuou: – Acho que não preciso mais de você.

Ao soltar as correntes, Mirela foi mais rápida que a criatura diante dela. Impedindo o ataque mortífero dos enormes dentes afiados, Mirela agarrou-a pela lateral do rosto com as duas mãos.

Pressionando o crânio, encarou com intensidade assassina os olhos negros do habitante daquele mundo e sussurrou:

– *Imperium, occidere*. – Apesar de ser um comando de morte, Mirela não demonstrava qualquer emoção, como se usar aquela magia lhe fosse natural e correta.

Das têmporas da criatura, sangue negro começou a escorrer conforme ela aumentava a pressão, manchando as mãos dela. Gritos de dor do ser esquelético ecoavam pelo interior da pirâmide. Um leve sorriso era evidente nos lábios de Mirela, sentindo prazer em torturá-lo enquanto a magia lançada consumia o corpo do inimigo e o desintegrava, fragmentando lentamente a pele, os músculos e ossos até não sobrar mais nada além de grossas partículas negras amontoadas aos seus pés.

Não havia mais ninguém entre Mirela e sua missão. Depois de anos, a busca finalmente terminara. Tudo o que ela precisava fazer era se aproximar da estátua e pegar o Machado Nefilim. Caminhando com determinação pela passarela, o sorriso se abrindo enquanto seus passos ecoavam pela pirâmide, ela mantinha os olhos fixos na estátua.

Apesar de não parecer haver mais nenhum perigo, Mirela precisava se certificar. Temendo algum tipo de armadilha mágica protegendo um artefato tão poderoso, ela não se dirigiu diretamente ao objetivo. Em vez disso, caminhou ao redor do pedestal pela plataforma circular, mantendo, pelo canto dos olhos, a visão da estátua. Para sua surpresa, a escultura parecia girar junto com ela, mantendo-se sempre de frente para a humana.

– É, parece não haver nenhum perigo. – Mirela falou para si mesma, apesar da estranheza da situação. Ao ficar de frente para a estátua, ela deixou o capuz cair sobre a capa vermelha em suas costas e se aproximou com passos lentos e inseguros. Parando a cerca de dois metros, fez uma reverência para a figura de pedra. Endireitou novamente o corpo e continuou: – Deusa, eu preciso de sua ajuda. A profecia em meu mundo está prestes a se concretizar. Se Dimos vencer a batalha na Sétima Lua, nós entraremos em uma época sombria.

Dando mais um passo à frente, Mirela fechou as duas mãos ao redor do cabo do Machado Nefilim. Apreensiva, reconhecendo sua

Capítulo 13

inferioridade perante a Deusa guardiã do poderoso objeto, levantou o olhar até o rosto de pedra e pediu:

– Deusa, por toda a sua sabedoria e misericórdia, deixe-me pegar o Machado para garantir a paz em meu mundo.

Respirando fundo, temerosa, Mirela puxou o artefato. Para sua surpresa, a estátua da Deusa não criou resistência e o objeto se soltou. Uma vibração imediata irrompeu da arma pelos braços, fazendo todo o corpo dela entrar na mesma sintonia do poder emanado por aquele objeto criado pelos Nefilins. Naquele momento, ela se considerava a bruxa mais poderosa de seu mundo, mais poderosa até que Roberta. Com o Machado, ela poderia ser a líder da Thuata Olcán; poderia, um dia, ser a Sacerdotisa da Ordem das Rosas Negras; poderia ter o mundo aos seus pés; poderia...

– Não! – Mirela se repreendeu, envergonhada por ter se deixado levar pelo poder do artefato. Desviando o olhar para as runas talhadas nas lâminas, continuou: – Eu não vou me entregar aos desejos sombrios dos que criaram você.

Com um rápido movimento, Mirela atou o cabo por dentro da capa em suas costas, deixando as lâminas duplas um pouco acima da cabeça. Levantando o olhar para a estátua, fez mais uma reverência e falou:

– Deusa, obrigada pela confiança.

Tendo completado a missão, estava na hora de retornar para seu mundo, encontrar Roberta e entregar o Machado Nefilim para ela ou para Versipélio. Eles saberiam como lidar com aquele poderoso artefato. Porém, bastou se virar para sentir uma oscilação no ar. Uma leve brisa a alcançou, balançando as mechas brancas de seus cabelos. Junto ao fraco vento, a mensagem de Roberta chegou até ela, passando-lhe uma nova missão.

Mirela bufou. Ela teria de lidar com as tentações do artefato em suas costas por mais tempo do que desejava e ainda aturar um dos lobisomens mais insuportáveis que conhecera. Sendo ordens da Sacerdotisa, não havia como recusar. Afinal, ela era um membro da Ordem das Rosas Negras, devia obediência, e, ainda por cima, era uma peeira, o que a tornava responsável por esses tipos de criaturas.

Escolhendo as palavras com cuidado, ela fechou os olhos e sussurrou:

– *Locus creaturae detegere.*

Primeiro, Mirela viu apenas escuridão, enquanto a mente atravessava de volta para seu mundo. Depois, as árvores começaram a ganhar forma enquanto ela se deslocava rapidamente pela floresta, como um vento sussurrante, à procura do objeto de sua próxima missão. Mergulhando para o interior escuro de uma caverna, ela vagueou por estalagmites e estalactites até a imagem de um lobisomem com o braço levantado, as garras prontas para ceifar a vida do humano ferido aos seus pés, a alcançar.

O golpe final estava próximo de ser desferido. Mirela sabia ser impossível atravessar fisicamente de volta para seu mundo a tempo de deter a atrocidade. Havia somente uma coisa a fazer.

– *Partum mentis nexu* – Mirela sussurrou. No mesmo instante, sua visão passou a ser a mesma do lobisomem, encarando o homem amedrontado. Tendo entrado na mente da forma lupina de um antigo conhecido, alguém que detestava, mas fora ordenada a proteger, ela foi firme na mensagem, usando a autoridade de peeira: – Não faça isso!

No mesmo instante, Mirela sentiu a indecisão e o medo tomarem conta do lobisomem, fazendo-o hesitar. Um ganido nervoso ecoou pela caverna. Ela o havia domado por um tempo. Se não se apressasse, sua investida contra a mente animalesca de nada teria adiantado. Sabendo exatamente o que fazer e para onde ir, ela sussurrou as últimas palavras naquele mundo:

– *Janua inter duo planum aperire.*

Em resposta às palavras, o colar no peito de Mirela esquentou. Um portal surgiu dele e a engoliu, levando-a, junto do Machado Nefilim, diretamente para a caverna onde o lobisomem se encontrava.

Levando-a para tentar salvar um humano da fúria lupina.

14

—Eu mandei você não fazer isso! – Mirela ordenou mais uma vez, impondo a autoridade de peeira. Ela não estava mais na mente do lobisomem. Sua voz carregada de poder ecoou pela caverna antes mesmo do portal se abrir e ela retornar ao mundo de origem. Aquelas palavras, porém, não foram tão poderosas a ponto de a fera desistir do ataque, mas foram o suficiente para fazê-la soltar um ganido hesitante, encolhendo-se por alguns segundos e dando à Mirela o tempo necessário para terminar a viagem de retorno.

Trazendo Mirela de volta ao seu mundo, o portal se abriu a cerca de três metros do lobisomem. Assim que seus pés tocaram o solo no interior da caverna, ela teve a desagradável surpresa da fera investindo novamente contra o humano indefeso, o braço levantado pronto para desferir o golpe de misericórdia. Agindo com destreza e agilidade, a peeira se pôs a correr, colocando-se entre o animal e Guilherme. Espalmando as mãos contra o enorme peito peludo, ela lançou um olhar agressivo e sussurrou algumas palavras com rapidez excessiva. O lobisomem, até o momento emitindo rosnados ferozes, soltou um ganido estridente e caiu de lado.

Sofrendo, estranhamente se remexia contra o piso da caverna; os membros balançando de forma desconexa abriam sulcos na terra e, enquanto o corpo virava de um lado para o outro, o lobisomem diminuía de tamanho. O tronco, os braços e as pernas ficaram menores. A pelagem desapareceu. O focinho e as orelhas pontiagudas voltaram ao normal. Onde, havia alguns segundos, existia um lobo feroz, agora estava um homem de cabelos longos e barba comprida, todo molhado de suor e de gotículas de água oriundas de um mergulho inesperado no riacho.

Com a respiração ofegante e as duas mãos apoiadas rente ao corpo, praticamente de bruços, ele apenas torceu o tronco de lado. Lançando à peeira um olhar carregado de vergonha e alívio, perguntou:

– Acabou? Você removeu a maldição?

Mirela se agachou ao lado de Tiago e respondeu:

– Não sou capaz de remover a maldição. Eu apenas controlei a fera em seu íntimo para evitar que você fizesse uma besteira. – Virando o rosto de lado para Guilherme, ela prestou atenção aos ferimentos, soltou o ar com uma expressão de tristeza e continuou: – Porém, acho que não cheguei a tempo.

Levantando-se, ela se aproximou de Guilherme. Parando à frente do homem, Mirela se agachou para examinar a gravidade dos ferimentos. Se as causas daqueles cortes fossem outros, o destino dele seria a morte. Porém, tendo sido ferido por um lobisomem, ele se recuperaria e, em seu peito, restaria apenas enormes cicatrizes. E era nesse ponto que residia um grave problema. Logo, a fera interior começaria a dominar a mente do mercenário, instigando-o a cometer as mesmas atrocidades que causaram sua transformação. Querendo ou não, a peeira teria de cuidar de mais uma daquelas criaturas.

Uma força maior, no entanto, tinha outros planos. Ainda deitado, sussurros mentais incomodavam Tiago: *Mate-o!* Sem saber se era a fera dentro dele tentando sobrepujar a magia temporária de Mirela ou se havia algo mais, ele tentou ignorar a mensagem carregada de ódio. Bateu algumas vezes contra a própria cabeça, na vã esperança de fazer a tortura psicológica parar. Porém os sussurros se transformaram em gritos mentais: *Mate-o! Mate-o! Mate-o!*

Não resistindo à força misteriosa, cada vez ordenando com mais intensidade, Tiago fitou o Machado Nefilim nas costas de Mirela. Parecia que aquela estranha arma o estava convidando para pegá-la. Parecia que só havia um jeito de acabar com aquele infortúnio.

Capítulo 14

Hipnotizado, ele extravasou o pensamento incômodo, a voz ecoando pela caverna:

— Mate-o! — Tiago ordenou, mas foi ignorado pela peeira. Respondendo de forma inconsciente aos intermináveis gritos mentais, ele se colocou de pé com um salto e se aproximou de Mirela, ainda agachada, tentando, com magia, trazer um certo alívio ao homem condenado.

Mirela se virou quando sentiu o Machado Nefilim escorregar por debaixo da capa para fora da segurança de suas costas. Para sua surpresa, Tiago o empunhava. Os olhos dele estavam vidrados. Recuando um passo, ele levantou a lâmina acima da cabeça para desferir o tão esperado golpe final em Guilherme. *Mate-o! Mate-o!*, as vozes continuavam ordenando.

Sem ter como resistir à tortura mental, Tiago soltou um grito carregado de ódio e desceu a lâmina na direção de Guilherme.

— Não! — Mirela ordenou, girando o corpo, ainda agachada, e esticou o braço à frente. Sussurrando palavras na língua antiga, criou um escudo de proteção diante dela e do humano. Do outro lado, no entanto, estava uma arma criada pelos Nefilins. Quando a lâmina tocou a magia, um clarão tomou conta da caverna. A peeira, com a força do impacto, perdeu o equilíbrio e caiu de lado. Tombada, não lhe restou mais nenhuma alternativa além de ver, de camarote, uma das faces afiadas passar raspando por seu braço antes de se cravar no rosto de Guilherme, quase o dividindo em dois. Sangue jorrou para os lados, salpicando as mãos do carrasco e a face da mulher.

Recostado contra a estalagmite, os braços e as pernas de Guilherme tremiam, mesmo depois de morto. Sangue escorria pelo crânio aberto ao meio. Um dos olhos esbugalhados estava fixo em Tiago enquanto o outro fitava a peeira. A morte encontrara Guilherme antes que a fera crescesse em seu interior.

Tiago, no entanto, não estava contente. Arrancando a lâmina com ferocidade, fazendo mais sangue jorrar, ele girou o Machado Nefilim no ar até encontrar o pescoço desprotegido do cadáver. Não houve resistência e, no segundo seguinte, a cabeça do mercenário rolava entre o corpo escorregando pela estalagmite e Mirela, até parar estatelada no chão.

A vingança de Tiago estava completa, sendo ele, naquele momento, humano ou lobisomem. As vozes se aquietaram em sua mente.

Segurando com firmeza o artefato entre as mãos, ele olhou a lâmina ensanguentada. O sangue entrou nas runas talhadas no metal, deixando-as mais evidentes para o jovem que a segurava. Todo o seu corpo vibrava com tamanho poder. Aquela arma, nas mãos de um lobisomem descontrolado, seria muito mais letal do que se estivesse com Versipélio ou Roberta.

Mudando a posição dos dedos para segurar o Machado Nefilim com mais firmeza, Tiago elevou o olhar da lâmina até a peeira ainda caída.

Com medo e indefesa, Mirela estendeu o braço na direção dele. Qualquer magia não teria efeito contra o jovem empunhando o artefato, pronto para atacá-la. Restava-lhe, apenas, usar o seu maior dom:

– Tiago, este não é você. Você não quer me matar.

Com um sorriso malicioso, Tiago respondeu:

– Claro que não! – e girou o Machado Nefilim, abaixando-o ao lado de seu corpo em uma posição inofensiva. A lâmina ensanguentada estava voltada para a peeira caída. Estendendo-lhe a mão livre, o corpo levemente arqueado na direção dela, continuou: – Eu nunca machucaria você.

Mirela não reparou que, até o momento, prendia a respiração, tensa. Deixando-se levar pelo alívio, ela sustentou o olhar dele e, com cautela, lhe estendeu a mão. Quando os dedos se tocaram, Tiago a ajudou a se levantar.

Pela primeira vez depois de anos, os dois estavam frente a frente, os olhares fixos um no outro. Mirela não sabia o que dizer. Como peeira, deveria repreender a atitude do jovem. Porém, depois do que vira, temia tirá-lo do sério. Pelo menos, não deveria impor sua autoridade enquanto ele empunhasse o Machado Nefilim. Por mais que tivesse dito que nunca a machucaria, era impossível saber a reação dele, do lobisomem adormecido em seu íntimo ou dos desejos dos Nefilins se ela o contrariasse.

– Creio que isso seja seu. – Tiago recuou um passo, girou o Machado Nefilim mais uma vez, o colocou sobre as palmas das mãos estendidas diante de seu corpo e esticou os dois braços na direção dela.

Mirela piscou algumas vezes, surpresa. Parecia, de algum modo, que Tiago podia controlar aquele artefato. Parecia também que ela podia controlar o lobisomem, mesmo quando ele estivesse com a arma. Porém deixá-lo em posse de um objeto tão poderoso, sem ter certeza se poderia confiar no instinto lupino do jovem, era perigoso. Esticando o braço com cautela, os olhos fixos nele, ela fechou os dedos em torno do cabo e o puxou devagar.

– Você fez a escolha certa – Mirela falou, segurando com as duas mãos o Machado Nefilim entre ela e o jovem.

– Eu nunca quis matar Guilherme – Tiago respondeu. O olhar trazia desespero e arrependimento por seus atos. – Foi... Foi...

Reconhecendo a dificuldade em se explicar, Mirela tomou a palavra:

– Eu compreendo. Foi o seu instinto lupino. – Ela fez uma pausa, olhou para a lâmina ensanguentada do Machado Nefilim em suas mãos e de volta para o jovem. – E você não resistiu ao poder do Machado.

Tiago apenas meneou a cabeça, confirmando. Girando a arma em suas mãos e a colocando novamente nas costas, por debaixo da capa vermelha, Mirela o convidou:

– Você tem muito o que aprender. Vem comigo. Está na hora de conhecer outros ômegas como você.

– Tipo, sua matilha? – Tiago perguntou.

Mirela sorriu com a ignorância dele e respondeu:

– Não posso dizer que é minha matilha, mas, quando preciso de ajuda, eles vêm em meu socorro.

Tiago meneou a cabeça, compreendendo o que ela dizia. Mudando de assunto, preocupado com a falta de controle sobre a fera em seu interior, ele apontou na direção do cadáver de Guilherme e perguntou:

– Você pode fazer outra poção para mim? Não quero mais perder o controle assim.

Mirela girou o corpo de lado e, sussurrando algumas palavras, abriu um portal. A brisa balançou os cabelos de ambos e a barba de Tiago. Voltando-se para o jovem, respondeu:

– Creio que você não precisará mais da poção.

Agarrando-o pela mão, ela o conduziu pelo portal. Depois de ter visto Tiago empunhar o Machado Nefilim e, apesar de ter matado Guilherme, resistir à tentação de atacá-la, talvez Versipélio tivesse razão quanto ao potencial dele. Quem sabe Roberta estivesse certa em lhe designar a missão de manter o jovem sob seus cuidados. Talvez ele venha a ser o desequilíbrio na batalha vindoura.

Talvez a profecia não precise acontecer da forma como ditada pelos druidas.

Talvez Tiago, empunhando o Machado Nefilim, coloque um fim à vida de Dimos e encerre a guerra secular.

Apenas, talvez...

15

—Como assim não vou mais precisar da poção? – Tiago perguntou assim que deixou o portal.

Mirela, tendo alcançado o destino antes de Tiago, girou uma única vez sobre o corpo, tentando se localizar em meio à densa floresta. A luz da lua, alta no céu estrelado, não conseguia atravessar a copa das árvores, deixando a estreita trilha de terra batida mergulhada em breu para os dois lados. Uma leve brisa acariciou seu rosto, balançando a mecha branca sob o capuz vermelho. Os olhos da peeira estavam estreitos e a expressão parecia trazer um mau presságio.

– O que houve? – reconhecendo que Mirela estava mais tensa do que o normal, por mais que o contato entre eles fora ínfimo, Tiago sussurrou no ouvido dela. No fundo, ele mesmo sentia uma certa animosidade no ar, uma sensação esquisita, maligna, à espreita em cada folha, graveto, árvore, pedra ou grão de terra.

– Shh! – Mirela ordenou. Sussurrando algumas palavras na língua antiga, ela buscou a mente de Tiago para se comunicar. *Até eu ter certeza do que está acontecendo e tomar algumas medidas, evite dizer qualquer palavra. Se quiser se comunicar comigo, basta pensar que eu vou receber sua mensagem.*

Você está em minha mente agora?, Tiago pensou.

Sim, ela respondeu.

Tendo se localizado, Mirela tomou a dianteira pela trilha e, com um gesto, pediu para Tiago segui-la. O farfalhar das árvores os acompanhava conforme a leve brisa balançava os galhos de um lado para o outro. Insetos cantavam ao redor, chamando as fêmeas para o acasalamento. Um pássaro ou outro, de hábito noturno, chilreava no ninho. Às vezes, alguns morcegos sobrevoavam em algum local próximo aos dois, o trissar característico mantendo a segurança do voo. Bastou, porém, Mirela sussurrar algumas palavras na língua antiga para o jovem sentir uma breve pressão sobre os ouvidos e tudo ao redor ficar extremamente silencioso.

O que você fez?, Tiago pensou.

– Você pode falar agora – Mirela respondeu de forma natural. – Eu lancei uma magia para impedir que qualquer outra pessoa, ou bruxa, nos escute.

Puxando-a pelo braço e fazendo-a se virar, Tiago lançou a ela um olhar preocupado e perguntou:

– Mirela, o que está acontecendo?

Ela mordeu os lábios. Sua vontade era de mentir para ele. Mas, se o fizesse, nunca poderia contar com o apoio do rapaz. Escolhendo dizer a verdade, respondeu:

– A Sétima Lua se aproxima. Existe uma profecia sobre esse período. De acordo com o texto antigo, quando ocorrer o sétimo eclipse lunar da segunda lua cheia do mês em seu perigeu, estando o astro o mais próximo possível da Terra, da história, os clãs inimigos de lobisomens vão se encontrar para a batalha final. Temo que você já tenha conhecido os dois líderes há alguns anos.

– Dimos e Versipélio – Tiago respondeu. Depois do que passara, não havia como esquecer esses dois nomes.

Mirela, não querendo perder a linha de raciocínio, apenas meneou a cabeça em afirmação. Voltando a caminhar com Tiago ao seu lado, os braços de ambos raspando a vegetação ao redor da trilha estreita, ela continuou a explanação:

– Os dois são os lobisomens mais antigos que ainda estão vivos, os descendentes diretos de Angus, o primeiro lobisomem. Durante muitos séculos, eles formaram a irmandade lupina mais poderosa e inúmeras vezes lutaram ombro a ombro pelos mesmos interesses. Entretanto, as divergências quanto às profecias e aos ensinamentos deixados pelos druidas, os criadores de Angus e de todos os lobisomens, os fizeram seguir caminhos opostos que, fatalmente, vieram a se cruzar de tempos em tempos. Por séculos, eles lutam entre si. Dimos manteve a crença tradicional de transformar humanos em lobisomens para aumentar suas fileiras de guerreiros. Já Versipélio modernizou o pensamento deixado pelos druidas, repugnando o envolvimento de humanos nesta guerra, e dando aos lobisomens existentes o livre-arbítrio para continuarem na matilha, formarem sua própria ou se tornarem ômegas, lobisomens sem matilha, como você e os que estou prestes a te apresentar.

A longa explanação de Mirela deixou Tiago cheio de dúvidas. Após caminhar alguns minutos em silêncio ao lado dela, tentando assimilar todas as informações, perguntou:

– Mas o que me impede, ou impede os outros ômegas, de se juntarem a Dimos?

– Esse é o problema que estamos enfrentando agora. É por este motivo que as peeiras, sob as ordens da Sacerdotisa da Ordem das Rosas Negras, estão reunindo o máximo de ômegas que conseguirem. É por este motivo que eu fui até a caverna. – Mirela fez uma pausa, pensando nos últimos anos em que passou percorrendo mundos para encontrar a arma em suas costas. – É por este motivo que eu praticamente fui até o inferno para buscar o Machado Nefilim.

Não entendendo a relação entre o artefato e o conflito entre Versipélio e Dimos, Tiago perguntou:

– Onde o Machado Nefilim entra nisso? – Tiago estremeceu ao se lembrar da pressão mental que os criadores da arma tiveram sobre ele.

Mirela, já esperando pela pergunta, foi rápida na resposta:

– De acordo com a profecia, quem possuir o Machado Nefilim será o vencedor quando a Sétima Lua chegar. – Inflamada por contar tudo a Tiago, ela sem querer deixou escapar: – Porém eu não esperava que o Machado Nefilim pudesse escolher um ômega.

Aquelas palavras acertaram Tiago de uma forma que ele não esperava. Acelerando um pouco o passo para se manter ao lado dela, o jovem a olhou de relance e questionou:

– Você está me dizendo que cabe a mim resolver o conflito entre Versipélio e Dimos?

Mirela deu de ombros.

– Parece que sim.

Tiago mordeu os lábios, pensativo. Era muita informação para processar. De repente, todo o seu mundo ficou de pernas para o ar. Alguns anos antes, ele era apenas um garoto se divertindo na Lupercália. Agora, o destino de uma batalha ancestral estava em suas mãos. O futuro da sociedade lupina, e quem sabe de toda a humanidade, dependia dele. Mas...

Um pensamento indesejado passou por sua mente, fazendo os ombros tremerem involuntariamente. Apesar de temer a resposta, ele precisava perguntar:

– O que acontece se Dimos vencer a guerra?

Mirela desviou o olhar da trilha à frente para captar, pelo canto dos olhos, o rosto assustado de Tiago.

– Aí, meu amigo, prepare-se. Tempos sombrios virão.

Tiago sentiu o peso da responsabilidade se abater sobre ele com muito mais força. Porém, para alguém que já passou por inúmeras dificuldades, sua especialidade se tornou transformar adversidade em determinação. *Talvez,* pensou, *tenha sido por isso que o Machado Nefilim me escolheu.*

– Talvez seja – Mirela respondeu, ainda com sua mente conectada à de Tiago.

– Bem, já que é assim, nós precisamos encontrar logo os ômegas que vêm em seu socorro quando você precisa de ajuda. – Tiago deixou-se inflamar pela determinação. – Onde eles estão?

– Não muito distante – disse Mirela. – Estou em contato com eles e a maioria dos ômegas já alcançou o ponto de encontro.

Com um tapa de leve no braço de Mirela e um sorriso jovial no rosto, Tiago falou:

– Então vamos apressar o passo!

Mirela, deixando-se inflamar pela determinação de Tiago, acelerou o passo para tentar acompanhar o ritmo dele. Presa ao lobisomem em sua magia e entretida pela revelação, a peeira não percebeu que, durante todo o momento, sombras disformes rastejavam atrás deles, mantendo-se escondidas pela escuridão da floresta, os acompanhando em silêncio absoluto, registrando cada palavra.

Quando os dois passaram a quase correr pela trilha, as sombras os deixaram seguir o caminho e, se embrenhando na escuridão da floresta ao redor, retornaram para quem as conjurara, levando a informação.

A magia de Mirela não surtira efeito contra os poderes malignos de outra peeira.

O segredo fora revelado. As intenções de Mirela, expostas.

O inimigo, mais uma vez, estava um passo à frente.

16

As sombras, carregando a informação, irromperam ao céu, fazendo as copas das árvores balançarem com mais vigor conforme passavam por cima delas; elas ganhavam altitude e velocidade enquanto se uniam, o que formava uma enorme massa negra disforme a encobrir a luz das estrelas e da lua. Não tardou para a floresta abrir espaços para pequenos vilarejos; depois, para cidades cada vez maiores até a densa névoa chegar à megalópole paulista. As luzes dos postes nas ruas piscavam freneticamente quando a bruma passava, perdendo altitude ao se aproximar do local onde a peeira que a conjurara se encontrava.

Após percorrer ruas e avenidas, a névoa se dividiu para atravessar um largo portão de grade que levava a uma enorme casa térrea, no estilo colonial. Unindo-se novamente em uma unidade etérea negra, a massa disforme sobrevoou o gramado onde ferozes espectros lupinos garantiam a segurança do local e, ganhando novamente altitude, entrou na residência por uma das chaminés conectadas a uma das inúmeras lareiras, dirigindo-se ao ambiente interno onde estava a figura que a conjurara.

No cômodo com aparência de escritório, mantido às escuras por grossas cortinas negras diante da enorme janela, Camila mantinha-se sentada de pernas cruzadas no centro de um pentagrama desenhado com sangue humano, envolto por uma circunferência perfeita sob a luminária de bronze. Velas negras queimavam ao longo do círculo, fortalecendo a magia. As mãos da peeira estavam apoiadas sobre os joelhos flexionados. Os globos oculares moviam-se constantemente abaixo das pálpebras com maquiagem tão escura como a noite. Sentindo a presença da névoa se aproximando, ela começou a levitar no meio do pentagrama. As pernas se esticaram conforme ganhava altura e os braços caíram ao lado do corpo, as palmas das mãos abertas viradas para a frente. De seus lábios, saíam palavras na língua antiga.

Com Camila a mais de um metro do chão, a névoa adentrou a lareira e começou a circundar a peeira. O vento no interior do aposento se tornou intenso. O lustre de bronze, atado ao teto por grossas correntes, balançava de um lado ao outro, o rangido do metal ecoando pelo escritório. Os cabelos da mulher esvoaçavam. O fogo nas velas negras bruxuleava, resistindo ao deslocamento incessante do ar. Sombras fantasmagóricas surgiam em todos os cantos do aposento.

Ao sussurrar mais algumas palavras em dialeto arcaico, a névoa começou a desaparecer dentro do corpo de Camila. Os globos oculares sob as pálpebras escuras se mexiam com mais intensidade. Quando não havia mais nenhum resquício da sombra que trouxera a mensagem, o vento cessou. Os cabelos da peeira, revoltos, caíram ao redor do rosto enquanto ela perdia altitude.

Quando seus pés descalços tocaram o piso, a túnica azul-escura os cobrindo por completo, Camila abriu os olhos.

17

—Bem, e então? – a voz masculina chegou aos ouvidos da peeira.

Caminhando com determinação, Camila fez um rápido gesto com uma das mãos e as velas negras se apagaram. Tendo encerrado a magia, a peeira atravessou o círculo desenhado no chão e se aproximou do homem com cabelo estilo moicano que estivera sentado o tempo todo na poltrona atrás da enorme mesa de madeira, observando-a com os cotovelos apoiados sobre os braços confortáveis do assento, os dedos unidos à frente do rosto. Encurvando-se na direção dela, perguntou:

– O que você descobriu?

Camila apoiou as mãos abertas sobre a lateral da mesa e, debruçando-se na direção dele, os olhos fixos no homem, respondeu:

– Eu estava certa. Mirela retornou com o Machado Nefilim.

O homem bateu o punho cerrado contra a mesa. O som da madeira rachando ecoou pela sala. Apoiando o cotovelo no tampo, ele se curvou na direção dela e, gesticulando o dedo apontado para a peeira, falou:

– Temos de pegar o Machado Nefilim antes dela o levar para Versipélio!

Ignorando o nervosismo do homem, Camila se sentou sobre a mesa e cruzou as pernas. Olhando para a unhas negras, respondeu:

– Não sei o porquê de você estar tão nervoso, Dimos. Ela não vai fazer isso.

– Como você pode ter tanta certeza? – Dimos ralhou.

Camila o olhou de relance para replicar:

– Porque eu sei que Mirela está reunindo os ômegas. Eu sei, inclusive, onde se encontrará com eles. Porém ela ainda está a caminho. Tudo o que precisamos fazer é chegar antes no ponto de encontro e eliminar ou recrutar esses ômegas. Sem eles para proteger a Thuata Olcán, estar em posse do Machado Nefilim é insignificante, pois Versipélio estará exposto. Recuperar o artefato das mãos de um inimigo enfraquecido será muito fácil. Siga meu conselho e a vitória será sua.

Dimos se colocou de pé com um salto, quase derrubando a poltrona, e bradou:

– E estamos esperando o quê? Vamos logo!

– Como desejar. – Camila respondeu e assoprou as unhas, como se secasse um esmalte que não passou. Levantando-se, ela abriu um portal no meio do escritório; a leve brisa balançando seus cabelos. Virando-se para Dimos e apontando com graciosidade para a passagem, continuou: – Depois de você.

18

As construções cercadas por altas muralhas com bastiões espalhados ao longo da fortificação, erguidas em 1902, já fora um presídio. Após a sangrenta revolução de junho de 1952, o local fora desativado e a estrutura começou a ser invadida pela floresta ao redor. Os telhados da maioria das casas ruíram. O gramado no interior do enorme retângulo formado pelas construções cresceu até a altura da cintura. Abandonado, aquele local na ilha Anchieta era perfeito para Mirela se reunir em segurança com os ômegas. Mesmo isolado, a peeira tomou todos os cuidados e lançou um feitiço de proteção, através do qual somente poderiam entrar no lugar os lobisomens que tivessem sido agraciados com sua marca.

Motivo pelo qual um homem magro, com quase dois metros de altura, trajando calça e casaco de manga longa, caminhava tranquilamente pela floresta em direção ao presídio abandonado. Ele fora um dos lobisomens agraciados por Mirela e, depois de receber o pedido de auxílio, pegou a mochila, colocou-a sobre um dos ombros e iniciou sua jornada até o ponto de encontro que há muito tempo não era utilizado pelos ômegas.

Apesar de estar escuro, ele já fizera tantas vezes aquele caminho que poderia chegar ao presídio de olhos fechados. Algo, porém, o incomodava. Não era o suor melando seus longos cabelos e a barba. Havia algo mais, como se estivesse sendo observado. Parando por alguns segundos, o homem girou a cabeça para os dois lados. Não havia nada ao alcance de sua visão. Fechando os olhos, ele apurou os ouvidos lupinos, sentindo a natureza ao redor.

Nada. Não havia nada espreitando na escuridão. A sensação que o incomodava não passava de apreensão pela mensagem urgente enviada por Mirela depois de anos sem saber do paradeiro dela. Ele chegou a pensar que a peeira estava morta, motivo pelo qual ficou ainda mais surpreso quando ela o procurou, solicitando o auxílio. Mas não era somente isso. Ele estava ansioso por finalmente poder estar com Mirela novamente.

Sentindo-se seguro, ele colocou-se em movimento. Cem metros depois, as muralhas, tomadas pela vegetação, chegaram ao alcance de sua visão. A estreita entrada no meio da construção, nada além de um ponto escuro na vegetação, tornava-se mais evidente conforme se aproximava. A porta de metal estava retorcida, deixando mais da metade da passagem exposta. *Nada demais*, ele pensou, tirando da mente a insegurança momentânea. *O local está abandonado e isso era de se esperar.*

Com mais alguns passos, ele desviou da porta retorcida e adentrou a passagem pela muralha. A familiar sensação de atravessar a barreira criada pela peeira fazia vibrar cada célula de seu corpo.

Ele finalmente chegara ao único lugar que podia chamar de casa.

19

Parando por alguns segundos no interior da estrutura retangular entre as casas em ruínas, ele inspirou o ar puro do litoral. Olhando ao redor, viu uma fraca claridade oriunda de uma das construções à esquerda. Ciente de que a peeira deveria ter convocado outros ômegas, ele caminhou em direção à luz que escapava pelas duas janelas gradeadas e pela passagem aberta entre ambas, o mato alto roçando seu corpo enquanto atravessava o que já fora o pátio da prisão.

Ao se aproximar da casa, vozes familiares o alcançaram. Algumas delas estavam alegres, beirando a exaltação, o que lhe arrancou um sorriso. Fazia muito tempo que não se encontrava com os ômegas e, de certa maneira, sentia saudade de estar com eles. Outras, porém, o deixaram apreensivo. Parecia que havia alguma discussão, talvez até uma briga, entre, no mínimo, dois lobisomens, o que era de se esperar, considerando a natureza feroz. Sem um líder, esse tipo de desentendimento poderia acontecer. Ele, sendo um dos mais antigos e, portanto, de acordo com o código criado pela peeira, o responsável pelos ômegas reunidos até a chegada de Mirela, precisava colocar um limite na contenda, motivo pelo qual apressou o passo, o sorriso desaparecendo do rosto.

Após subir os poucos degraus que levavam à plataforma de acesso e à passagem para o interior da casa em ruínas onde a discussão se tornara mais evidente, ele adentrou o local vociferando:

– Chega!

Ao verem o enorme homem parado um metro passagem adentro, a fraca iluminação de lampiões espalhados pelo aposento deixando suas feições ainda mais sombrias e autoritárias, a discussão se interrompeu. O sorriso dos lobisomens ao redor, apenas observando a contenda, desapareceu. Os olhares traziam uma certa apreensão.

– O que está acontecendo aqui? – o recém-chegado perguntou, firme.

Nenhum dos dois envolvidos na discussão, um jovem magricela de cabelos curtos e rosto fino, sem camisa, e um homem de corpo atlético, conseguiu responder, atônitos pela entrada súbita do ômega. Por alguns segundos, a tensão pairou no ar, o olhar do recém-chegado passando pelos rostos de todos os lobisomens no local: sete no total. Por fim, um homem de meia-idade de corpo atlético, tez morena clara, de cabelos castanho-escuros muito lisos e compridos caindo ao redor do rosto redondo, até o momento sentado no canto, levantou-se com um salto. Aproximando-se da figura parada à porta, ele abriu os braços e exclamou:

– Américo! Achei que não tivesse recebido a mensagem de Mirela! Que bom que veio! – O homem sorria ao saudar o recém-chegado.

Américo abriu os braços e, com um sorriso discreto, abraçou o amigo sem desviar o olhar sério dos briguentos.

– Caio. – Segurando-o pelos ombros depois do abraço, o olhar ainda voltado aos briguentos, continuou: – Pelo jeito, Mirela ainda não chegou.

– Ainda não.

Com alguns tapas carinhosos no rosto do amigo, Américo suspirou e disse:

– Ao que tudo indica, terei de cuidar da situação até ela chegar.

Afastando-se do amigo, Américo deixou a mochila cair no canto da casa e se aproximou dos briguentos. Ele não queria explicações do motivo da briga. Não era sua função ser juiz da contenda entre ômegas. Homem enérgico, ele iria resolver a situação com autoritarismo. Parando na frente de ambos, apontou o dedo para o mais jovem e ordenou:

Capítulo 19

– César, ronda de segurança, agora!

O olhar de César estreitou-se, tornando-se mais ameaçador. O jovem permaneceu prostrado na sala, desafiando a autoridade de Américo. Seus lábios se levantaram por alguns segundos, expondo os dentes sujos. Ele não aceitara a ordem, mas bastou o recém-chegado arreganhar a boca, soltando um breve rosnado feroz, para ceder e, acuado, deixar a casa para fazer a ronda ordenada.

Do lado de fora, bufando enquanto caminhava pela plataforma em direção às escadas, ele ouviu, por uma das janelas com grades arrebentadas, o comentário de Américo:

– Esses jovens acham que ser ômega é viver em desordem e bagunça. – Ele balançava a cabeça em desaprovação.

A vontade de César era de voltar e dar uma lição em Américo. Mas a lembrança do rosnado do lobisomem ainda estava viva, fazendo todo o seu corpo tremer. Atacar diretamente o homem não era um caminho inteligente. Sem ter o que fazer no momento, o jovem apenas marchou pelas escadas e adentrou o mato do pátio, caminhando em direção ao acesso para o topo da muralha.

Tendo alcançado um dos bastiões, César descontou toda a raiva que fervilhava em seu íntimo, socando as pedras da parede até os punhos começarem a sangrar. Em meio ao ato de revolta, a cada golpe ele se transformava. No primeiro, as unhas começaram a crescer. No ataque seguinte, a pelagem cobria o corpo. No terceiro, o tronco cresceu. No quarto, o rosto se transfigurava. Os gritos enraivecidos aos poucos se tornavam rosnados ferozes.

Mas nunca chegou a completar a transformação, mesmo faltando mais dois ou três socos para tal. Quando estava prestes a desferir mais um golpe contra a parede interna do bastião, a doce melodia entoada por uma suave voz feminina, oriunda de algum lugar no meio da floresta ao redor, chegou a seus ouvidos pontiagudos. A ira de César era tanta que ele os cobriu com as palmas das mãos, tentando não ouvir, mas a música alcançava diretamente seu instinto lupino. Os rosnados se transformaram em uivos baixos enquanto o lobisomem se encolhia em um canto escuro, agoniado. Aos poucos, ele retornava à forma humana.

Quando a fera interior foi colocada para dormir, a voz feminina o chamou:

– Meu doce César, para que tanta raiva?

Erguendo-se, ele tirou as mãos dos ouvidos e perguntou:
– Mirela?
– Sim, meu querido. Estou chegando. Venha me encontrar no caminho – a voz feminina respondeu.
Deixando-se levar pela doce voz, César desceu da muralha e atravessou pela passagem escura até alcançar a trilha de acesso à fortificação. Seguindo a melodia cada vez mais alta, como se estivesse em transe, ele se embrenhou pela floresta. Logo, a imagem de uma mulher virada de costas, envolta por uma áurea luminosa, formou-se à frente. Pela primeira vez desde o momento que ouvira o cântico, o lobisomem voltou a si. A mulher o havia chamado como sendo Mirela, mas havia algo de errado. Sua peeira não era loira. Intrigado, ele chamou:
– Mirela? – sua voz trazia hesitação e insegurança.
Como se respondesse ao chamado, a mulher se virou, os braços estendidos à frente, as mãos abertas como se o convidasse para o aconchego de seu corpo:
– Meu doce César, você me achou.
Empertigando-se, ele respondeu:
– Você não é Mirela! – o tom foi feroz.
A mulher deu um passo à frente, tentando se aproximar de César, os olhos azuis fixos nele. O jovem, temeroso, recuou um passo.
– Não tenha medo, meu doce César – ela falou. – Assim como Mirela, eu posso resolver todos seus problemas. Diga-me, o que você mais quer neste momento?
César abriu a boca para responder e as primeiras palavras de seus desejos raivosos começaram a sair:
– Eu queria dar uma lição... – De repente, ele parou. Não era isso o que ele realmente queria. Após pensar um pouco, fitando o chão sob o olhar atencioso da mulher, ele continuou: – Eu queria nunca ter sido agraciado com essa maldição.
– Por que não? – ela perguntou, dando mais um passo à frente. Desta vez, atraído pelo intenso olhar dela, César não recuou. – Os lobos são tão belos.
– Não para mim! – César foi rápido na resposta. – Você não sabe como é dolorido toda vez que eu me transformo.
Com mais um passo à frente, ela respondeu:
– Acredite, eu sei.

Capítulo 19

Os olhos azuis continuavam intensos em César, induzindo-o a dizer seus maiores desejos. Não resistindo, o jovem caiu de joelhos aos pés da mulher. Abraçando-a pela cintura, a cabeça levantada para continuar fitando os belos olhos dela, implorou:

– Por favor, tire esta maldição de mim!

Transparecendo ternura, a mulher começou a passar a mão pelos curtos cabelos dele, deixando-o ainda mais à mercê de seus planos obscuros. Passando os fios castanhos pelo meio dos dedos, ela fechou a mão, agarrando mechas volumosas, e puxou a cabeça do jovem para trás. Sustentando-a com força descomunal, ela espalmou a outra mão a poucos centímetros do rosto dele e começou a sussurrar algumas palavras na língua antiga. Os olhos azuis imediatamente se tornaram negros. A brisa resultante da magia balançava as folhas ao redor com agressividade, deixando o ambiente muito mais frio e assustador.

Os olhos de César reviravam-se de um lado a outro. Suor lhe escorria pelo rosto. A pele ficou pálida. Como se rasgasse tudo conforme fosse ao encontro da mão estendida, a sensação de alguma coisa subindo por dentro de seu corpo o dominou. Um grito agudo lhe escapou, longo e carregado de desespero, tamanha dor que sentia. Sangue lhe escorreu pelo canto da boca, dos olhos e das orelhas, fluindo pela face e pescoço até mergulhar para o peito desnudo, manchando-o de vermelho.

Com mais uma ordem da mulher em dialeto arcaico, uma névoa branca saiu de César pela boca, olhos, nariz e orelhas, ganhando o ar ao redor de ambos, onde ficou rodopiando enquanto tornava-se maior e mais densa. Quando tirou de dentro dele toda a maldição, liberando-o da fera interior, ela o soltou. César apoiou as mãos no chão e, prostrado de quatro, fitou o pedaço de terra entre seus dedos, as costas subindo e descendo conforme ofegava.

Mesmo cansado e com os músculos tremendo, César se esforçou para se sentar sobre os calcanhares. O jovem olhou a névoa e a viu se condensando ao lado da mulher, tomando a forma do lobo que estivera dentro dele. Ao erguer mais o corpo e cambalear para a frente e para trás, ele buscou os olhos novamente azuis dela, contemplando-os com particular interesse.

– Era isso que estava dentro de mim? – César indagou, meneando a cabeça na direção do espectro lupino.

Sem tirar os olhos de César, a mulher apenas fez um rápido movimento de cabeça, indicando que sim.

– Obrigado – ele respondeu, a voz não saindo mais do que um curto sussurro ofegante.

A mulher, no entanto, ainda não havia terminado. Com um movimento rápido, ela sacou uma adaga de debaixo da manga da túnica e passou pela garganta de César antes que ele pudesse arregalar os olhos perante o perigo. Sangue jorrou pelo corte. Agindo por instinto, ele colocou as mãos sobrepostas sobre a ferida em uma vã tentativa de evitar que o líquido vermelho escorresse para fora do corpo.

– Por... Por quê? – César se esforçou para dizer.

Observando com um olhar de superioridade o jovem em agonia mortífera cair no chão e estrebuchar enquanto a morte se aproximava, a mão direita da mulher acariciava a cabeça do espectro lupino ao seu lado.

– Me ajude! – com o braço esticado na direção do espectro que um dia estivera dentro dele, César apenas moveu os lábios, mas nenhuma voz saiu. A fera, ainda acariciada pelas carinhosas mãos da mulher, observou o último suspiro do humano.

Quando a morte alcançou César, a mulher se virou para o espectro lupino ao seu lado e lhe falou:

– Você pode se alimentar dele, se quiser.

Com um rosnado feroz, a fera espectral que estivera dentro de César avançou e destroçou seu antigo hospedeiro para se alimentar. A mulher apenas observou, satisfeita. Naquela noite, próxima do ponto de encontro de Mirela com os ômegas, um ômega, em sua forma de espectro, era acolhido pela matilha de uma poderosa peeira.

Naquele momento, Camila recrutara o espectro lupino de César para sua matilha.

20

— Vocês ouviram isso? — Caio virou o rosto na direção da escuridão do pátio quando o longo grito sobrepujou as risadas animadas dos ômegas aguardando a chegada de Mirela. Até aquele momento, ele permanecera de pé à frente de Américo, os dois trocando informações animadas do que fizeram nos anos que seguiram o último encontro naquele local, onde a peeira disse que recebera uma missão muito importante e que teria de se afastar até concluí-la. Os outros lobisomens, a maioria deles sentados, as costas apoiadas contra as paredes da casa, colocaram-se de pé com um salto e lançaram um olhar tenso para Américo.

— César! — Américo também virou o rosto na direção do grito. Com gestos urgentes, ele chamou os ômegas para o seguirem e deixou a casa.

Do lado de fora, eles saltaram da plataforma para o gramado alto e correram, quase lado a lado, em direção às escadas de acesso às muralhas. Pulando os degraus de dois em dois, alcançaram o topo da fortificação e se voltaram para a floresta, os peitos apoiados contra a amurada enquanto se debruçavam para ter uma melhor visão da mata escura.

Sem ter visto nada, Américo virou o rosto para Caio, prostrado ao seu lado. O lobisomem mantinha os olhos fechados e a cabeça erguida, farejando o ar. De todos os ômegas reunidos, ele era o que tinha o melhor faro. Depois de alguns minutos em silêncio agoniante, ele abriu os olhos e, virando o rosto na direção do líder momentâneo, apenas balançou a cabeça negativamente, como se dissesse "sinto cheiro do sangue de César", indicando a possibilidade de ele estar morto. Além disso, mais nada.

Nos segundos seguintes, Américo pensou no que fazer quando o real problema se apresentou diante dele. No meio da floresta, caminhando com passos determinados, Camila apareceu, seu corpo emanando a mesma áurea clara de antes. Os espectros lupinos a acompanhavam, alguns ao lado dela, todos eles com as bocarras escancaradas, rosnando com ferocidade, apenas aguardando a ordem para atacar. Entre eles, com o focinho manchado de sangue, estava o lobo que um dia estivera dentro de César.

— Camila! — Américo sussurrou ao reconhecer a peeira caminhando com determinação na direção deles.

Assustado em saber que Américo conhecia a peeira, Caio desviou o olhar da bela mulher para ele e indagou:

— Você a conhece?

Sem retirar seus olhos da peeira, os dedos pressionando o parapeito da muralha com força excessiva, ele respondeu:

— Há muito tempo, ela tentou me recrutar para a matilha de Dimos. Depois, tentou extrair a maldição de mim. Se não fosse por Mirela, hoje o lobo que me anima seria um espectro lupino na matilha de Camila. — Afastando-se do parapeito, os dedos doloridos de tanto pressionar a pedra, Américo caminhou por trás dos homens sobre a muralha, gritando ordens: — Nós estamos protegidos por Mirela. Camila e seus espectros não poderão entrar aqui enquanto a barreira estiver intacta. Fiquem tranquilos. Estamos seguros. Apenas não a olhem nos olhos.

A ordem foi dada, porém tarde demais. Um dos lobisomens, encantado pela beleza de Camila, a olhou nos olhos. Percebendo que conquistara a atenção do homem de meia-idade, ela focou a atenção nele, hipnotizando-o. Obedecendo aos seus desejos mais animalescos, incentivado pela mulher, ele agiu com rapidez. Transformando-se, atacou os dois ômegas ao seu lado. O da direita, ele enfincou suas garras afiadas na base da barriga e subiu pelo dorso, rasgando tudo por dentro, até a mão ensanguentada sair por um dos ombros. O da esquerda, sendo o segundo a ser atacado, teve

Capítulo 20

tempo de reagir, transfigurando-se. Quando os dois se encontraram, cada um enfiando as garras no outro, tombaram por cima do parapeito e mergulharam para o chão do lado de fora da fortificação.

Com a queda, eles se soltaram. Deitados de barriga para cima um ao lado do outro, sentiam as dores do impacto. Buscando forças, o ômega atacado tentou se levantar, mas não teve êxito. Camila, com um simples gesto de mãos, ordenou aos espectros lupinos que o eliminassem. Antes mesmo que conseguisse virar de bruços e apoiar as patas no chão para se defender, ele foi dilacerado pela matilha fantasma. Rosnando e se debatendo, ele lutava, em vão, enquanto sangue manchava a terra de vermelho. O rosnado feroz se transformou em uivos de dor e, por fim, em gritos de um homem agonizante. Depois disso, silêncio.

O ômega hipnotizado voltara a si. Encontrando-se do lado de fora da fortificação e observando com os olhos arregalados o ômega sendo destroçado, ele, ainda na forma lupina, tentou alcançar a passagem para o interior da muralha, onde estaria novamente protegido pela magia de Mirela. Um dos espectros lupinos, no entanto, percebera suas intenções e o impediu de alcançar o objetivo. Pulando pelas costas sobre o lobisomem em fuga desesperada, o lobo fantasma mordeu o pescoço, arrancando sangue, pelos e carne. Um urro de dor escapou da vítima enquanto despencava de bruços. Caído, ele tentou lutar contra a fera fantasmagórica, mas tudo o que conseguiu fazer foi se virar antes de ter a garganta rasgada por presas enormes.

Do alto da muralha, Américo e os ômegas viram, sem poder fazer nada, os colegas serem dilacerados pelos espectros lupinos.

– Estamos mortos! – Caio exclamou.

– Calma! – Américo replicou, tentando tranquilizá-los. – Estamos protegidos pela magia de Mirela. Enquanto ficarmos no interior da fortificação, estaremos...

As palavras morreram em sua boca quando Camila, aproximando-se da passagem para a fortificação, estendeu as mãos à frente e sussurrou algumas palavras na língua antiga. Em resposta à poderosa magia lançada, a muralha de energia criada por Mirela começou a trincar. As rachaduras se alastraram a partir da mão da peeira inimiga, rompendo, pouco a pouco, a proteção. No segundo seguinte, com um intenso clarão, toda a barreira se rompeu.

A barreira de proteção colocada por Mirela não fora suficiente para conter Camila e os espectros lupinos.
Os ômegas estavam expostos.

21

— Corram, corram para a casa! – Caio ordenou aos sobreviventes, passando por cima das decisões de Américo, e se pôs a correr junto deles, ignorando os gritos do ômega encarregado de ficarem unidos, abandonando-o ali. Com eles, haveria uma chance de lutarem contra os invasores ainda na muralha, mesmo em desvantagem. Sozinho, realmente não conseguiria lidar com a ameaça. Sem alternativa, ele acabou se juntando ao grupo em debandada, a mente trabalhando em como conter a peeira e os espectros lupinos. *Mirela, onde você está?*, pensou, ciente de não serem páreos para as feras sem ela.

Havia, porém, um segundo motivo, muito mais importante, para Américo ter se juntado aos ômegas em fuga até a casa: sua mochila. Se ele conseguisse chegar a ela a tempo e pegar um artefato que lhe fora dado por Mirela, talvez fosse capaz de conter Camila por tempo suficiente para a ajuda chegar. Mas teria de ser rápido. Sem a barreira de proteção, os espectros lupinos adentravam a fortificação, seguidos por Camila. A peeira caminhava tranquilamente pelo gramado alto, observando seus lobos fantasmas na perseguição aos fugitivos assustados.

Para serem mais rápidos na fuga, alguns se transformaram em lobo com um salto, uma ação aprendida ao longo dos anos de experiência como lobisomens. Outros tiveram de se transfigurar para se defender quando os espectros lupinos caíram sobre eles, ferindo-os com dentes pontiagudos de poderosas mandíbulas ou com garras afiadas. Outros, ainda em processo de aprendizado na rápida transfiguração, sofreram as consequências das lições não aprendidas por não participarem de nenhuma matilha.

Aos poucos, os lobisomens em fuga, tanto na forma humana quanto na lupina, eram derrubados pelos espectros. Apenas os uivos ou gritos de dor irrompiam na noite pelo meio da relva alta enquanto eram destroçados pelo inimigo intocável. Sangue espirrava, tingindo de vermelho a cobertura verde ao redor da carnificina. Cada vez que um deles caía sob as garras ou mordidas de sua matilha, a peeira sorria. A cada morte, Camila estava mais próxima do objetivo de enfraquecer tanto Mirela quanto Versipélio.

Caio e Américo, ambos na forma lupina, foram os únicos que conseguiram chegar ilesos até a casa. Os poucos ômegas sobreviventes ao ataque à muralha ficaram pelo caminho, mortos pelos espectros lupinos.

Transformando-se em humano novamente, Caio perguntou:

– O que vamos fazer agora? – o tom de voz refletia o desespero da situação.

Américo, também retornando à forma humana, tinha uma ideia, mas não havia tempo a perder respondendo à pergunta. Agarrando a mochila do canto onde a deixara, ele vasculhou dentro dos compartimentos.

– Droga! – Américo exclamou, cada vez mais desesperado enquanto jogava roupas, alimentos e coisas desnecessárias no momento para fora da mochila. O tempo estava acabando e ele não conseguia encontrar o amuleto que Mirela lhe dera.

Encostado contra a parede ao lado de uma das janelas com grades enferrujadas, Caio espiava para o gramado alto do pátio. Os espectros lupinos terminavam de dilacerar os corpos dos ômegas abatidos. Camila, passando pelo meio deles, deu uma ordem. As feras largaram os corpos e retomaram a investida, avançando contra a casa onde estavam os últimos sobreviventes.

Levantando a voz para ser ouvida pelos ômegas enquanto os espectros avançavam, Camila falou:

Capítulo 21

– Vocês estão cercados. Não há para onde fugir. Entreguem-se ao destino da morte ou juntem-se a mim e a Dimos.

– Não ouça o que ela diz! – Américo disse, jogando tudo para fora da mochila. – Onde está? Onde está? – ele sussurrava.

Ignorando o comentário, Caio se virou para Américo e, com urgência na voz, falou:

– Se vai fazer alguma coisa, é melhor se apressar. Os espectros lupinos estão muito perto.

– Eu achei! – Américo respondeu, agarrando um medalhão composto por duas cabeças de lobos, e correu até a porta.

Deslizando alguns centímetros quando tentou parar, Américo esticou o braço à frente, segurando a corrente com firmeza. O medalhão permaneceu balançando no ar como um pêndulo. No mesmo momento, o espectro lupino mais próximo pulou contra ele, os enormes dentes à mostra e as garras afiadas prontas para rasgar o corpo do ômega. Porém ele nunca alcançou a vítima. Em pleno ar, o fantasma se desintegrou, a névoa clara do que fora um lobo fantasmagórico se dispersando na brisa marítima. Um grito agudo escapou de Camila, como se a aniquilação de membros de sua matilha lhe infligisse dor.

Américo, com o medalhão de proteção oferecido por Mirela havia anos, conseguira criar um selo de proteção em torno da casa onde ele e Caio estavam. Incapazes, porém, de lutar contra Camila e os espectros lupinos, tudo o que lhes restava era resistir por tempo suficiente até Mirela, ou outros ômegas convocados por ela, chegar.

Eles *tinham* de resistir até a vinda do resgate.

22

A perda de um espectro lupino deixou a peeira furiosa. Com um gesto, ela reuniu a matilha atrás dela. A casa estava protegida por magia. Enquanto o medalhão estivesse exposto, os espectros seriam inúteis. O jogo virara. Por causa do objeto, Camila era a única que poderia neutralizar a barreira mágica. Seu tempo, porém, era escasso. A qualquer momento, Mirela ou outros ômegas poderiam chegar, colocando em risco o sucesso de um ataque surpresa que parecia fluir a seu favor.

Com um gesto enquanto subia as escadas e alcançava a plataforma da casa onde os sobreviventes estavam reunidos, Camila lançou uma ordem aos espectros lupinos. Respondendo ao comando, alguns deles cercaram a estrutura decadente. Outros subiram nas vigas de madeira que outrora sustentaram os telhados das construções vizinhas, onde, prostrados, apenas aguardavam o comando para pularem pelos buracos entre as telhas para a casa em que estavam Caio e Américo. Tudo o que precisava ser feito era quebrar a magia de proteção e ambos estariam mortos.

Girando o corpo para olhar os espectros lupinos tomando posição nas casas ao redor, Caio perguntou, assustado:

– O que vamos fazer?

— Confiar na magia de Mirela — Américo respondeu, a mão segurando o medalhão ainda estendido à frente.

Estando próximo da entrada, Camila riu das esperanças de Américo. Posicionando-se de frente à porta aberta, ela ficou cara a cara com o ômega. Entre eles, havia apenas o medalhão, o ritmo uniforme do movimento pendular perdendo a intensidade até praticamente parar.

— Você sabe que isso não pode me deter, não sabe? — Camila desafiou Américo, olhando-o nos olhos.

— Vamos descobrir — Américo rebateu. — Tente atravessar a barreira.

Camila soltou um rosnado raivoso e começou a sussurrar na língua antiga. Seus cabelos ficaram revoltos com a brisa que a envolveu. Os olhos, negros. Com um passo adiante, a peeira estendeu as mãos abertas à frente, como se fosse agarrar o medalhão. A barreira mágica brilhou quando ela tentou atravessar. Américo mordeu os lábios, tenso. Se a magia não resistisse, ele e Caio estariam mortos.

As mãos de Camila tremiam. O brilho da barreira mágica tornava-se mais intenso. A voz da peeira se elevou, carregada de poder e autoridade. O vento ao redor dela tornou-se mais enérgico, agitando a túnica com ferocidade. Parecia que a magia do medalhão não iria aguentar a pressão da mulher.

Até a barreira mágica emitir uma rápida e intensa claridade, fazendo-os virar o rosto de lado, quase cegando os ômegas. Um grito agudo escapou da peeira. Os espectros lupinos ao redor uivaram. Cheiro de carne queimada ganhou os ares. Quando Camila recolheu os braços, ofegante, os olhos retornando ao natural tom azul, o intenso brilho desapareceu. A barreira estava intacta. As mãos dela, não. Havia profundas queimaduras com o símbolo do medalhão nas duas palmas.

Com a raiva tomando conta de todo o seu íntimo, Camila flexionou os dedos e soltou um grito agudo. A terra ao redor da casa começou a tremer. As paredes decadentes rachavam. Telhas e pedaços das vigas começaram a cair no interior, colocando em risco a vida dos ômegas. Américo, porém, manteve-se firme, o braço com o medalhão ainda esticado, apesar dos destroços estilhaçando-se ao seu redor.

Capítulo 22

— Eu preciso resistir. Eu preciso resistir — Américo sussurrava, como um mantra. *Mirela, onde você está?*, pensou.

Por sorte ou proteção do medalhão, os destroços não o atingiam. Porém havia duas pessoas dentro da casa. Desviando a atenção por um breve segundo ao ouvir o som de madeira rachando, Américo viu, pelo canto dos olhos, uma das vigas se soltar. Com uma extremidade ainda presa à sustentação do teto, ela desceu em pêndulo na direção de Caio. A ponta em L de outra parte do telhado, rachada na diagonal de forma a deixá-la pontiaguda, fazia dela uma foice girando em velocidade.

— Caio, cuidado com... — Américo tentou avisar, mas foi tarde demais. A ponta entrou na barriga de Caio e o jogou contra as grades enferrujadas da janela, onde ficou prensado. Sangue escorria pela ferida e pingava para o chão, formando uma poça. Um filete vermelho escorria do canto da boca enquanto seus membros tremiam de forma involuntária.

Tendo a atenção desviada para tentar salvar o ômega com seu aviso, Américo deixou a proteção vulnerável. Percebendo uma brecha na magia, Camila, com um gesto de mãos, fez as grades enferrujadas se soltarem da janela intacta. Com os olhos novamente negros, ela levantou os braços e os vergalhões se deslocaram pelo ar até ficarem atrás dela, apontados para o lobisomem ainda segurando o medalhão à frente. Quando o ômega voltou a olhar para a peeira, teve tempo apenas de arregalar os olhos. Com mais um gesto da mulher, as barras rasgaram o ar, perfurando peito, barriga, ombros e garganta do lobisomem. O estalo de ossos quebrando se espalhou pela noite quando ele bateu as costas contra a parede oposta, onde ficou pendurado. O medalhão escapou de suas mãos, quebrando de vez a barreira mágica que o protegia.

Sem a barreira, Camila adentrou a casa sem dificuldades. A meio caminho do homem com sangue escorrendo pelos ferimentos causados pelos vergalhões, ela se agachou para recolher o objeto. Naquele momento, a mente de um poderoso lobisomem conectada a ela enviou uma mensagem: *fui informado que outros ômegas estão se reunindo sob os cuidados de outras peeiras. Temos de eliminá-los enquanto ainda há tempo.*

— Estou a caminho — ela sussurrou e encerrou o contato mental.

Segurando o medalhão pela corrente, Camila fitou Américo com os olhos negros e se levantou.

– Você não deveria mexer com o que não conhece – Camila falou, encurtando a distância até o lobisomem ferido.

– Mate-me – Américo se esforçou a dizer, a voz saindo estranha e seguida por tossidas causadas pelo sangue fluindo da traqueia para os pulmões. Uma delas resultou em sangue jorrado no rosto da peeira.

Camila limpou os respingos com as costas das mãos e respondeu ao pedido de morte do inimigo.

– Eu gostaria muito de ver o rosto de Mirela quando o encontrasse assim, mas não tenho tempo para aguardar sua chegada. Então, meu caro Américo, eu quero que você dê um recado a ela.

– Eu nunca vou... – Américo tentou dizer, mas Camila movimentou as mãos mais uma vez, fazendo a barra atravessada na garganta se mover, rasgando as cordas vocais.

– Você não precisa dizer nada – Camila disse. Deixando seus olhos adotarem novamente o belo tom azul, ela o encarou e continuou: – Você é a mensagem.

Sem tirar os olhos dele, Camila colocou o medalhão na mão de Américo e o forçou a fechar os dedos ao redor do artefato. A corrente ficou pendurada entre o dedo médio e o indicador, balançando de um lado para o outro.

– Isso vai te manter vivo até Mirela chegar – Camila falou.

Américo se remexeu, tentando se livrar dos vergalhões que o prendiam. Tudo o que conseguiu, no entanto, foi aumentar a dor e o fluxo de sangue que escapava das feridas. Uma careta lhe atravessou o rosto. Sem ter como escapar, sua vontade era deixar o medalhão cair, frustrando os planos da peeira. Por outro lado, ele não queria morrer e segurá-lo com firmeza era a única coisa que poderia salvá-lo. Quando Mirela chegasse, ela poderia curá-lo com magia.

Agarrando-se a esse fio de esperança, o lobisomem fechou os olhos e apertou o medalhão com mais força.

– Esse é meu garoto! – Camila respondeu e, ficando na ponta dos pés, aproximou-se mais do corpo dele. Fitando os olhos fechados do lobisomem, ela o agarrou pelo queixo e puxou o rosto na direção do seu. Ignorando o sangue nos lábios de Américo, ela lhe deu um rápido beijo na boca. – É uma pena que não vamos ficar juntos – ela completou e o soltou.

No caminho para fora, parou por alguns segundos à frente do cadáver na janela. Observando-o de cima a baixo, Camila deu alguns tapas no rosto de Caio e lamentou:

– É uma pena que tenha morrido. O lobo dentro de você seria muito importante em minha matilha.

Dito isso, Camila saiu da casa. Reunindo os espectros lupinos com um gesto de mãos, ela atravessou a passagem na muralha e desapareceu na floresta ao redor, deixando no complexo diversos cadáveres, um lobisomem agonizando e uma clara mensagem: os ômegas e as peeiras não eram páreos para Camila e Dimos. Os dias de Versipélio estavam contados.

Na Sétima Lua, Versipélio encontraria a morte.

Depois da Sétima Lua, Dimos seria o mestre de todos os lobisomens.

Camila seria a peeira com maior poder e influência.

Era tudo questão de tempo.

23

Depois de muito caminharem pela densa floresta, a muralha em torno da fortificação apareceu para Tiago e Mirela. Ao avistar a negritude da passagem para o interior do complexo, a peeira estagnou, fazendo o jovem atrás dela quase trombar em suas costas. As feições, até o momento neutras, mudaram. Tensa, ela exclamou:

— Tem algo errado!

Colocando-se ao lado dela, fitando a muralha, Tiago sussurrou:

— O que foi?

Mirela o ignorou e, com um gesto de mãos, removeu a magia que os acompanhou até aquele lugar. No mesmo instante, o som natural da floresta ao redor chegou a eles. Havia, porém, algo mais. O forte odor de sangue e morte fez Tiago cobrir o nariz. Preocupado, ele olhou com intensidade para a peeira. A pergunta que o incomodava estava prestes a sair por seus lábios quando ela, mantendo o olhar fixo na abertura através da muralha, ordenou:

— Fique aqui!

Sem dizer mais nada, Mirela se aproximou da passagem na muralha. Estendendo os braços à frente, ela esperava sentir a magia que colocara para proteger o local. Nada, porém, aconteceu. Nenhuma vibração conhecida a alcançou. Era como se alguém, ou alguma coisa, tivesse rompido a barreira. A questão, para a peeira, era *quem*. Ninguém além dela e de seus ômegas conheciam aquele lugar. E, mesmo que Dimos ou algum de seus lobisomens descobrisse aquele local, eles não eram poderosos a ponto de quebrar a magia.

Parando diante da passagem, Mirela sussurrou:

– Quem fez isso? – Ela estava temerosa do que iria encontrar do outro lado, uma vez que a magia somente poderia ter sido quebrada por uma pessoa muito poderosa. – Talvez outra peeira – continuou para si mesma.

Tomando coragem para testemunhar o que poderia estar do outro lado e preparada para enfrentar outra peeira ou bruxa, Mirela deu um passo, sendo engolida pela escuridão do espaço que atravessava a muralha.

Quando saiu do outro lado, o cheiro de sangue e de morte era muito mais evidente. Olhou para cima e viu sinais de confronto no alto da muralha. Fechando os olhos, ela roçou a ponta dos dedos no gramado alto enquanto sussurrava na língua antiga. Ao alcançar a memória das plantas, Mirela vislumbrou os acontecimentos no pátio. Viu os ômegas sendo mortos pelos espectros lupinos. Sentiu o medo e a dor que antecederam a morte deles. Testemunhou Caio e Américo alcançando em segurança a casa. E sussurrou o nome da figura, até o momento desconhecida a ela, quando a mulher apareceu:

– Camila!

Tudo ficou claro. Dimos recrutara a antiga aliada para os momentos finais que antecediam a Sétima Lua. Seu coração batia forte. Mirela, caminhando de olhos fechados em direção à casa onde Caio e Américo se esconderam, temia pelo que encontraria. Ela alimentava esperanças, bem no fundo, de que o medalhão os tivesse protegido.

Mas bastou abrir os olhos, subir as escadas até a plataforma e passar pela porta para seu coração se despedaçar. Caio jazia na janela. Abaixo dele havia uma poça de sangue. Na outra extremidade do aposento, Américo estava suspenso contra a parede por vergalhões espetados pelo corpo, por onde sangue escorria. O medalhão, o único item que poderia protegê-lo, estava em suas mãos.

Capítulo 23

— Talvez... Talvez... — Mirela se encheu de esperanças, querendo acreditar no impossível enquanto se aproximava a passos rápidos do corpo pendurado.

Um sinal de vida, fraco como o trepidar das pálpebras, era tudo o que Mirela precisava para entrar em ação. Aproximando-se do corpo suspenso, ela colocou a mão sobre a barba do ômega, não se preocupando com o sangue que manchava seus dedos. Ao sentir o toque caloroso, Américo abriu os olhos. Os lábios se mexeram, dizendo o nome dela, mas nenhum som saiu.

— Você vai ficar bem! — Mirela falou com urgência. — Aguente mais um pouco!

Afastando-se um passo, ela usou magia para remover os vergalhões manchados de sangue. Quando o corpo caiu, ela o abraçou para segurá-lo. Enquanto era levado com cuidado até os destroços do telhado sobre o chão, Américo tossiu mais uma vez, cuspindo sangue no rosto e cabelos da peeira.

— Você vai ficar bem! — Mirela, ignorando o sangue em seus cabelos e rosto, falou novamente, tentando mantê-lo consciente. — Eu estou aqui!

Américo tentou dizer *Camila*, mas nenhuma voz saiu. Em decorrência do esforço, começou a engasgar com o sangue. Seus membros se agitavam de forma incoerente, em agonia mortífera. Todo o corpo tremia. O ômega, mesmo com o medalhão pressionado entre os dedos, estava morrendo.

Preocupada, Mirela se ajoelhou ao lado dele e, com urgência excessiva, colocou as mãos espalmadas sobre o corpo. Olhando-o com intensidade, ela começou a sussurrar:

— *Vita, mortis, contusum sanare!*

Mesmo com a magia, a morte se aproximava rápido demais do ômega ainda se debatendo. Desesperada, Mirela tentou uma magia mais poderosa.

— *Vita, mortis, vulneratio sanare!*

As mãos de Mirela começaram a brilhar. Os olhos ficaram escuros. Em resposta, os membros de Américo pousaram sobre as telhas quebradas. De olhos fechados, o único sinal de vida era o peito subindo e descendo com dificuldade. Para a peeira, no entanto, aqueles não eram bons sinais. Sua magia ainda não era suficiente para curá-lo.

Erguendo a vista, ela olhou as estrelas pelo que restou do telhado e gritou:

– Deusa, por favor! – Lágrimas escorriam pelo rosto, abrindo sulcos na mancha de sangue. Abaixando a cabeça, os intensos olhos negros pousados sobre o rosto de Américo, ela sussurrou: – *Vita, mortis, maledictum sanare!*

Como se levasse um choque, Américo abriu os olhos. Fitando-a, ele levantou com dificuldade a mão com o medalhão. Seus lábios diziam: *Pegue!*

– Não! Não! Eu não vou pegar!

Juntando as últimas forças, Américo levantou o braço e, apoiando-o sobre as coxas dela, colocou o medalhão na mão da peeira. De início, Mirela relutou, não querendo se entregar ao inevitável. O ômega, no entanto, foi incisivo, forçando-a a aceitar. Quando as mãos se tocaram, os dedos dela se fechando ao redor do talismã, o braço dele pendeu. O peito subiu e desceu pela última vez. Dos lábios, saíram as últimas palavras sem som: *Eu te amo!* E a vida deixou o corpo de Américo, os olhos fixos em quem fora seu maior amor.

– Não! – Mirela se debruçou sobre Américo, colocando a cabeça ao lado da dele, como se fosse dizer algo em seu ouvido. Lágrimas escapavam com mais intensidade dos olhos cerrados da jovem. A mão, segurando o medalhão, estava apoiada sobre o peito do lobisomem, onde um coração acabara de deixar de bater. Ele fora o primeiro ômega de sua matilha, motivo pelo qual a peeira desenvolveu um carinho especial. Ela o amava, sim, da mesma maneira que amava Caio e os outros ômegas sob sua responsabilidade.

Os planos de Camila se concretizavam.

Américo morreu nos braços de Mirela.

24

— Eu deveria ter vindo mais cedo. — Mirela continuava debruçada sobre o corpo de Américo. A mão segurando o medalhão batia de leve sobre o peito imóvel e silencioso do ômega.
— Eu falhei com você. Falhei com todos vocês.
— Eu... — a voz suave, carregada de tristeza, apesar de não conhecer os mortos, chegou aos ouvidos de Mirela. — Eu sinto muito!

Mirela ergueu o corpo, sentando-se sobre os calcanhares. Com dificuldade, olhou para a porta, onde Tiago estava parado, o ombro apoiado contra o batente.

— Eu disse para esperar lá fora! — Mirela ralhou.
— Eu sei... — Tiago adentrou a casa destruída com passos hesitantes. Ele temia a reação dela. — Mas eu senti que você precisava de mim.
— Eu não preciso de ninguém! — Mirela ralhou, feroz. Arrancando o Machado Nefilim por cima da cabeça, ela o jogou no chão aos pés de Tiago. Sem perceber, a jovem tomava a atitude que Camila esperava que tomaria com suas atrocidades: tirar a peeira inimiga da Sétima Lua.
— Pegue! Você sabe o que fazer com isso!

Tiago se agachou e pegou o artefato com as duas mãos. Lançando um olhar sincero na direção dela quando se reergueu, falou:

– Não vou conseguir sozinho. – Ele fez uma pausa antes de continuar: – Mirela, eu preciso de você.

Aquelas palavras atingiram a peeira com vigor. Alguma chama interna, sobrepujada pela tristeza, inflamou-se dentro dela. Batendo de leve algumas vezes a mão com o medalhão sobre o peito de Américo enquanto balançava a cabeça em compreensão ritmada aos fracos tapas, ela se fortalecia. O desejo de vingança começava a crescer dentro dela. As lágrimas, aos poucos, paravam de escorrer, restando apenas os resquícios de uma tristeza em meio ao sangue no rosto manchado.

Fortalecendo-se, ela fechou os olhos de Américo com a mão esquerda e debruçou-se pela última vez para beijar seus lábios.

– Adeus, meu maior amigo! Agora você pode correr livre nos campos floridos ao lado da Deusa.

Ao endireitar-se com determinação, Mirela se colocou de pé e contornou o corpo estendido, aproximando-se de Tiago. Parou à frente do único sobrevivente de sua matilha de ômegas e passou a corrente do medalhão pelo pescoço dele, deixando o talismã pendurado na altura do peito.

– Mirela, não sei se devo... – Tiago começou a dizer.

– Ele não te conhecia, mas tenho certeza de que gostaria que você ficasse com isso – Mirela o cortou.

Tiago sentiu o peso da responsabilidade, mas nada disse. Em vez disso, estendeu-lhe os braços com o Machado Nefilim.

– É seu. Carregue-o – Mirela respondeu ao gesto, encerrando a questão ao passar ao lado de Tiago e atravessar a porta.

Apoiando o objeto sobre um dos ombros, Tiago a seguiu. Alcançando-a na escada de acesso ao alto gramado, perguntou:

– O que vamos fazer agora?

Quando Camila exterminara a matilha de Mirela, esperava que a peeira fosse se entregar ao sofrimento e, com isso, estaria fora da Sétima Lua, tornando mais evidente a vitória de Dimos sobre Versipélio. Porém a perda de sua matilha de ômegas e a forma como Américo fora morto apenas inflamaram a ira e o desejo de vingança de Mirela.

Com a morte de Américo, Camila criou um inimigo ainda mais feroz:

– Matar uma peeira! – Mirela respondeu, seca.

25

A fortificação em forma de estrela de cinco pontas sobre a praia estava fechada para a visitação. A maré alta envolvia os altos muros brancos construídos sobre a amurada de pedra. O único acesso, nestas condições naturais, ocorria exclusivamente por um longo e estreito caminho, sem proteção lateral, que conectava o forte por uma das pontas da estrela à terra firme. Um pouco mais distante, as luzes da cidade de Natal se apagavam. O som característico da capital do Rio Grande do Norte desaparecia e o ritmado ruído das ondas batendo na fortificação ou arrebentando na praia ficavam mais evidentes.

Apesar de fechada para visitação, o local não estava vazio. Homens mal-encarados, distribuídos pela fortificação, alguns em meio às ameias, fitavam o horizonte para guarnecer o forte, enquanto outros caminhavam pelo topo das muralhas em forma de estrela, em ronda. Eles pareciam tensos. E havia motivo para isso. No centro do edifício, em uma das inúmeras salas em torno do pátio quadrado, cinco mulheres estavam reunidas ao redor de uma mesa de madeira. Os semblantes eram sérios enquanto discutiam estratégias de uma guerra secular com dias contados para chegar a um final.

— Eu não sei o porquê de estarmos todas reunidas aqui — uma das mulheres deixou sua contestação. Por ser a mais velha delas, apesar de ter acabado de entrar na casa dos trinta anos, suas feições eram rudes. Nem mesmo os belos cabelos ruivos apaziguavam um rosto marcado por inúmeras batalhas. Os trajes de guerra, uma blusa de manga longa branca com finas listras verticais azuis sob ombreiras de couro marrom, calça e botas cáqui, a deixavam com uma expressão ainda mais feroz. Gesticulando, as mãos calçando luvas marrons de dedos cortados, ela enfatizava o ponto de vista: — Se Dimos descobrir que estamos todas reunidas aqui e decidir nos atacar, os planos da Thuata Olcán e da Ordem das Rosas Negras estarão arruinados. Se formos derrotadas neste forte, Versipélio será morto na Sétima Lua e nosso inimigo ancestral tomará o controle de todos os lobisomens.

— Calma, Conwenna. — Tala apoiou sobre a mesa os antebraços protegidos por braçadeiras trabalhadas com linhas curvas. Ela trajava vestes de couro fechadas por zíper frontal. Um medalhão Yin-Yang de diferentes tons de dourado na altura do peito garantia que o decote não abrisse durante as batalhas. Os longos e lisos cabelos loiros, cobertos por um tecido marrom, caíram por cima dos ombros quando se moveu para a frente. Com os olhos azuis fitando a peeira, continuou: — Nossa missão é proteger os ômegas e a melhor forma de fazermos isso é estarmos unidas. Vocês não acham?

— Eu concordo com Conwenna. — Accalia, uma jovem mestiça trajando um corpete negro de gola alta, as duas metades unidas por amarras frontais por onde se via parte da barriga e do umbigo, tirou o chapéu preto de pontas finas, parecido com uma canoa, e o colocou sobre a mesa. Os cabelos escuros como a noite estavam presos em uma espécie de coque. Ao se inclinar para frente, a luz dos lampiões sobre a mesa reluzindo o piercing de argola no nariz, continuou: — Temos de unir os ômegas, sim, mas deixarmos todos no mesmo lugar, aguardando o momento da batalha final, é loucura. O ideal seria nós cinco — ela fez um gesto circular com o dedo indicador em riste para indicar as peeiras reunidas, — e os ômegas que nos seguem, estarmos espalhados em diferentes fortificações. Não acredito que você compactue com isso, Tala.

Tala se sentiu incomodada com a agressividade de Accalia. Assim como os ômegas, que preferem viver sozinhos, as peeiras não

Capítulo 25

gostavam muito de estar na companhia de outras como elas. Mas a Sétima Lua exigia que tentassem deixar as diferenças de lado pelo bem maior de seus protegidos. Buscando se controlar, a peeira estava prestes a rebater, com inteligência, a provocação quando Daciana, uma ruiva de cabelos longos e rosto redondo, tomou a palavra:

– Nós temos de ficar unidas, por mais que não gostemos. Não estamos falando de sermos amigas ou dividirmos as mesmas ideias. Mas, no momento, temos um inimigo comum. Um inimigo que está matando os ômegas que não se juntarem à sua matilha. Ômegas que juramos proteger. Se não ficarmos unidas, seremos um alvo muito mais fácil de ser derrotado. E, sem os ômegas, a derrota de Versipélio é certeira. – Colocando-se de pé, as mãos espalmadas sobre a mesa e encarando cada uma das peeiras com os olhos castanhos envoltos por densa maquilagem negra, ela continuou: – Vocês não percebem que, com a execução dos ômegas, Dimos enfraquece as forças de Versipélio ao mesmo tempo em que nos desestabiliza emocionalmente? Enquanto ele está mobilizando seu exército, colocando as peças nos lugares certos no tabuleiro para dar o xeque-mate, nós estamos aqui, perdendo tempo discutindo umas com as outras, quando deveríamos estar preparando este lugar para a Sétima Lua.

Não acompanhando o raciocínio de Daciana, Conwenna perguntou:

– O que você quer dizer com isso?

– Que talvez – Daciana respondeu – a Ordem das Rosas Negras e a Thuata Olcán tenham escolhido este local para ser o palco do confronto final.

Por um breve momento, o silêncio reinou entre as peeiras. O clima ficou tenso. Não somente por causa da forma diferente de pensar, mas por estarem se aproximando do derradeiro momento profetizado como Sétima Lua. Talvez, quando a guerra acabasse, nem todas estivessem vivas para se reunirem novamente, o que as deixava ainda mais preocupadas. E, se Dimos vencesse, todas elas e os ômegas, caso sobrevivessem, estariam destinados à morte. Estarem unidas era um ato de sobrevivência, gostassem elas ou não.

– Aqui somos cinco peeiras e inúmeros ômegas – Tala quebrou o silêncio mórbido. – Estamos em um local sagrado para a Ordem das Rosas Negras e protegidas pela poderosa magia da Sacerdotisa. Ninguém seria louco de nos atacar aqui.

– Dimos seria... – Conwenna retrucou, controlando o ímpeto guerreiro. Voltando-se para Daciana, continuou: – Se o que diz for mesmo a estratégia de Versipélio, Dimos estará em vantagem caso consiga invadir este local. Portanto, é bem provável que ele nos ataque antes da Sétima Lua.

– Seria a forma mais eficaz de enfraquecer Versipélio – Ainar, a mais jovem e dócil das peeiras reunidas, com meigos olhos verdes e lisos cabelos castanhos, deixou sua opinião. – Se eu fosse ele, faria um ataque surpresa a este forte ainda esta noite.

O comentário deixou as peeiras preocupadas. Todas elas sabiam que Ainar era vidente e, ao lançar sua opinião, já poderia ter, em algum momento, vislumbrado algo do futuro. Desviando o olhar para ela, Tala perguntou, apreensiva:

– Você viu algo?

Ainar esfregou as mãos, tensa. Os olhos das peeiras a encaravam, temerosas e ansiosas com a resposta. Ela abriu a boca para dizer que se tratava mais de uma intuição, um sexto sentido a alertando do perigo, do que uma visão premonitória, mas não teve tempo de acalmá-las com a resposta. Uivos sombrios, vindos de todos os lugares ao redor da fortificação, disseram por ela.

– O que foi isso? – Daciana se virou para olhar a porta fechada.

– Não sei. – Accalia pegou o extravagante chapéu e o colocou na cabeça, as estranhas abas pontiagudas voltadas para a frente e para trás, enquanto arrastava a cadeira para se levantar e se dirigir à porta. As outras peeiras também deixaram o conforto dos assentos e a seguiram com passos urgentes para fora da sala.

O pátio continuava vazio. As luzes dos aposentos ao redor estavam apagadas. Não havia indício de qualquer tipo de perigo no interior da fortificação, sinal de que a magia colocada pela Sacerdotisa mantinha os ômegas em segurança. Não se podia dizer o mesmo, porém, sobre o topo da muralha, onde homens nervosos se debruçavam pelas ameias para enxergar a possível ameaça. Gritos tensos sobressaíam aos uivos sombrios e chegavam aos ouvidos das peeiras antes mesmo que pudessem tomar qualquer atitude:

– Estamos cercados – um deles extravasou o medo.

– Vamos todos morrer! – outro gritou.

Capítulo 25

– Alguém chame Tala e as peeiras! – um terceiro ômega ordenou. Temerosos, os ômegas estavam em total desordem sobre a muralha. Se continuassem assim, os postos seriam abandonados e eles acabariam deixando a segurança da fortificação, expondo-se, sem perceber, aos perigos que poderiam estar do outro lado dos muros, apenas estudando uma forma de entrar. As peeiras precisavam conter os ânimos lupinos antes que fosse tarde demais.

Tomando a dianteira, Tala passou ao lado de uma enorme torre encostada na amurada interna do pátio, de onde era possível guarnecer visualmente todos os pontos de acesso ao forte, seja por terra ou por mar, e mergulhou para a escuridão da escadaria que cortava a muralha em direção ao topo. As outras a seguiram com passos apressados. Quando alcançou a superfície da estrutura, ordenou, com um gesto, que as peeiras assumissem suas posições entre os ômegas. Obedecendo ao comando, elas se dividiram, misturando-se aos lobisomens. Em meio a ordens de "Calma", "Fiquem juntos", "Não há de ser nada" ou "Permaneçam dentro das muralhas", correram até uma das ameias para checar a origem dos uivos. Quatro delas arregalaram os olhos quando avistaram os espectros lupinos posicionados equidistantes ao longo da amurada, as patas mergulhadas na maré que recuava lentamente. Uivando com ferocidade, o objetivo era assustar os ocupantes do forte e causar desordem e medo nos ômegas. Porém eles apenas deixariam a posição estratégica quando recebessem novas ordens.

A surpresa maior, no entanto, foi a de Conwenna. Sobre o único caminho de acesso para a fortificação selada, duas figuras ameaçadoras, uma masculina e uma feminina, bloqueavam a passagem. Ao lado da mulher, o maior espectro lupino que cercava o forte rosnava com ferocidade, o ímpeto de atacar contido pelo simples movimento repetitivo da mão dela, acariciando-lhe a cabeça.

– Dimos! – Conwenna deixou escapar.

As peeiras, ao ouvirem aquele nome, aproximaram-se de Conwenna. Quando elas se reuniram ao redor da guerreira, parcialmente debruçadas por uma das ameias para enxergar a ameaça do lado de fora, o lobisomem ergueu a voz para ser ouvido por todas:

– Peeiras! – Havia provocação em seu tom de voz. – Quanta satisfação em encontrar todas vocês reunidas.

O grito raivoso de Conwenna preencheu a noite e amedrontou os ômegas. Das mãos espalmadas, surgiram dois pontos luminosos. Com rápidos movimentos, ela deixou a poderosa magia rasgar o ar, fluindo na direção de Dimos. Para proteger o aliado, Camila adiantou um passo e espalmou as mãos à frente. Um brilho intenso quebrou o breu por alguns segundos quando os feitiços se encontraram. Com o dissipar das magias e o retorno da escuridão, as duas figuras abaixo estavam ilesas.

– Como... – Tala sussurrou, surpresa em como a magia de Conwenna não causara nenhum dano em Dimos.

As palavras, porém, morreram no ar quando o lobisomem a interrompeu:

– Vocês acham que somente a Ordem das Rosas Negras possui peeiras? Pois saibam que Camila já pertenceu à Ordem, mas foi expulsa pela Sacerdotisa quando os interesses se divergiram. – Lançando o olhar para a mulher ao seu lado por um breve momento, ele se corrigiu: – Quando nossos interesses divergiram.

Adiantando mais um passo, Camila tomou a palavra:

– Ômegas, por que vocês insistem em buscar proteção com Versipélio e com a Ordem das Rosas Negras? Vocês não percebem que eles apenas estão usando vocês? A vida de vocês nada significa para eles. Vocês não são nada mais do que um número em suas fileiras, um exército de bonequinhos para garantir a soberania da Thuata Olcán.

– Ômegas, não escutem o que ela diz! – Tala gritou. – Vejam o que Dimos tem feito com os ômegas que encontra pelo caminho!

Adentrar a fortificação protegida pela poderosa magia da Ordem das Rosas Negras, onde inúmeros ômegas estavam reunidos e com prováveis estratégias de batalha, além das cinco peeiras, era loucura. Ele possuía Camila e os espectros lupinos, mas, mesmo assim, estava em menor número. Manter o sítio e esperar os suprimentos no interior da fortificação acabarem estava fora de cogitação. A guerra entre Dimos e Versipélio se intensificava. A cada ato, eles estavam mais próximos de cumprir a profecia. O conflito na Sétima Lua era questão de tempo. Um tempo que o lobisomem não possuía para sitiar a fortificação até os ômegas se entregarem. Por mais que tivesse adotado medidas para evitar que Versipélio e a Ordem das Rosas Negras aparecessem para somar forças às peeiras e aos ômegas reunidos, deixando as duas maiores potências do inimigo divididas e enfraquecidas, havia a possibilidade de a matilha falhar e a qualquer momento as bruxas e os lobisomens da Thuata Olcán poderiam vir em socorro aos sitiados no edifício. Se aquele lugar tivesse sido escolhido por Versipélio para a Sétima Lua, ele precisava encontrar uma maneira de entrar, eliminar aqueles ômegas, enfraquecer o inimigo e apenas aguardá-lo para dar o golpe final, caso as forças ao redor da Thuata Olcán não fossem suficientes para manter o adversário dividido.

A maneira mais inteligente de colocar a primeira etapa de seus planos em prática e eliminar os ômegas seria atraí-los para fora, ou por medo ou pela fúria descontrolada contra Dimos, prostrado diante da muralha. Para isso acontecer, ele possuía apenas uma arma: o dom da palavra. Escolhendo-as com cautela, ele instigou:

– Eu lhes dou o direito de escolha de se juntarem à minha grande matilha. A culpa não é minha se vocês preferem ser fiéis a Versipélio.

Dimos esperava que os ômegas, inflamados pelo desejo de vingança pelo que havia feito com outros lobisomens como eles, se deixassem levar pela fúria e reagissem ao instinto natural de deixar a segurança da fortificação para atacá-lo em campo aberto. Os espectros lupinos estavam espalhados exatamente com o propósito de pegar os ômegas que pulassem por cima da muralha para um possível ataque surpresa pelos flancos ou, na última das hipóteses, para aniquilar os que fugissem temendo as ameaças de Dimos. Um dos ômegas, tomando à frente da situação, gritou em resposta, frustrando os planos do lobisomem:

– E aí você nos mata como se nossas vidas não tivessem nenhum valor? – Voltando-se para o interior da fortificação, ele deixou seu posto. Caminhando por trás dos homens debruçados sobre a amurada e nas ameias, continuou: – Ômegas, sob os cuidados das peeiras, de Versipélio e da Ordem das Rosas Negras, sempre tivemos a liberdade de sermos quem somos. Quando decidimos por defender a Thuata Olcán, não escolhemos Versipélio. Estamos defendendo o nosso direito de sermos quem somos. O mínimo que devemos fazer, em nome desta liberdade, é escutar o chamado das peeiras quando elas precisam de nós. Se elas querem que fiquemos aqui dentro, vamos acatar o que dizem. É pelo nosso próprio bem.

Para fortalecer o discurso inflamado do ômega, Conwenna gritou:

– Ômegas, defendam o direito de serem quem são!

Os ânimos deles se inflamaram; alguns gritavam insultos contra Dimos enquanto outros urravam a favor das palavras da peeira. Nenhum deles, apesar de exaltados, deixou a fortificação. Pela primeira vez desde o momento que se reuniram, eles estavam unidos por uma causa.

Eles estavam unidos para defender as peeiras.

Eles estavam unidos para defender o direito à liberdade.

E não havia nada mais motivador para um lobisomem entrar em batalha do que o direito de seguir seus próprios instintos.

Do que o direito de ser ÔMEGA!

26

Com os planos frustrados, não havia alternativa além de iniciar o ataque. Lançando um olhar de relance para a peeira ao seu lado, Dimos fez um rápido gesto afirmativo com a cabeça. Em retribuição, ao compreender o que ele queria dizer, Camila falou:

— Estava começando a pensar que nunca fosse pedir.

Camila se afastou de Dimos, sussurrando palavras na língua antiga. Os braços caíram ao lado do corpo, as palmas viradas na direção da fortificação. Os olhos ficaram negros. O mar começou a se agitar. As ondas batiam com mais intensidade contra as pedras. A força do vento aumentou, balançando a túnica e os cabelos loiros da peeira. Nuvens escuras surgiram e se condensaram na frente da lua, impedindo que a luz atravessasse, mergulhando o forte em escuridão absoluta. Levantando a cabeça para contemplar o céu enegrecido, ela pediu:

— Angus, ouça sua serva, venha em meu auxílio contra aqueles que desvirtuaram seus ensinamentos.

Para a surpresa dos ômegas, o lobisomem ancestral atendeu ao chamado. Os pés de Camila deixaram a segurança da plataforma. Elevando-se lentamente, ela sussurrou:

— *Vis naturae, auxilium audire. Vis infectus per lycanthropia invocare.*

A terra começou a tremer. Pedaços da muralha desabaram para o mar revolto e para o pátio deserto. As peeiras estavam tensas. Elas nunca haviam enfrentado magia tão poderosa. Os ômegas compartilhavam o mesmo temor. A exaltação de minutos antes não existia mais, mas elas não podiam fraquejar frente ao inimigo. Tentando se equilibrar e dividindo-se, caminhavam com urgência por entre os lobisomens virados para o lado de fora, esforçando-se para fazer a voz sobressair aos ruídos do vento, das águas agitadas e da terra tremendo.

– Ômegas, não temam! – Tala gritou.

– Estamos protegidos pela magia da Ordem das Rosas Negras. – Accalia depositava suas esperanças na Sacerdotisa.

– Nada poderá adentar as muralhas! – Ainar gostaria de poder acreditar nas próprias palavras.

Talvez elas tivessem razão e Dimos, Camila ou os espectros lupinos não fossem capazes de atravessar a magia da Ordem. Mas esse, no momento, era o menor dos problemas. Com todos tentando manter o equilíbrio, agarrados às ameias ou voltados para o perigo do lado de fora, não perceberam que, no pátio, a terra rachava. Das fendas irregulares, mãos com unhas afiadas e cobertas de pelos negros agarravam a superfície; braços fortes puxavam enormes corpos peludos para fora das rachaduras; lobisomens, invocados de outros planos por Camila, adentravam a fortificação pelo pátio.

Prostrando os pés com firmeza sobre a terra rachada, eles urraram. Sangue e carniça brotavam das bocas com dentes afiados. Apesar de enormes, eles eram ágeis e, colocando-se em movimento, se dividiram pelo pátio, reduzindo a distância até a escada com incrível velocidade.

Logo, eles encontrariam inúmeros ômegas desestabilizados pelo tremor de terra, cada vez menos intenso. Eles pegariam de surpresa diversos ômegas e peeiras preocupados em se manter equilibrados e com as atenções voltadas exclusivamente para o perigo do lado de fora da fortificação.

Logo, a carnificina começaria.

Logo, não sobraria nada ali dentro além de uma pilha de cadáveres de cinco mulheres entre inúmeros ômegas.

A morte se aproximava pelas costas dos ômegas e das peeiras.

27

— Ômegas... – Ainar começou a gritar novos comandos para os lobisomens no seu setor da muralha, mas se interrompeu de súbito. Mãos peludas com garras afiadas rasgaram sua barriga. Sangue escorreu pelas roupas. As mãos, colocadas sobre as feridas, estavam manchadas de vermelho. O terror havia dominado suas belas feições. O som da batalha foi substituído pelo gemido característico de homens e mulheres à beira da morte. Levantando o olhar, a realidade se abateu sobre ela: os corpos de ômegas estavam espalhados por todos os lados da muralha. Entre eles, jaziam Conwenna, Tala, Accalia e Daciana. Ela era a única sobrevivente. Seus minutos de vida, no entanto, estavam contados. Desviando o olhar arregalado dos cadáveres para a enorme fera de pelagem negra trazida de mundos inferiores por Camila, ela sentiu uma dor rápida e intensa quando as garras do lobisomem passaram por seu pescoço, separando a cabeça do restante do corpo.

※

— Ainar! Ainar! – Um ômega balançava a estática peeira pelos ombros com agressividade, tentando trazê-la de volta de uma viagem mental pelo tempo. Os olhos brancos da mulher fitavam o nada. O rosto trazia uma expressão de puro pavor.

De repente, Ainar arfou. De volta à muralha onde ela, as peeiras e os lobisomens ainda estavam vivos, seus olhos retornaram ao tom verde. Agindo por instinto, ela gritou o alerta:

– Protejam a retaguarda! O ataque vem pela escadaria do pátio!

Os ômegas e as peeiras se viraram no momento exato em que os lobisomens convocados por Camila subiam os últimos degraus. Reposicionando-se com dificuldade, pois lhes parecia que o chão ainda tremia, apesar de já ter parado havia um tempo, eles não foram pegos de surpresa, como era esperado pelo inimigo.

Ainar, com a visão premonitória, salvara a matilha da carnificina.

Quando os lobisomens convocados por Camila ganharam o topo das muralhas, os ômegas se transformaram. Enormes feras se atracaram em combates ferozes. Garras rasgavam o ar, ora arrancando carne e sangue, ora não encontrando mais nada do que o próprio ar. Dentes afiados mordiam braços, pescoços ou qualquer membro que pudessem encontrar em meio à batalha. Dois deles, um invasor e um ômega, caíram da muralha para o interior da fortificação, abrindo um buraco no telhado de um dos aposentos antes de desaparecerem escuridão abaixo, como se tivessem sido engolidos pelas trevas.

As peeiras também entraram na batalha. As mãos de Daciana começaram a brilhar no instante em que dois lobisomens se aproximavam dela. Garras afiadas, carregadas de energia, surgiram, como se fossem a extensão de seus dedos. Com rápidos movimentos, ela rasgou o rosto das duas feras que a atacavam. Inclinando o corpo para trás quando o forte braço de um deles, em reação desesperada, tentou lhe arrancar a cabeça, desviando com facilidade da investida, ela contra-atacou e abriu um talho no corpo dele. Sem muito tempo para se afastar do ataque do segundo animal, ela o empurrou pelo peito, fazendo-o se desequilibrar e desabar de costas no chão, um pouco distante dela. Esticando os braços na direção dele, as garras cresceram e, como cordas, se enroscaram nos pés da criatura. Recolhendo-os com ferocidade, ela arrastou o animal por cima da muralha, ao encontro dela. Com um salto, os joelhos flexionados e os braços elevados como se fosse uma águia em pouso, a peeira fez o corpanzil da fera deslizar para baixo de suas pernas enquanto os

Capítulo 27

longos laços mágicos se soltavam do inimigo e recuavam, adotando novamente a forma de garras. Pousando sobre o lobisomem, ela se sentou sobre ele ao mesmo tempo que afundava as garras na barriga peluda. Um urro de dor escapou da fera. Sangue negro jorrou da ferida, manchando suas mãos, roupas, rosto e cabelos. Ignorando o líquido escorrendo pelo corpo, ela abriu um enorme corte no dorso enquanto as garras da outra mão, arrancada do abdômen, decepavam a cabeça da fera.

Quando acabou com a vítima, os olhos estreitos de Daciana no meio da maquiagem a deixavam com uma expressão mortífera. Levantando-se com agilidade, ela soltou um grito de guerra e investiu contra outros lobisomens que subiam as escadas.

Próximo a ela, Conwenna e Accalia também lutavam. Em meio a defesas e ataques, recuando e avançando, elas se aproximaram até suas costas baterem de leve uma na outra. Antes que pudessem fazer algo contra os invasores, as duas peeiras foram cercadas. Girando em círculos com passos sincronizados, elas encaravam os ferozes lobisomens. Conhecendo-se muito bem, não precisavam se comunicar para proferirem um ataque conjunto. Levantando as mãos para o alto, os braços de Conwenna afastados enquanto Accalia mantinha as mãos espalmadas unidas, elas emitiram um globo de luz que ganhou altura e, unindo-se, explodiu na forma de uma redoma, envolvendo todos os inimigos. Uivos de dor e sofrimento chegaram aos ouvidos de ambas. Quando a luminosidade desapareceu, sobraram apenas ossos do que foram os lobisomens, a carne e a pelagem consumidas pelo poder delas.

Virando-se para o pátio abaixo, Conwenna viu mais lobisomens irrompendo pelas fendas abertas. Afastando-se de Accalia e desviando de um ataque antes de contra-atacar com magia, gritou:

– Alguém precisa fechar o portal!

Tala, atracada com um forte lobisomem, bateu a cintura contra uma das ameias quando Conwenna gritou. Um breve gemido lhe escapou. Encaixada no meio das laterais mais altas da muralha e pressionada pelo inimigo praticamente se debruçando sobre ela, tentando mordê-la, os punhos envolvidos pelas mãos da peeira mantendo as garras afiadas longe de seu corpo, ela olhou para baixo. *Por que não?*, pensou. Sussurrando algumas palavras na língua antiga, as mãos começaram a brilhar. A fera, em contato direto com a magia, passou a uivar e a se sacudir, tentando escapar. Tala, no entanto, não o soltou quando ele recuou. Sangue negro escorreu dos olhos da fera. Aproveitando-se, ela girou o corpo de lado e puxou o lobisomem de encontro à amurada, o que o fez despencar pela ameia e mergulhar em direção ao mar revolto. O estalo de osso quebrando quando a cabeça afundou na areia chegou até o alto da fortificação antes mesmo do cadáver ser levado pelas ondas.

– Eu cuido disso! – Tala gritou em resposta e cruzou a muralha com passos rápidos. Chegando à amurada que contornava as construções ao redor do pátio, ela pisou sobre a estrutura e saltou para o centro rachado do edifício. Quando seus pés tocaram o solo entre duas rachaduras, a peeira se desequilibrou para trás. Agitando os braços no ar, ela conseguiu recuperar o equilíbrio antes de cair em uma das largas fendas. Porém, cercada de lobisomens que irrompiam dos buracos, ela teria de escolher entre focar sua magia em eliminá-los, uma vez que avançavam rosnando em sua direção, ou fechar o portal.

– Eu cubro você! – Ainar gritou e correu pelo alto da muralha até a lateral da torre interna. Pulando pela amurada, ela deslizou pelo telhado inclinado, deixando um rastro de telhas quebradas, e pulou para o único trecho externo de escadaria que serpenteava a torre até a plataforma no cume. Subindo os últimos degraus com agilidade, ela alcançou o terraço e estendeu os braços acima da cabeça, as mãos espalmadas em direção às nuvens negras de Camila. Girando-os, ela começou a sussurrar palavras na língua antiga.

A ventania gerada pela magia de Camila mudou de direção. Um vórtex foi criado por Ainar a partir das nuvens negras, obedecendo ao comando de seus braços girando no ar. Quando ela os abaixou à frente do corpo, a mão esquerda espalmada enquanto a direita fazia movimentos circulares repetitivos, a extremidade inferior do furacão em formação desceu de encontro à terra no meio do pátio, ganhando cada vez mais velocidade e força. Ao tocar o solo sobre Tala, mantendo-a no olho do tornado, onde a força dos ventos, mais fraca que nos arredores, apenas derrubou o lenço marrom da cabeça da peeira, deixando seus cabelos loiros revoltos, os lobisomens que ameaçavam a vida da mulher foram tragados.

O forte vento do furacão também chegou ao confronto no topo da muralha. Preocupados em se segurarem nas fortificações para não

Capítulo 27

serem levados, ômegas, peeiras e lobisomens inimigos abandonaram o combate. Com a força eólica aumentando à medida que Ainar girava a mão direita com mais intensidade, os corpos começaram a flutuar, mantendo-se firmes apenas por garras que deixavam marcas nas pedras da muralha conforme eram lentamente arrastados.

As mãos de Conwenna não conseguiram mais se agarrar a uma das ameias e ela deslizou pelo chão. Após ser arrastada por alguns metros, gritando, decolou, os pés voltados para o furacão. Não tardou para a peeira estar em pleno ar e seu corpo começar a passar por cima da amurada interna. Logo, ela seria tragada pelo ar rodopiante e ninguém mais, nem mesmo ela, seria capaz de fazer nada para resgatá-la. Se entrasse no furacão, estaria morta.

Porém as peeiras estavam unidas e Accalia, com um dos braços envolvendo uma das ameias internas, conseguiu segurar Conwenna pelo punho com a mão livre. Na ação urgente de salvar a colega, o chapéu da mestiça voou, passou ao lado do corpo balançando no ar e se perdeu no vórtex. A força que sugava a guerreira por cima do telhado das construções ao redor do pátio era tão forte que os dedos da peeira começaram a escorregar do antebraço, deixando os pés de Conwenna cada vez mais próximos do furacão.

– Não me solte! – Conwenna gritou, seus olhos trazendo, pela primeira vez na vida, medo.

Accalia soltou um grito desesperado, fazendo o máximo possível de força para manter a peeira segura. Porém o antebraço dela escorregou mais um pouco por entre os dedos, deixando-a ainda mais perto da morte. Para piorar a situação, o outro braço também escorregava do ponto de apoio. Se ela não fosse mais capaz de se segurar, as duas voariam para o furacão.

Não muito distante, Daciana, com as garras transformadas novamente em laços envoltos ao redor de uma das estruturas de pedra das ameias, também flutuava com a força do vento. Ao ver o perigo que Conwenna e os ômegas corriam, por mais que a magia de Ainar tivesse a intenção de salvar a todos, algo precisava ser feito.

Com um grito agudo, Daciana retesou os braços. As cordas mágicas que a mantinham em segurança começaram a puxá-la de encontro à amurada. A pedra na qual a magia a sustentava começou a rachar enquanto o corpo se aproximava. Se aquele pedaço de muralha rompesse, todos morreriam tragados pelo vórtex. *Aguente, por favor!*, ela pensou.

Tentando controlar o movimento do corpo em meio à força do vento, Daciana deu um giro sobre si mesma, puxada pelas cordas mágicas, e pousou sobre o pedaço de pedra rachando. Sustentada pelas amarras emanadas dos dedos, os cabelos revoltos praticamente cobrindo o rosto, ela começou a sussurrar palavras na língua antiga. Os olhos ficaram negros. Suor lhe escorreu pela lateral da face, tamanha energia consumida.

Por fim, ela soltou um grito e levou os braços à frente, as palmas estendidas, liberando a magia pela muralha. A onda de energia se espalhou, atingindo Conwenna no momento em que o braço de Accalia não conseguia mais se segurar e as duas voavam, os olhos arregalados de medo, em direção ao vórtex. Porém, com o auxílio da peeira de pé sobre a muralha, cuja magia aumentou drasticamente o peso dos corpos de todos os aliados atingidos, elas despencaram, rachando o piso.

Os ômegas e as peeiras estavam protegidos da magia de Ainar, mas os lobisomens continuavam irrompendo pelas fendas, apenas para ganhar os ares no furacão criado pela vidente. Estava na hora de Tala fazer sua parte.

Guarnecida pela magia de Ainar, sem saber o que acontecia em volta, Tala focou suas energias nas fendas. Agachando-se, ela apoiou as mãos espalmadas sobre a terra. Levantando a cabeça para olhar para o alto pelo núcleo do furacão, onde vultos negros do corpo dos lobisomens passavam em rápido movimento circular, ela sussurrou palavras na língua antiga. Os olhos ficaram negros como a noite. A terra começou de novo a tremer. As extremidades das inúmeras fendas lentamente se aproximavam umas das outras.

A energia usada por Tala fora tanta que seus olhos começaram a sangrar. Um grito agudo lhe escapou, tamanha a agonia. As fendas, porém, se fechavam. Quando o solo voltou a se unir, esmagando os sombrios lobisomens que ainda subiam das profundezas, a peeira finalizou a magia e caiu de joelhos, ofegante.

Do alto da torre, Ainar viu que Tala completara a missão e encerrou a magia. O furacão desapareceu nas nuvens negras acima do forte. O vento amainou. Corpos de lobisomens despencavam, levantando poeira quando batiam sobre as areias da praia, espalhando água

Capítulo 27

no momento em que mergulhavam no mar revolto ou quebrando telhados ao caírem para os cômodos ao redor do pátio.

Sem a ação dos fortes ventos, os lobisomens convocados por Camila que conseguiram, de alguma forma, evitar serem sugados, se levantaram. O peso extra da magia de Daciana sobre os aliados também não era mais necessário, motivo pelo qual ela a encerrou, libertando-os. O combate, temporariamente interrompido pelo vórtex de Ainar, estava prestes a recomeçar. Recolhendo os laços que a mantiveram segura durante o furacão, ela pulou para o interior do pátio e, reunindo-se aos ômegas e peeiras daquele setor, conduziu a reorganização do exército.

Preocupada com a peeira ainda caída de joelhos, Ainar se apoiou na amurada e gritou:

– Tala! Você está bem?

A companheira olhou para a torre e fez um gesto de positivo com as mãos. Ela estava enfraquecida, mas cumprira sua parte na missão. Os inimigos não poderiam mais entrar na fortificação. Pelo menos, não pelas fendas criadas por Camila no centro do pátio. A vitória dos ômegas e das peeiras, em maior número no interior do forte, era apenas questão de tempo.

Do alto da torre, Ainar tinha uma visão privilegiada, o que as outras peeiras não possuíam. Voltando-se na direção de Camila, arregalou os olhos. Ela não flutuava mais. Em vez disso, caminhava ao lado de Dimos pela plataforma. A expressão em seu rosto era furiosa. Atrás dela, os espectros lupinos, tendo abandonado as posições anteriores, a seguiam. Com a morte de alguns ômegas devido à ação dos lobisomens invocados por Camila, o lado em maior número, caso conseguisse adentrar o forte, seria o de Dimos. A ferocidade dos espectros lupinos garantiria o resto. Eles precisavam apenas quebrar a magia da Sacerdotisa que guarnecia a fortificação.

– Está tudo bem! – Ainar suspirou, aliviada. – Ainda estamos protegidas pela magia da Sacerdotisa.

Seu alívio, porém, durou pouco. Do ponto em que estava, ela viu Camila estender as mãos à frente e movimentar os lábios. Os olhos dela mais uma vez ficaram negros. O alvo era a magia colocada pela Ordem das Rosas Negras ao redor do forte. Não resistindo ao poder da bruxa, a barreira de proteção cedeu. O brilho do rompimento foi tão intenso que a batalha no alto da muralha, recomeçada havia pouco tempo, interrompeu-se. Os ômegas e as peeiras, inclusive Ainar, tiveram de cobrir os olhos com os braços por alguns segundos.

O acesso para o interior da fortaleza estava livre. Os espectros lupinos, sob o comando da peeira, atravessaram a abertura e irromperam no pátio, onde Tala ainda estava caída de joelhos, respirando ofegante e tentando se recuperar.

Tala, vendo o perigo, tentou se colocar de pé, mas cambaleou e caiu sentada. Sem forças para qualquer coisa, ela era um alvo fácil para os lupinos.

– Tala! – Ainar exclamou. Sem pensar, abriu um portal e atravessou. Saindo no pátio atrás de Tala, ela a agarrou por debaixo dos braços e a arrastou de volta para a passagem aberta. Quando voltou à segurança do alto da torre, ela fechou o portal no momento que um espectro lupino pulava por ele, tentando pegar as duas com suas garras. O corpo do espectro se dividiu em dois quando o portal se fechou: a metade inferior se debatia no pátio enquanto a superior rastejava pela superfície da torre, tentando, a todo custo, ferir uma das peeiras.

Deixando Tala encostada contra uma das amuradas da torre, Ainar estendeu as mãos na direção da metade do espectro lupino, sussurrando algumas palavras. As metades do animal fantasmagórico, até o momento feroz, começaram a se debater. Um ganido escapava da porção superior enquanto a inferior arrastava os pés pelo piso do pátio, em evidente agonia. Seu corpo, respondendo à magia da peeira, ficava cada vez mais translúcido enquanto o animal era banido de volta aos mundos inferiores. O sofrimento durou pouco. Logo, as duas metades desapareceram por completo.

Camila soltou um grito agoniado quando o espectro lupino foi derrotado.

Os outros espectros, no entanto, se espalhavam pelo local, juntando forças aos lobisomens invocados que ainda estavam vivos. Com a quebra da barreira que garnecia o forte, era o inimigo que estava em maior número. Os ômegas e as peeiras estavam cansados e feridos. Nas condições em que se encontravam, não tinham como sobreviver à Camila, ao Dimos, aos espectros lupinos e aos lobisomens. Eles precisavam de ajuda externa.

Pela primeira vez desde o momento que se reuniram, o nome de Mirela veio à mente de Ainar. A última vez que soube da peeira, ela fora enviada pela Sacerdotisa para outros planos a fim de recuperar um artefato ancestral que fosse capaz de pôr um fim ao conflito secular.

– Mirela, se você já retornou, este é um bom momento para se juntar a nós – Ainar sussurrou.

Ela não podia, porém, ficar contando com a ajuda de uma peeira de quem há muito tempo não recebia notícias, mas podia contar com a da Sacerdotisa. Ignorando, por alguns minutos, a batalha que se estendia de novo ao longo da muralha, na qual os ômegas lutavam contra lobisomens invocados e espectros lupinos, ela uniu as mãos espalmadas em frente ao corpo e, levando-as à boca, sussurrou algumas palavras. Por fim, elevou-as ao ar e as afastou, soltando um minúsculo globo luminoso que logo desapareceu, carregando a mensagem.

Voltando-se para a batalha abaixo, Ainar apoiou as mãos sobre a amurada e, antes de deixar Tala se recuperando do desgaste da magia que lançara e se juntar aos ômegas e às peeiras, sussurrou:

– Sacerdotisa, nossas vidas dependem da urgência de seu socorro.

E pulou.

28

As construções, espalhadas uma das outras por impecáveis gramados e interligadas por passarelas de pedras, eram, em sua maioria, simples. Para curiosos que se aproximavam de barco pela represa ou pela precária via para além dos muros e portões, aquele local não transmitia a impressão de ser a sede da Ordem das Rosas Negras. Não havia placas ou símbolos que o relacionassem com a organização mágica. Nem mesmo os imponentes templos chamavam a atenção. Para quem não conhecia o lugar, ou o que acontecia ali dentro, a estrutura não passava de mais um complexo pertencente a uma das inúmeras religiões cultuadas no país.

Ninguém sonhava que, naqueles templos, as bruxas lutavam contra forças sobrenaturais, garantindo a segurança da ignorante população. Tampouco se importavam que, naquela noite, a tensão pairava sobre todo o complexo. No interior de um prédio simples, muito parecido com uma universidade, a maioria dos cômodos estava mergulhado na escuridão. Isso não significava, porém, que os ocupantes dormiam. O ruído de páginas de livros sendo viradas entre alguns sussurros preocupados atravessava as altas portas duplas de madeira talhada com imagens da Deusa. Bruxas e aprendizes reviravam a biblioteca. Distribuídas ao longo de mesas de carvalho dispostas no centro do enorme salão, folheavam com cautela cada livro antigo à procura de mais informações sobre a Sétima Lua. Caminhando de braços cruzados pelo meio delas, uma mestiça beirando os cinquenta anos de idade observava o progresso das pupilas. Os cabelos lisos e negros como a noite caíam por cima dos ombros envoltos pela comprida túnica azul-escura.

— Algum progresso? — Ela parou atrás de algumas garotas reunidas, debruçadas sobre livros antigos com páginas amareladas. O tom de voz era inquisidor, emanando apenas uma pequena parcela de sua autoridade e de seu poder.

Girando o corpo e erguendo o olhar na direção da senhora de baixa estatura, respondeu:

— Ainda não, senhora — a voz saiu estranha, como se temesse a mulher. — A única informação que conseguimos foi a do Machado Nefilim.

— Isso é informação antiga. — Estalando os dedos para cobrar agilidade das bruxas, continuou: — Precisamos de algo novo. Qualquer coisa sobre a Sétima Lua será muito útil.

— Sim, senhora — a bruxa disse e, temerosa, mergulhou novamente no livro.

A senhora mal havia retomado os passos quando as portas duplas se abriram e a Sacerdotisa atravessou por elas, trajando a característica túnica negra sobre o belo terno feminino. Sendo chamada por Roberta com um rápido gesto enquanto seguia por um dos corredores entre as mesas, ela fez uma reverência sem muito entusiasmo e a acompanhou. Juntas, atravessaram outra porta, mais simples do que a primeira, deixando o local.

As duas caminharam em silêncio por alguns segundos pelo largo corredor. A expressão de Roberta era séria. Quando estavam distantes da biblioteca, longe dos ouvidos das outras bruxas, a Sacerdotisa parou. Virando-se para a pupila, perguntou:

— Rebeca, por que você reuniu as bruxas na biblioteca?

— Para tentar saber mais sobre a Sétima Lua. A senhora sabe que podemos perder tudo se Dimos vencer e...

— Mas não foi essa a ordem que eu dei! — Roberta elevou um pouco o tom, o suficiente para impor a autoridade de Sacerdotisa, mas ainda baixo para não ser ouvida por mais ninguém. — Nós sabemos que em breve Dimos e Versipélio lutarão pela última vez. Somente

Capítulo 28

um deles será o vencedor. As bruxas deveriam estar se preparando para irem ao forte que escolhemos como o palco para a Sétima Lua, e não debruçadas sobre livros.

– Mas, senhora, se pudermos encontrar uma forma de garantir a vitória de... – as palavras morreram, como se tivesse esquecido o nome do lobisomem que deveria proteger.

Roberta analisou Rebeca com curiosidade ao perguntar:

– De... – Roberta esperou que ela completasse a frase.

– De garantir a vitória de Versipélio – Rebeca continuou, o tom de voz soando estranho ao dizer o nome. – Se pudermos encontrar uma forma de garantir a vitória de Versipélio, temos que tentar.

Roberta foi incisiva:

– Temos nossas estratégias. Não quero que você perca seu tempo e o das bruxas com falsas suposições ou buscas infrutíferas. Você compreendeu?

Rebeca abaixou a cabeça e respondeu:

– Sim, senhora. Desculpe por...

Impaciente, Roberta a interrompeu:

– Não quero desculpas! Quero ação!

– Sim, senhora. – Rebeca levantou o olhar e cedeu ao poder da Sacerdotisa, a única ainda viva dentro da Ordem das Rosas Negras com um poder maior do que o seu.

Com um suspiro de decepção, Roberta amenizou um pouco o tom de voz:

– Enfim, já que mobilizou as bruxas para uma nova pesquisa nos livros, descobriram algo?

– Nada além do que já sabemos, senhora – respondeu. – As bruxas estão dedicadas, mas já reviramos aqueles livros inúmeras vezes e...

Roberta deu um longo suspiro com a negativa e lhe cortou:

– Não há mais nada para ser encontrado aqui. Encerre a busca e as conduza para as ordens que havia passado anteriormente.

– Sim, senhora – Rebeca concordou, a contragosto, deixando evidente sua indignação contra a ordem da Sacerdotisa, mas não estendeu o assunto.

– Estarei no templo, mas não quero ser interrompida – a Sacerdotisa falou.

Rebeca ficou tensa por desacatar a ordem da Sacerdotisa, pois acreditou ter colocado a perder a chance de um dia ocupar o lugar de

Roberta. Mas, com Roberta no templo sem querer ser incomodada, as responsabilidades da Ordem das Rosas Negras continuavam sobre seus ombros.

– Sim, senhora, como desejar. – Um sorriso se abriu no rosto de Rebeca.

Roberta meneou a cabeça e se afastou, seus passos ecoando pelo corredor. Alcançando uma porta, ela deixou o prédio. Vagando pelos caminhos em meio aos gramados, a leve brisa lhe acariciando a face, a Sacerdotisa passou por diversos pequenos templos, onde cultuavam a vida e a natureza, até alcançar a imponente construção onde a Deusa era reverenciada.

Adentrando a estrutura circular de pé direito alto, sempre mantida à meia-luz, Roberta ocupou sua posição de destaque sobre o altar. Pisando sobre o pentagrama, as linhas escuras entalhadas no mármore claro, de costas para os inúmeros bancos de pedra onde as bruxas se sentavam para participar dos cultos, ela elevou a cabeça na direção da imponente estátua de bronze da Deusa e fechou os olhos. O doce aroma do incenso preenchia suas narinas, levando-a ao transe. Os lábios sussurravam palavras na língua antiga.

As pupilas se mexiam com intensidade por debaixo das pálpebras. A expressão dela demonstrava uma certa tensão. As palmas, unidas à frente do corpo, eram esfregadas uma na outra. Era como se a mente estivesse em outro lugar, presenciando um terror jamais imaginado por ela.

Ali, no templo, os poderes da Sacerdotisa se intensificavam. Ali, ela podia saber de tudo, escutar tudo, conversar com a Deusa e criar estratégias. Foi assim que Roberta ficou sabendo do retorno de Mirela com o Machado Nefilim, da morte dos ômegas sob seus cuidados, dos sentimentos da peeira frente tal perda, de Camila, de Tiago e...

Uma leve brisa balançou a túnica e os cabelos de Roberta. Para muitos, aquilo seria recebido com medo. O calafrio tomaria conta dos despreparados e, provavelmente, eles abandonariam o local o mais rapidamente possível. Talvez nunca retornassem. Mas, para a líder da Ordem das Rosas Negras, aquilo era comum. O vento trazia um minúsculo globo luminoso. Nele, havia uma mensagem que a fez estremecer, por mais que já houvesse vislumbrado os acontecimentos.

Capítulo 28

– A fortificação foi comprometida! Estamos sob ataque! O selo se rompeu. Precisamos de reforços urgentemente!

Roberta abriu os olhos. Unindo as mãos à frente dos lábios, ela sussurrou uma mensagem urgente. Partículas douradas se dispersaram pelo templo, levando as palavras da Sacerdotisa para alguém com um forte desejo de vingança.

Roberta esperava que ela conseguisse chegar a tempo para salvar as peeiras e os ômegas.

Que ela chegasse a tempo para completar sua vingança.

Que ela chegasse a tempo para salvar Versipélio.

Que ela, com o Machado Nefilim, pudesse impedir a Sétima Lua.

29

Tiago caminhava atrás de Mirela pelo meio da floresta. Desde o momento que atravessaram a muralha para longe da prisão abandonada onde os ômegas morreram, ele se manteve em silêncio, respeitando o turbilhão de emoções que passava por ela. Tristeza, decepção, fracasso, raiva... Porém quando a lua, vista por pequenas aberturas nas copas das árvores, mudava de posição no céu, somada aos indícios de estarem andando em círculos, o jovem, carregando o Machado Nefilim, começou a desconfiar de que a peeira estava perdida em seu próprio ser, perdendo tempo em rotas seguras enquanto batalhas poderiam estar acontecendo em locais distantes de onde se encontravam. Sabendo estarem em uma ilha e da capacidade dela de abrir portais, decidiu por quebrar o mórbido silêncio:

– Mirela... – ele a chamou uma vez, cauteloso. De início, a peeira apenas continuou caminhando. Depois de alguns minutos, quando ela resmungou uma resposta, Tiago se sentiu à vontade para completar seu raciocínio:

– Estamos em uma ilha. Chegamos aqui através de um portal. Por que você não abre uma passagem para sairmos daqui?

– Porque... – Mirela começou a responder sem se virar ou reduzir o ritmo. As palavras, no entanto, morreram em sua garganta.

Tiago não queria forçar, mas a urgência do momento exigia medidas um pouco mais determinadas. Ele abriu a boca para cobrar a resposta dela, mas foi interrompido quando uma leve brisa os alcançou, balançando seus cabelos e barba, além da vegetação ao redor. Minúsculos pontos de luz surgiram na escuridão que os cercavam. Um sussurro incompreensível chegou aos seus ouvidos. Mirela, no entanto, compreendeu cada palavra da língua antiga. Estagnada no lugar, ela se virou para o rapaz que a seguia.

Colocando as duas mãos nos ombros de Tiago, Mirela lançou a ele um olhar intenso e falou:

– A Sacerdotisa nos convocou para salvar as peeiras. A fortificação onde estão reunidas, preparando-se para a Sétima Lua, foi atacada por Dimos e Camila.

– Mirela, você está...

Mirela o interrompeu, fazendo a Tiago a pergunta que ele lhe faria:

– Você nunca esteve em uma batalha desta magnitude e importância contra lobisomens, muito menos contra Dimos. Você acha que está pronto para assumir tamanha responsabilidade?

Tiago retirou o Machado Nefilim das costas. Segurando-o entre as mãos e sentindo a vibração emanada da poderosa arma, respondeu:

– Estou. – A determinação era evidente no olhar e no tom de voz.

– Era o que eu queria ouvir.

Mirela soltou os ombros de Tiago e, com um gesto de mãos, abriu o portal. A floresta se iluminou. O vento aumentou. Do outro lado, no restrito espectro de visão que a passagem proporcionava, era possível ver ômegas e peeiras lutando contra a matilha de Dimos e de Camila.

– Vamos acabar com esta guerra – Mirela falou e, com um gesto de mãos, fez o portal engolir a ela e a Tiago.

30

O grito das peeiras, em algum lugar abaixo da muralha, chegou aos ouvidos de Tala. Lutando para se manter consciente depois de fechar as rachaduras no pátio, ela se viu no alto da torre. Agarrando-se à amurada para se colocar de pé, ela tentava se lembrar de como chegara ali. Tudo era muito vago. A peeira recordava da voz de Ainar a chamando pelo nome, de alguém a puxando por debaixo dos braços e de se encostar contra algo rígido. Buscando energias nas profundezas de seu ser, ela se viu sozinha sobre a torre. *Mas onde estão Ainar e as outras peeiras?* Tala se perguntou, aos poucos voltando a si. *O que aconteceu depois que eu fechei as fendas?*

Apoiando as mãos sobre a amurada voltada para a muralha, ela olhou para baixo. As quatro peeiras e os ômegas lutavam contra os espectros lupinos e o restante dos lobisomens convocados das profundezas por Camila. No início, eles conseguiram medir forças com os inimigos, mesmo estando em menor número. Com muito esforço, os lobisomens que irromperam pelas fendas, agora fechadas, eram mortos, seus cadáveres se misturando aos inúmeros corpos sobre a muralha tingida de sangue negro e vermelho.

Dimos transformou-se em lobisomem e entrou na batalha, como todo bom líder deve fazer. Mais forte, ágil e com anos de experiência, os ômegas que cruzavam seu caminho eram mortos com extrema facilidade. Por onde passava, ficava um rastro de morte e destruição.

Contudo, o verdadeiro problema residia nos espectros lupinos. Os ataques dos ômegas, por mais ferozes que fossem, eram inúteis. A única forma de combatê-los era com magia e as únicas que possuíam o poder necessário para vencê-los eram as cinco mulheres, cansadas e feridas. Quatro delas lutavam com ferocidade ao lado dos ômegas, motivando-os.

Mesmo assim, não era suficiente. A situação ficava cada vez mais crítica. Com inúmeros ômegas caindo mortos ou feridos pelos ataques tanto dos espectros quanto de Dimos, as peeiras fecharam um círculo em torno dos sobreviventes, usando todo o poder e conhecimento para manter o lobisomem e os inimigos espectrais longe. Porém, a cada espectro lupino afastado ou derrotado, parecia que dois surgiam em seu lugar.

Recuar, atacar, recuar, recuar... Era tudo o que conseguiam fazer até, para desespero das peeiras e dos ômegas, verem-se completamente cercadas pelos espectros lupinos. Dimos, apesar de ser feroz em batalha, não era forte o suficiente para combater os poderes mágicos das peeiras reunidas. Rosnando para elas, o lobisomem recuou. Retornando à forma humana, ele se juntou à sorridente Camila sobre a muralha, orgulhosa de sua matilha. Os poucos que perdera na batalha eram insignificantes perante o iminente extermínio dos ômegas e das peeiras. Dimos, junto dela, se vangloriava com o cerco e a posterior carnificina. Quando todos estivessem mortos, o enfraquecido Versipélio seria o próximo alvo. Matar o velho amigo seria o maior prazer de sua vida, como um propósito que o motivava a cada dia desde a ruptura de seus ideais.

Tala fitou os espectros lupinos, Dimos e Camila. Se a peeira fosse derrotada, os fantasmas dos lobos ficariam desorientados sem uma voz de comando. Tudo o que a mulher no alto da torre precisava fazer era direcionar um único ataque, certeiro e mortal, contra Camila.

A bruxa sabia que Camila era a mais forte; já testemunhara seu poder quando ela desviou a magia de Conwenna com facilidade. Naquele momento, a peeira esperava por um ataque frontal. Desta vez, a investida viria de um local de onde ela não esperava. Por mais que fosse menos poderosa e estivesse ferida, o elemento surpresa

Capítulo 30

seria um trunfo que equilibraria as forças de Tala com o poder de Camila.

Deusa, Tala pensou, fechando os olhos, *fortaleça sua pupila para um último ataque nesta batalha!* Sentindo as energias voltando ao corpo, como se as canalizasse da terra sob seus pés, do ar ao redor e do mar revolto para além das muralhas, a peeira começou a sussurrar:

— *Bracchium ater, adversius invadere.*

O piso sobre a muralha ao redor de Camila rachou com um estrondo ensurdecedor. Dele, surgiram tentáculos negros que se enroscaram nas pernas da peeira e de Dimos. O lobisomem, assustado, tentou recuar e desabou de costas no chão. Sem condições de lutar contra a poderosa magia de Tala, os grossos filamentos se enroscavam por seu corpo. O ar começou a lhe faltar conforme o aperto na garganta se tornava mais intenso, por mais que abrisse a boca para tentar respirar. Seu olhar, naquele momento, estava carregado de desespero.

Camila também sentiu a pressão dos tentáculos subindo pelas pernas. Diferente de Dimos, o braço esticado em sua direção enquanto tentava, em vão, chamar pela peeira, ela estava preparada para isso. Olhando o alto da torre, sussurrou algumas palavras na língua antiga enquanto gesticulava. Em resposta à magia, os tentáculos se soltaram dela e do lobisomem, mas não retornaram para as fendas por onde surgiram. Em vez disso, enquanto o homem caído se colocava de joelhos e tossia, esfregando a garganta, os grossos filamentos adentraram pela porta inferior da torre.

O alvo: Tala.

A magia, sob o comando de Camila, o braço esquerdo levantado, a palma da mão voltada para cima e os dedos semiflexionados, se voltara contra Tala. Os tentáculos subiram pelo vão central da torre e abriram buracos por onde irromperam para o nível mais elevado da construção. Pegando-a de surpresa, eles se enroscaram nas pernas da peeira. Antes que ela pudesse fazer algo para se defender, os filamentos negros continuaram envolvendo-a, os braços, imobilizados, mantidos colados ao corpo enquanto a pressão aumentava, lentamente esmagando-a, ao mesmo tempo em que ela era elevada no ar, deixando seu sofrimento ainda mais em destaque sob os olhares assustados de suas companheiras e dos ômegas.

— Tala! — Accalia gritou e lançou um feitiço contra Camila.

Estendendo a mão direita à frente sem desviar o olhar de Tala, Camila deteve o ataque.

No alto, os tentáculos pressionavam o corpo de Tala. Com as pernas mantidas juntas e os braços unidos ao corpo, os movimentos da peeira eram limitados. Os pés e as mãos se mexiam de forma aleatória, dentro das condições do aperto, extravasando todo o sofrimento. Ruídos estranhos escapavam pela boca da mulher suspensa conforme os grossos filamentos apertavam a garganta. O rosto dela ficou pálido. Os lábios, roxos. Movendo-os com dificuldade, o olhar suplicante voltado para baixo pelo meio de pálpebras oscilantes, ela tentou dizer entre um estranho som e outro:

— Daciana...

Daciana apenas a olhava, pasma, sem saber o que fazer. Accalia e Ainar também estavam perdidas. Mas Conwenna, sabendo o que viria a seguir, voltou-se para Camila, em um último ato de desespero, e gritou:

— Não faça isso!

Camila desviou o olhar por um breve segundo para Conwenna. Em sua boca, um sorriso maléfico se formava. Sob os olhos atentos da peeira suplicante, ela flexionou os dedos da mão estendida, praticamente cerrando o punho. Os tentáculos aumentaram a pressão sobre Tala. A peeira abriu a boca para exprimir a intensa dor, mas o grito ficou preso em sua garganta. O estalo que se seguiu foi alto. A cabeça de Tala pendeu para o lado, o pescoço quebrado.

— Nãããããããooo! — Ainar exclamou.

Camila abaixou o braço, encerrando a magia. Os tentáculos, a obedecendo, soltaram Tala e desapareceram pelas fendas por onde alcançaram o alto da torre. O corpo da peeira despencou, sem vida. Com lágrimas escorrendo pelos olhos, em meio a uivos de sofrimento dos ômegas, Daciana estendeu os braços ao alto e, sussurrando algumas palavras, usou seu poder para sustentar o corpo em queda e trazê-lo em segurança até o ponto da muralha onde as peeiras estavam reunidas.

— Tala. — Ainar se debruçou sobre o corpo inerte da peeira. A sensação era que todo o esforço para salvá-la fora em vão.

Tala estava morta.

31

Apesar da morte de Tala, a batalha não havia acabado. Os espectros lupinos ainda ameaçavam a vida das peeiras e dos ômegas. Bastava uma palavra de Camila para eles avançarem.

– Não precisava ser assim – Camila falou com a calma de uma psicopata para quem a vida não valia nada. – Mas não se preocupem. O sofrimento de vocês pela morte de Tala vai durar pouco. – Voltando-se para os espectros lupinos, a peeira ordenou: – Meus doces espectros, acabem logo com a vida insignificante desses ômegas.

– Vamos morrer! – Daciana exclamou, os olhos umedecidos e arregalados para os ferozes espectros obedecendo à ordem de Camila e avançando com ferocidade.

Alguns dos espectros lupinos, tendo saltado, estavam a meio caminho de encontrar o alvo quando Conwenna, em um último ato de puro desespero, tentou inflamar as peeiras e os ômegas.

– Se vamos morrer, que seja lutando! Por Tala! – e soltou um grito agudo e feroz, carregado de sofrimento e ódio.

Desta vez, porém, com o desfecho da batalha representado pelo corpo estendido de Tala, eles não pareciam tão convictos a guerrear.

– Sacerdotisa... – Ainar sussurrou, implorando. Parecia que, pela primeira vez desde quando terminaram o treinamento na Ordem das Rosas Negras e fizeram o juramento de manter a paz e a ordem contra as forças ocultas, as peeiras seriam abandonadas à própria sorte.

Ainar não precisava ser vidente para saber que, sem o auxílio da Ordem das Rosas Negras, encontrariam o mesmo fim de Tala.

Ainar apenas rezava à Deusa para que fosse rápido e sem sofrimento.

32

Os espectros lupinos, alguns em pleno salto feroz, outros avançando com ferocidade, já haviam selecionado seus alvos: braços, pernas, pescoços, tórax; qualquer parte dos inimigos que conseguissem dilacerar atenderia às ordens mortíferas de Camila.

As peeiras e os ômegas eram alvos fáceis, à beira da morte... Não fosse pelo clarão que surgiu entre os grupos inimigos, forçando-os a cobrir os olhos com os braços.

Camila e Dimos, incomodados pela intensa claridade que fez a noite virar dia por alguns segundos, também viraram o rosto para se proteger. Quando a intensa luminosidade se apagou, a maioria dos animais fantasmagóricos havia desaparecido. Alguns, porém, estrebuchavam sobre a muralha, com membros decepados ou cabeças cortadas, tornando-se cada vez mais translúcidos até sumirem por completo. Entre os ômegas cercados pelas peeiras e Camila, estavam Mirela e Tiago, o Machado Nefilim firme entre as mãos do jovem.

– Mirela! – Ainar arfou. – Achei que a Sacerdotisa nunca fosse mandar socorro!

Mirela ignorou o comentário. Com os olhos fixos em Camila, faiscando de raiva, falou:

– Camila! – o tom de voz refletia todo o seu poder, deixando as próprias peeiras atrás dela aterrorizadas.

Elas não sabiam tudo o que Mirela havia passado, mas aquela mulher voltara mais forte e confiante.

Camila, no entanto, não se deixou levar pela força presente na voz de Mirela. Endireitando o corpo depois de se proteger da intensa luminosidade, retrucou à altura:

— Mirela. Creio que recebeu meu pequeno presente — havia um tom de divertimento em sua voz. — Como está Américo?

— Morto! — Mirela respondeu entredentes.

O clima ficou tenso. As duas se encaravam, uma esperando o ataque da outra. Tiago, ao lado de Mirela, pressionava o cabo do Machado Nefilim com força excessiva, os olhos voltados para a inimiga. Atrás dele, os ômegas e as peeiras buscavam forças na presença de Mirela para superarem a terrível perda e voltarem para a batalha. Com os espectros lupinos exterminados, tendo restado apenas Dimos e Camila, a possibilidade de resistirem era maior.

Mas Camila não se importava em estar em desvantagem numérica. Ela confiava em seu poder. Sem tirar os olhos de Mirela, começou a sussurrar palavras na língua antiga. O ar ao redor tornou-se gélido. A peeira, encarando a inimiga, mordeu os lábios. Juntando as mãos à frente do corpo, ela fez surgir um minúsculo globo luminoso carregado com intenso poder. As duas estavam prestes a liberar a magia quando Dimos, colocando-se entre elas, quebrou a tensão do momento.

— Creio que já houve mortes demais por uma noite. — Voltando-se especificamente para as peeiras reunidas atrás de Mirela, perguntou: — Vocês não acham?

— Eu vou matar você! — Daciana deixou o meio do grupo e, começando a sussurrar algumas palavras, avançou contra Dimos.

As palavras morreram na boca de Daciana, a magia contida, quando Mirela estendeu o braço para o lado, impediu-a de avançar. Sem tirar os olhos de Dimos e de Camila, perguntou:

— O que você propõe?

Fitando os inimigos reunidos atrás de Mirela após uma olhada de relance para Tiago empunhando o Machado Nefilim, quando seu rosto emanou um tique notado apenas por Camila, respondeu:

— Trégua.

Capítulo 32

– Eu não acredito nisso! – Accalia esbravejou. – Depois de você e sua cachorrinha – ela fez um movimento com a cabeça em direção à Camila – matarem Tala, você quer trégua?

– Dimos, o que está fazendo? – Camila perguntou ao lobisomem.

Dimos ignorou a pergunta.

– Tala merece um funeral digno de uma bruxa da Ordem das Rosas Negras. Nós vamos dar esse tempo a vocês.

– Você não está em posição de tomar essa decisão! – Ainar gritou.

– Você está com medo, Dimos – Conwenna provocou. – Admita!

Dimos soltou uma risada carregada de ironia. Ele não temia as peeiras nem os ômegas, muito menos o Machado Nefilim. Naquele momento, com aquela decisão, ele colocava em prática planos sombrios que lhe vieram à mente quando avistou Tiago. Não somente por causa do garoto em si, mas pelo artefato que ele empunhava.

Ignorando o comentário, ele se virou de costas para os ômegas e as peeiras. Tocando de leve no braço de Camila, falou:

– Vamos nos retirar.

Camila lançou um olhar furioso a ele. Para a bruxa, a batalha somente terminaria com sua morte ou com os cadáveres dos inimigos sob seus pés. Mas Dimos, sem que o inimigo percebesse, olhou para ela de modo sombrio, como se houvesse mais do que ela era capaz de compreender no momento.

Rendendo-se, a contragosto, Camila abriu um portal com um gesto de mãos. Dimos estava quase atravessando de volta ao seu refúgio quando Mirela quebrou o silêncio:

– Nós nos encontraremos novamente na Sétima Lua. – Após uma breve pausa, completou: – E não haverá trégua.

– Nós nos encontraremos antes disso, doce Mirela – ele respondeu, usando a palavra "doce" para deixá-la com mais raiva. – Talvez... Talvez a Sétima Lua nunca aconteça.

Mirela, as peeiras, inclusive Camila, e os ômegas, ficaram intrigados com o comentário de Dimos. A dúvida pairava nos rostos de todos. Pensamentos como *Não havia como a profecia estar errada!* ou *O que você quis dizer com isso?* deixaram todos confusos. Mirela ia questionar, mas Dimos atravessou o portal sem dizer mais nada, deixando-a na dúvida sobre o quanto sabia da profecia e com um funeral importante para conduzir.

33

—Trégua?!
De volta à casa no estilo colonial, Camila apoiou as mãos sobre a mesa do escritório. Com o corpo parcialmente debruçado e um olhar fulminante em direção ao calmo Dimos, sentado na confortável poltrona, a peeira questionou novamente:

— Trégua?! Depois de tudo o que passamos, depois de conseguirmos entrar na fortaleza, estando com os ômegas e as peeiras ao alcance de um poderoso ataque, você pede trégua?! – Camila estava furiosa. – Qual foi o problema? O Machado Nefilim? Mirela? Que história é essa que talvez não tenha Sétima Lua? Você está temendo a profecia, é isso?

Perante o silêncio dele, virado de lado para ela, os cotovelos apoiados nos braços da poltrona e os dedos cruzados à frente do rosto, a inquisidora Camila ficou ainda mais furiosa:

— Qual é, Dimos? Você me deve uma explicação!

Movendo a poltrona na direção dela, ele apoiou com calma os antebraços sobre a mesa e lançou à Camila um olhar neutro:

— Não é Mirela. Não é o Machado Nefilim.
— O que é, então? – Camila não recuou.
— A questão é o garoto segurando o Machado.

Camila bufou. De todos os presentes na batalha, ela não esperava que Dimos, o grande Dimos, teria medo de um garoto, por mais que estivesse segurando o Machado Nefilim.

– Não acredito que você pediu trégua por causa de um insignificante humano.

– Ele não é um insignificante humano! – Dimos explodiu. – Se você soubesse toda a história...

Dimos deixou suas palavras morrerem no ar. Por um momento, ele e Camila se encararam ferozmente por cima da mesa. Depois de segundos de tensão, a peeira recuou e, diminuindo um pouco o tom agressivo de sua voz, gesticulou na direção dele e pediu:

– Está bem. Explique-se, então.

– Há alguns anos, quando eu ataquei Versipélio na Lupercália, esse insignificante humano, como você diz – Dimos fez um gesto de desprezo –, foi corajoso o suficiente para se colocar em meu caminho e...

Dimos calou-se. Seu olhar, fixo em algum ponto atrás de Camila, mostrava a ela que o lobisomem estava perdido nos próprios pensamentos, revivendo os acontecimentos daquela noite.

– E? – Camila questionou, elevando as sobrancelhas e trazendo-o de volta.

– Ele me mordeu. – Dimos respondeu. A expressão de vergonha era nítida no rosto do lobisomem.

Camila riu alto. Ela não acreditava que o grande e poderoso Dimos tivesse sido ferido por um mero mortal. No entanto, parou de rir quando o lobisomem continuou:

– Apesar de, devido a esse ataque desesperado do garoto, termos criado um vínculo, eu nunca senti sua presença como membro de minha matilha. Eu acreditava que a Ordem das Rosas Negras tivesse feito algo nele para controlar a transformação ou, de alguma maneira, houvesse rompido o vínculo comigo. Enfim, até esta noite, eu havia me esquecido da existência dele. Imagine a minha surpresa quando o vi empunhando o Machado Nefilim.

– Parece até irônico. – Camila abriu um sorriso. – Um lobisomem empunhando a arma criada para matar lobisomens.

– Agora você compreende o porquê de pedir a trégua. Aquele garoto é uma peça importante que, se utilizada corretamente, pode

Capítulo 33

acabar com esta guerra sem o grande confronto profetizado entre Versipélio e eu.

Camila, voltando a adotar um tom sério, caminhava de um lado a outro pela sala, os braços cruzados na altura do peito e uma das mãos envolvendo o queixo, pensativa. Virando-se repentinamente para Dimos, ela concluiu:

— Agora eu compreendo por que disse que talvez não haja a Sétima Lua. Precisamos refazer o vínculo entre você e este garoto. Como ele já caiu nas graças de Mirela e está empunhando o Machado Nefilim, podemos usá-lo para matar Versipélio.

— Foi isso que pensei — Dimos respondeu, abrindo um sorriso.

Camila afastou um pedaço da cortina para o lado e admirou pela janela o horizonte onde os primeiros raios solares de uma nova manhã começavam a aquecer o ambiente. No início, ela vira a trégua como um fracasso. Agora, enxergava a situação por um novo prisma.

Um plano se formava em sua cabeça. Um plano que contrariaria a profecia. Um plano em que Dimos não precisaria correr riscos desnecessários nem sujar as mãos de sangue. Um plano em que Versipélio seria morto por um de seus tão amados ômegas.

Largando a ponta da cortina e lançando o interior da sala em escuridão, Camila abriu um sorriso misterioso e se virou para o lobisomem:

— Dimos, eu vou trazer esse garoto até você.

34

A pesar da trégua, a sensação entre os ômegas e as peeiras era de derrota. O semblante dos sobreviventes trazia decepção e tristeza enquanto recolhiam os mortos de cima da muralha e preparavam as piras funerárias no centro do pátio. Perdidos em pensamentos no momento em que realizavam as tarefas de forma mecânica, eles não se falavam mais que o necessário. Era como se um enorme machado houvesse aberto uma grave ferida no peito da Thuata Olcán e da Ordem das Rosas Negras, expondo seus corações para o golpe final. Nem mesmo enterrar os corpos dos lobisomens trazidos de outros planos por Camila em uma vala comum, logo coberta pela maré alta, trouxe-lhes um toque de alegria ou esperança.

O cair da noite, com os corpos dos ômegas e de Tala ardendo nas piras funerárias, intensificou a sensação. Os característicos tambores do ritual de passagem, como as bruxas costumavam chamar, e os cânticos sofridos entoados pelas mulheres não foram o suficiente para celebrar a sobrevivência dos que resistiram. Afinal, eles estavam queimando os últimos vestígios de suas presenças na Terra. Quando o fogo terminasse de consumi-los, a leve brisa marítima levando as últimas partículas ao encontro dos Deuses, os que padeceram naquela longa batalha não seriam mais do que lembranças de tempos longínquos.

Tiago não tivera a oportunidade de conhecer os ômegas mortos e Tala, mas, como humano, compartilhava da tristeza deles. A fera interior, no entanto, se comprazia com a situação. Era como se o lobo dentro dele, conectado ao seu criador, vibrasse de alegria. Inconscientemente, sobrepujando as sensações de melancolia do jovem, um quase imperceptível sorriso, carregado de satisfação, surgiu em seus lábios.

Não sabendo como lidar com as contraditórias emoções, por um lado se deixando dominar pelo prazer das mortes, enquanto, por outro, sentindo-se incomodado com o triste cântico de Mirela e das peeiras depois de acenderem as piras, Tiago deixou a fortificação. Tudo o que ele queria era ficar sozinho para controlar a fera dentro dele e pensar sobre toda a responsabilidade que lhe caíra sobre os ombros. Com os pés descalços pisando a areia úmida da praia, o caminho iluminado pela lua rodeada de estrelas, o crepitar do fogo e o som dos tambores ficavam cada vez mais distantes.

Parando de caminhar ao sentir a criatura em seu âmago adormecer, o que lhe devolveu o controle de suas próprias emoções, Tiago se virou para o mar e fechou os olhos. Pressionando as pálpebras enquanto lembranças do sofrimento do dia anterior passavam em flashes pela mente, lágrimas escapuliram contra sua vontade e umedeceram a comprida barba. O som das pequenas ondas estourando na areia lhe traziam algum conforto em meio a tanto desespero. Aos poucos, a tristeza dos outros, vívida dentro dele, começou a se transformar. Se ele soubesse onde Dimos se escondia, iria, sozinho, colocar um fim à guerra. Mais nenhum ômega nem peeira precisaria morrer. Tudo o que precisava fazer era encontrar o inimigo, responsável pelo sofrimento que presenciara, e lhe arrancar a cabeça, ou o coração, com a poderosa arma repousada em suas costas.

Se a fera interior o deixasse fazer isso.

A questão era que Tiago não sabia nem por onde começar a busca por Dimos.

Mal ele sabia que sua existência despertara o interesse no inimigo, que ele estava conectado a Dimos e que, no final das contas, Tiago não precisaria procurá-lo.

Dimos viria até ele.

35

De olhos fechados, Tiago sentiu como se o mundo inteiro ao seu redor se comprimisse, pressionando-o. A areia fria sob seus pés mudava de consistência. O som das fracas ondas estourando à distância não lhe trazia mais a mesma sensação de paz. Sobre o ruído constante, um cântico feminino, alegre, lhe consumia, chamando-o. A fera interior se agitara. Seu corpo era impelido a atender aquele chamado, por mais que desconhecesse a dona da bela voz ou conseguisse associá-la a uma imagem conhecida. Não parecia ser uma das peeiras no forte. Por mais que as conhecera havia pouco, nenhuma delas possuía aquele timbre. Não que ele soubesse, pelo menos.

Tala! Ele pensou, tentando controlar o animal dentro dele. Quando chegara à batalha, Tala estava morta. Talvez fosse ela o chamando. Estando no mundo dos mortos, ao lado da Deusa, como Mirela acreditava, a jovem peeira poderia ter encontrado alguma maneira de se comunicar com ele e passar uma mensagem importante. *Ou*, Tiago não conseguiu evitar o pensamento, *talvez fosse o Machado Nefilim brincando com meus sentimentos.* Ele já sentira o poder da arma antes; já ouvira os seus criadores o chamando mentalmente, impelindo-o a matar Guilherme.

Ou talvez fosse sua fera interior tentando tomar o controle.

Aturdido, ainda de olhos fechados, Tiago colocou as duas mãos abertas ao lado da cabeça e começou a balançá-la de um lado ao outro. As pernas, trêmulas, não resistiram e ele caiu de joelhos. Um grito de agonia lhe escapou, perdendo-se no horizonte praieiro ao redor.

– É agoniante sentir um peso tão grande sobre si e não saber o que fazer. – A voz feminina deixara de entoar a canção para lhe trazer estas palavras.

– Quem está aí? – Tiago levantou a cabeça e tentou abrir os olhos. Para sua surpresa, parecia que suas pálpebras estavam coladas. A agonia de não conseguir enxergar nada se abateu sobre ele. – Mirela?

Uma risada aguda chegou aos seus ouvidos.

– Quase, meu querido – a doce voz respondeu, enlouquecendo-o. – Continue tentando.

Ninguém mais lhe veio à mente. Ninguém em quem pudesse confiar, pelo menos.

– O que você quer comigo? – Tiago perguntou, sentindo o lobo crescer dentro dele.

A mulher, em algum lugar ao redor do jovem, respondeu:

– Quero que você liberte a fera que existe dentro de você.

Tiago sentiu o animal respondendo ao pedido dela, sobrepujando suas próprias forças para mantê-lo sob controle. As unhas começaram a crescer. Os braços ficaram mais peludos. Os olhos por baixo das pálpebras, vermelhos.

– Não! – Tiago tentou retomar o controle. Quando ele estava perto de Mirela, era fácil manter a criatura adormecida. Não sabia se era por causa da magia colocada sobre ele na caverna ou do poder que a peeira exercia quando estavam juntos. De qualquer maneira, perto dela, ele realmente acreditava que não precisaria mais da poção.

Mas, estando longe dela...

A fera não o obedecia mais. Levada pela doce voz da mulher, ela, a cada instante, dominava a mente de Tiago. Pensamentos raivosos contra os ômegas e as peeiras surgiam. Em desespero, o jovem pensava em Mirela, balançando a cabeça de um lado ao outro em evidente agonia, enquanto os pelos preenchiam por completo seu corpo.

Capítulo 35

– Isso, meu querido – a mulher falou. – Ouça o chamado de seu criador.

– Não – Tiago praticamente rosnou, a voz saindo mais grave do que o normal. O que restava de sua sanidade fez seu corpo tremer com a recordação de anos atrás, quando, em desespero, mordera o pescoço de um lobisomem.

– Atenda ao chamado de seu criador. Ele o está aguardando – a mulher sussurrou perto de suas orelhas, as quais se tornavam pontiagudas.

Lutando contra as forças que impeliam a criatura interior a tomar o controle de seu corpo, Tiago não sentiu mais a areia sob os pés nem a leve brisa praiana. O som das ondas quebrando na praia parecia distante. Em vez disso, ele flutuava, como se estivesse sendo levado para outro lugar. Ele já se sentira assim antes ao atravessar o portal criado por Mirela. Mas, naquele momento, não sabia com quem estava nem para onde era levado. Tudo o que sabia era que não estava mais na praia.

Quando seus pés tocaram um piso firme, diferente de segundos antes, Tiago caiu de joelhos. Sentindo as dores da transformação em curso, ele se perguntava onde estava.

– Você pode abrir os olhos agora – A mulher disse, a voz parecendo vir de todos os lugares daquele ambiente desconhecido.

Obedecendo-lhe, Tiago tentou abrir os olhos. Suas pálpebras, tendo ficado imobilizadas por magia por um tempo consideravelmente longo, tremiam. Pesadas, elas insistiam em se fechar quando o jovem as forçava, tentando mantê-las abertas. Nesse abre e fecha de olhos, imagens desconexas de um homem forte com cabelo moicano, sentado sobre uma mesa à sua frente, tentavam ganhar espaço em meio à escuridão.

Por fim, com muito esforço, Tiago, ou o que sobrou dele, conseguiu manter os olhos abertos. Diante dele, o rosto conhecido de um homem lhe sorria, o corpo parcialmente inclinado em sua direção:

– Estava me procurando? – Dimos perguntou.

36

Ver Dimos diante de seus olhos, ao alcance de um ataque, inflamou a fúria de Tiago. Apesar do vínculo com o lobisomem ancestral, o jovem vira atrocidades demais causadas por ele para ignorar. Os ômegas de Mirela estavam mortos por causa dele. Uma peeira morrera por causa de seus atos. Por mais que se sentisse atraído a ceder às tentações do lobo em seu íntimo e se render, ele não queria fazer parte daquilo. Não queria o sangue em suas mãos. Apesar da fúria o impelindo a completar a transformação para fazer parte da matilha de Dimos, os pensamentos em Mirela e em tudo o que seu criador fizera até o momento começaram a ser a força íntima mais poderosa para controlar o demônio lupino dentro dele.

Com um urro feroz e mesmo sem completar a transformação, Tiago investiu contra Dimos. O lobisomem deslizou para o chão e amparou o ataque, agarrando-o pelo pescoço e intensificando o aperto para trazê-lo mais perto de seu rosto. Mantendo distância suficiente apenas para não ser mais uma vez mordido pelo jovem, falou:

— Mas o que temos aqui?

Dimos estendeu o braço livre e arrancou o Machado Nefilim das costas de Tiago. O jovem tentou evitar que o inimigo se apoderasse da arma, remexendo o corpo, lutando contra pressão na garganta. Suas forças, no entanto, não eram suficientes para enfrentar quem o criara. Deixando a arma cair no chão como se nada significasse, ele lançou um olhar feroz para o garoto preso em seu aperto:

— Quando você for atacar um inimigo, tenha certeza de que pode vencê-lo.

Com um empurrão, Dimos o jogou de costas no chão. O corpo peludo deslizou pelo piso até bater contra a parede do outro lado, abaixo da janela fechada pelas grossas cortinas. Um uivo de dor escapou do lobisomem. Erguendo-se, ele apoiou as quatro patas no chão. Tendo completado a transformação, rosnou na direção de seu criador.

Tudo estava fluindo ao seu favor. Dimos estava diante dele, aparentemente despreocupado com a ameaça. O Machado Nefilim jazia entre os dois. Tudo o que Tiago precisava fazer era avançar, pegar a arma e cravar no coração do inimigo. Se lograsse êxito, as mortes dos ômegas acabariam.

Mas ele era cria de Dimos e ainda havia um vínculo que ia além da consciência do garoto: a irracionalidade de um lobo.

— Eu compreendo que você deva estar confuso — Dimos falou com um tom tranquilo. — Se eu fosse você, estaria da mesma forma. Ninguém nunca lhe explicou sobre nosso universo nem como controlar os impulsos lupinos para um bem maior. Durante anos, a Ordem das Rosas Negras o privou do direito de estar ao meu lado, como deveria ter acontecido desde aquela noite, quando me mordeu. Por causa disso, você se transformou em ômega. Eu entendo que, tendo vivido com liberdade, sinta certa afeição pelos preceitos de Versipélio. — O nome saiu com um exagerado tom de desprezo. — Mas você pertence a mim. Comigo, você pode ter muito mais do que lhe foi oferecido até o momento.

Tiago rosnava e uivava praticamente ao mesmo tempo, a parte lupina dele aceitando de bom grado os argumentos de Dimos. A porção humana, no entanto, no pouco que lhe restara após a transformação se completar, lhe dizia o contrário. A dúvida estava evidente em seus olhos vermelhos, ora agressivos, ora relutantes. Apesar da fúria inicial, ele não sabia se devia atacar ou se deixar levar pelas palavras de seu criador.

Capítulo 36

– Eu acredito que sua vontade seja pegar o Machado Nefilim e acabar com minha vida – Dimos falou. Estendendo os dois braços para os lados, como uma cruz, expondo, assim, o peito para receber o golpe do lobisomem, continuou: – Se esse for o seu desejo, faça o que veio fazer.

Tiago não se deixaria levar por palavras ao vento. Tentando manter o pensamento em Mirela e na destruição causada por Dimos, ele rosnou para o inimigo. Avançou com passos rápidos e agarrou o Machado Nefilim do chão. Erguendo-se sobre as patas traseiras, desceu a lâmina com ferocidade sobre o peito exposto. Um fraco gemido de dor escapou quando as runas talhadas no metal desapareceram no corpo. Sangue escorreu pelo cabo e manchou as mãos do lobisomem.

Conseguindo manter o controle total sobre a fera interior, Tiago voltou à forma humana. Ao soltar o cabo do Machado Nefilim, deixando-o cravado no peito de Dimos, ele recuou alguns passos. Encarando seu criador, cujos olhos incrédulos estavam voltados para o sangue escorrendo da ferida, falou:

– Acabou!

37

Tiago esperava que o lobisomem fosse tombar depois de receber o ataque. Em vez disso, Dimos apenas tirou o olhar do Machado Nefilim cravado em seu peito e, fitando o incrédulo jovem, abriu um sorriso. Olhando-o fixamente, arrancou a lâmina com lentidão excessiva. Depois, jogou a arma no chão, aos pés do inimigo, oferecendo-a para iniciar um novo ataque.

A incredulidade de Tiago durou pouco. Acreditando ter o controle da fera crescendo dentro de si, ele se transformou. Ao agarrar o Machado Nefilim, atacou Dimos novamente. Mais uma vez, cravou a lâmina no peito dele. Um novo gemido lhe escapou. Sangue escorreu, manchando de novo suas mãos. Depois que Tiago retornou à forma humana, o lobisomem ancestral mais uma vez arrancou da ferida o metal talhado com runas e o jogou no chão entre os dois.

Olhando para Tiago, abriu novamente os braços e falou:

– Só tem um jeito disso acabar. Mas, se quiser tentar de novo, estou pronto para receber seu ataque.

Tiago soltou um grito feroz, se transformou e agarrou o Machado Nefilim. Desta vez, porém, não atacou apenas uma vez. Arrancando a lâmina da ferida após a primeira investida, ele a cravou no peito do lobisomem mais duas vezes, cada uma acompanhada de um urro feroz. Para ter certeza de que agora não teria como ele sobreviver, promoveu um quarto ataque, abrindo a cabeça do inimigo ao meio.

Quando, porém, se afastou, a arma estava novamente a seus pés. Dimos parecia que nunca fora ferido pelo Machado Nefilim.

Não importava quantas vezes Tiago atacasse ou matasse Dimos, ele nunca sairia daquele looping mental de morte e vida até que aceitasse o inevitável.

Até que ele cedesse ao seu criador.

Até que ele se juntasse à matilha de Dimos.

38

O crepitar do fogo diminuía conforme as madeiras das piras eram consumidas, levando consigo os cadáveres. O que restou das chamas iluminava semblantes carregados de desesperança e medo. Os ômegas e as peeiras não transmitiam mais a mesma confiança de antes. Apesar da trégua, a Sétima Lua ainda se aproximava e eles precisavam estar em condições para o combate final. Alguém precisava fazer alguma coisa para inflamar novamente os ânimos dos sobreviventes. Conwenna afogava as mágoas no hidromel. Ainar sentou-se, sozinha, em um canto do pátio, onde ficou remoendo os fatos da batalha. Com as costas apoiadas contra a parede e os joelhos abraçados, ela lamentava não ter podido fazer nada:

— De que adianta o dom da visão se não pude salvar Tala? – questionava-se.

Daciana, de joelhos diante da pira funerária de Tala, chorava. Se Accalia não estivesse com ela, talvez a peeira já tivesse se jogado no fogo. Os ômegas, sem uma forte liderança, ameaçavam debandar, cada um partindo para buscar a segurança por conta própria. Se isso acontecesse, Versipélio em breve estaria morto. Sem o lobisomem ancestral, caos e morte dominariam o mundo que eles conheciam.

Mirela também não se sentia confortável com a situação, principalmente depois de perder toda a matilha. A sensação de fracasso a consumia, mas ela não podia se entregar. Subindo as escadas para a torre onde Tala encontrara a morte, cada passo a enchendo com uma determinação que ela não sabia de onde vinha, a peeira alcançou a plataforma. Observando brevemente as figuras desalentadas abaixo, ela elevou a voz para ser ouvida acima das lamúrias e do crepitar do fogo:

— Peeiras e ômegas! — As figuras abaixo levantaram os olhares na direção dela. — Hoje sofremos um forte golpe em nossos corações. Pessoas amadas foram levadas ao encontro da Deusa, mas nós ainda estamos aqui. A guerra ainda não acabou! Se nos deixarmos abater, amanhã seremos nós que queimaremos nas piras funerárias. Se nos deixarmos abater, se fugirmos da última e mais importante batalha, a morte de Tala e dos ômegas terá sido em vão. Eles lutaram até o final para quê? Para vocês desonrarem o nome, a coragem e o sacrifício deles por medo? Não podemos deixar que Dimos vença. Eu sei que, no momento, vocês não acreditam na vitória, mas temos o Machado Nefilim em nosso poder. Na Sétima Lua, quem estará morto será Dimos. Apeguem-se ao desejo de vingar as mortes de hoje. Deixem a fúria se instalar em seus íntimos. Deixem a fera que reside em cada um de vocês assumir o controle. Sejam quem vocês estão destinados a ser: carreadores da morte.

Os ômegas, levados pelas palavras de Mirela, inflamaram-se. A dor se transformou em fúria. Gritos rasgaram a noite, desejando a morte de Dimos. As peeiras, vendo que Mirela conseguira alimentar novamente as esperanças, deixaram-se dominar pela energia das palavras. Por mais que sentissem a dor das perdas, elas conduziriam os ômegas até o final.

Elas vingariam a morte de Tala e dos ômegas.
Elas lutariam a batalha de suas vidas.
Elas e os ômegas seriam o exército de Versipélio.

39

A pesar de ter elevado a confiança dos ômegas para a Sétima Lua, Mirela, com uma visão privilegiada do alto da torre, não via Tiago. Descendo apressada as escadas, misturou-se à multidão exaltada e caminhou pelo pátio, onde todos diziam não o ter visto. Quando ela perguntava, eles apenas balançavam a cabeça em negação.

Juntando-se às peeiras, Mirela perguntou:
— Vocês viram Tiago?

Todas elas balançaram a cabeça, como os ômegas haviam feito. Virando-se de costas para elas, Mirela olhou mais uma vez para o pátio. Realmente não havia sinal dele. Fechando os olhos e sussurrando algumas palavras, ela tentou buscar a mente de Tiago. Tudo o que encontrou, no entanto, foi uma barreira a impedindo de acessar a rede neural dele. A peeira forçou, tentando romper o bloqueio, mas a magia imposta era tão forte que sangue começou a escorrer por suas pálpebras cerradas. Os dentes rangiam, não desistindo dele, mas tudo o que conseguia encontrar era a forte proteção colocada ao redor da mente do jovem. Com um grito, Mirela tentou uma última vez. A resposta foi tão intensa que, como se tivesse recebido um poderoso ataque mágico, ela foi arremessada para trás, bateu as costas contra a parede interna do pátio e caiu sentada.

– Mirela? – Conwenna gritou e se abaixou ao lado dela, pousando a mão sobre o ombro da peeira.
– Você está bem? – Ainar perguntou.
Mirela abriu os olhos e, sem esconder o desespero, respondeu:
– Existe uma magia muito forte protegendo a mente de Tiago. Eu não consigo acessar. Não consigo descobrir onde ele e o Machado Nefilim estão.
As peeiras se entreolharam por um breve segundo, em dúvida se Mirela estava preocupada com Tiago ou com o Machado. Independentemente do que fosse, elas precisavam da poderosa arma para vencer Dimos. Voltando-se para a jovem ainda sentada, Accalia falou:
– Você, sozinha, não. Mas nós cinco, juntas, talvez possamos.
Desviando o olhar na direção dela, Mirela perguntou:
– O que você tem em mente?
– Peeiras, venham comigo – Accalia apenas respondeu e se dirigiu, desviando dos ômegas e das piras funerárias, para o interior da sala onde esteve reunida com as companheiras antes da batalha começar.
Ao adentrar a sala, Accalia fez um gesto displicente com as mãos. A mobília no centro do espaço foi arrastada para o lado. Com um estalo dos dedos, linhas queimaram o chão de pedra, formando um quadrado encerrando uma circunferência que tocava o centro das quatro arestas. Dos ângulos retos, duas linhas surgiram, traçando as diagonais do quadrado e se cruzando ao centro. Posicionando-se sobre um dos vértices, ela fez um gesto com a cabeça para as outras três peeiras adotarem suas posições. Ao apontar para o centro, Accalia concluiu:
– Mirela, o centro é seu.
Mirela adentrou o quadrado de força enquanto as outras peeiras se posicionavam nos vértices. Sentando-se de pernas cruzadas no centro da circunferência, onde as diagonais se cruzavam, ela fechou os olhos. As quatro mulheres em volta começaram a entoar um cântico, as palavras na língua antiga ecoando pelo ambiente. A energia delas fluía pelas linhas riscadas no chão, fazendo-as brilhar. Cada célula do corpo de Mirela sentia a poderosa magia emanando delas, vibrando na mesma sintonia.

Capítulo 39

Fortalecida, Mirela começou a sussurrar palavras que iniciaram a magia. De olhos fechados, ela seguiu o rastro de Tiago e do Machado Nefilim pela praia. Viu-o parado em frente ao mar. Sentiu o medo do garoto enquanto não podia se mexer nem abrir os olhos. Encolheu-se com a pressão que surgiu ao redor dele. Quando ouviu a voz que falou com ele, a peeira arfou, reconhecendo a dona daquele poder.

– O que foi? – Ainar, preocupada, interrompeu o cântico.

– Não quebre o círculo de energia! – Accalia ralhou.

Com Ainar voltando ao cântico, Mirela se concentrou em Tiago. Sentiu o portal abrindo e o levando para longe da praia. Ao seguir seu rastro, a peeira viajou junto dele até uma sala mergulhada na penumbra, onde um homem, sentado sobre a mesa, o recebia.

Mirela se sentia enganada. Dimos rompera a trégua. Enquanto ela e as peeiras realizavam o funeral, o inimigo colocava mais uma etapa de seu plano em andamento.

Abrindo os olhos no centro da circunferência, Mirela falou:

– Eu sei onde o Machado Nefilim está!

Antes que as peeiras ao redor pudessem fazer qualquer coisa, Mirela abriu um portal e se transportou para o local onde Dimos levara Tiago.

Ela, sozinha, iria enfrentar Camila e Dimos.

Sozinha, ela iria resgatar o Machado Nefilim.

40

Mirela pisou em segurança em algum cômodo da casa onde o rastro de Tiago terminava. Sob protestos de Accalia e Conwenna, do outro lado, ela fechou o portal com um rápido gesto de mãos. A peeira não queria as colegas em seu encalço. O Machado Nefilim e o garoto que o empunharia na batalha final eram apenas dela. Ninguém mais deveria ter o controle sobre ele, nem mesmo Dimos e Camila. Além do mais, ela acreditava que, se as peeiras deixassem os ômegas sozinhos na fortificação, eles perderiam a fraca motivação que conseguira colocar dentro deles e acabariam por debandar. Mal ela sabia que tudo isso era mera desculpa inconsciente para justificar o fato de querer total controle sobre a atual situação.

Olhando ao redor, ela se viu em um amplo quarto mergulhado na penumbra. A cama de casal estava bem-arrumada. As mesas de cabeceira, prostradas uma de cada lado, acumulavam poeira, indicando que ninguém usava aquele aposento havia um tempo. A dúvida de estar caindo em uma armadilha e de ter sido induzida a se transportar para um aposento vazio, apenas para ser um alvo fácil para Camila ou Dimos, incomodava Mirela. Por um segundo, ela titubeou, deixando a ganância de controlar Tiago e o Machado Nefilim ser substituída por um lampejo de autopreservação. A sensação de que deveria retornar e pedir o auxílio das peeiras a incomodava de leve.

Mas o senso de segurança desapareceu quando ela ouviu, ao longe, um rosnado feroz e um gemido. Movendo-se com agilidade pelo aposento, ela abriu a porta e saiu para o corredor iluminado. De frente a grades baixas que delimitavam a estreita passarela que conectava todos os ambientes do segundo andar, Mirela apoiou as mãos sobre o corrimão e debruçou o corpo apenas o suficiente para enxergar o que havia embaixo. Fitando o hall e as escadas que conectavam os dois pisos, percebeu não haver indícios de algo estar acontecendo naquela parte da casa. Ainda mais porque, mais uma vez, o rosnado feroz e o gemido chegaram aos seus ouvidos, vindo de algum aposento próximo de onde estava.

Apurando os ouvidos, Mirela caminhou com passos firmes na direção de onde os sons repetidos a alcançavam. Ao longo do caminho, parava diante de algumas portas para ouvir se os ruídos vinham daqueles aposentos, mas logo seguia em frente. A cada passo, a cada porta fechada, ela se aproximava do local onde Tiago tentava matar Dimos.

Quando, apoiando os ouvidos em uma das portas, ela ouviu com clareza o grito feroz de Tiago, Mirela girou a maçaneta e entrou no aposento.

41

Perdido no looping mental criado por Camila, Tiago não sabia quanto tempo estava ali, transformando-se em lobisomem, pegando o Machado Nefilim do chão, atacando Dimos e retornando para o início do evento circular. Ele já tinha perdido as contas de quantas vezes matara o inimigo. Cansado, o peito visivelmente subia e descia conforme respirava. Suor molhava suas roupas.

– Você ainda não percebeu que esse ciclo somente terminará quando você aceitar a conexão que temos? – Dimos perguntou.

Tiago soltou um rosnado e, sem forças para se transformar, pegou o Machado Nefilim e o atacou. Quando se deu conta, Dimos falava de novo com ele:

– Ou você quer ficar eternamente neste jogo?

Tiago deixou escapar um grito feroz, pegou o Machado Nefilim aos seus pés e cravou a lâmina talhada com runas na clavícula esquerda de Dimos. O lobisomem soltou um gemido diferente das inúmeras vezes anteriores. Arregalando os olhos e transparecendo medo pela primeira vez desde o início do ciclo ininterrupto, ele exclamou:

– Ti... Tiago.

Dimos caiu de joelhos. Sangue escorria pela ferida, manchando suas roupas. Não resistindo, ele tombou de costas. Com olhos arregalados para o teto, a respiração ficava cada vez mais difícil. Uma poça vermelha se formava abaixo do corpo agonizante.

Tiago, aproximando-se de Dimos em seus últimos momentos, olhou-o bem nos olhos e falou:

– Eu consegui. – Havia um alívio cansado no tom de sua voz.

Uma claridade repentina tomou conta de tudo ao redor de Tiago. O corpo de Dimos foi envolvido pela forte luz, desaparecendo junto do escritório. O jovem não conseguia enxergar mais nada além da luminescência que o ofuscava. *O que está acontecendo comigo?*, ele se perguntou. *Será que isso é apenas o resultado de ter evitado a Sétima Lua? Ou tem algo mais acontecendo? Onde estou? Para onde estou sendo levado? Meu Deus, o que está havendo?*

Não enxergando mais nada do que a claridade ao redor, Tiago sentiu a pressão de fortes mãos sobre os ombros. Virando-se para olhar enquanto a luminescência desaparecia e tudo ganhava foco novamente, ele se surpreendeu com Dimos parado atrás dele, um pouco inclinado em sua direção. No rosto do lobisomem ancestral havia um enorme sorriso.

– Não pode ser! – Tiago exclamou, sem entender nada. – Eu matei você!

– Você acha que me matou – Dimos respondeu, calmo. – Olhe novamente.

A claridade em torno de Tiago desapareceu por completo, fazendo-o retornar à realidade do que realmente acontecera no escritório. Virando-se para o corpo estendido no chão, o Machado Nefilim cravado na clavícula esquerda, de onde muito sangue escorria, ele arregalou os olhos, assustado. Mirela estava caída à sua frente, sangrando. Estendendo um dos braços na direção dele e dirigindo-lhe um olhar suplicante, a peeira falou:

– Ti... Tiago.

Iludido pela magia de Camila, Tiago acertara Mirela com o Machado Nefilim. A jovem peeira sangrava a seus pés, cada respiração difícil a levando para mais perto da morte.

– Nãããããããooooo! – Tiago gritou e caiu de joelhos ao lado do corpo agonizante.

Tiago, em sua fúria para matar Dimos, fora o responsável pelo golpe que levaria Mirela direto ao encontro da Deusa.

42

Tiago pegou a mão estendida de Mirela e a colocou sobre as coxas. Olhando-a com desespero, ele se perguntava o que poderia fazer para salvá-la da morte. Como se lesse seus pensamentos, Camila, até o momento reclusa no canto da sala, mantendo a magia que aprisionara o jovem no looping mental, se aproximou dele pelas costas e pousou as delicadas mãos sobre os ombros do rapaz. Inclinando o corpo até quase encostar os lábios na orelha dele, disse:

– Eu posso salvá-la. – Tiago girou a cabeça e olhou para ela cheio de esperança. Afastando-se um pouco, ela encarou o jovem com tom de superioridade e continuou: – Tudo o que você precisa fazer é aceitar o convite de Dimos para se tornar membro de sua matilha.

Nunca! Foi o primeiro pensamento que invadiu a mente de Tiago, mas bastou desviar o olhar em direção à Mirela, à beira da morte, para reavaliar as possibilidades. Ela era importante para conduzir os ômegas e as outras peeiras na Sétima Lua. Se morresse, poderia estar condenando Versipélio também à morte. Porém, se sobrevivesse, às custas do sacrifício de Tiago em pertencer à matilha de Dimos, eles seriam inimigos e, mesmo assim, Versipélio poderia padecer perante suas mãos empunhando o Machado Nefilim.

Dimos fizera um excelente jogo com as peças do xadrez. Versipélio estava encurralado. Tiago era o jogador que deveria fazer o próximo movimento. Qual peça, porém, ele estava disposto a sacrificar para salvar o rei? Mirela ou ele mesmo? Os ponteiros do relógio passavam rápido. Se não tomasse uma decisão, o tempo decidiria por ele: Mirela seria levada para um encontro eterno com a Deusa.

Tiago não sabia o que fazer.

– Eu... – começou a responder, mas se deteve. Mirela, os olhos carregados de dor o encarando, balançou a cabeça de um lado a outro.

– Mate Dimos – Mirela juntou forças para dizer.

Debruçando-se sobre ela, Tiago falou:

– Não posso. Se eu arrancar o Machado Nefilim da ferida, você vai sangrar até a morte.

– Eu já estou sangrando até a morte – respondeu. Fechando as mãos ao redor das dele, ela fez os dedos de Tiago envolverem o cabo do Machado Nefilim.

Atrás deles, Dimos ficava impaciente. Ele estava tão perto de dar um grande golpe em Versipélio. Não controlando o ímpeto, o lobisomem se aproximou de Tiago e, com um tom de voz carregado de autoridade, lançou a pergunta decisiva:

– Então, o que vai ser, garoto?

– Eu... – Tiago mordeu o lábio inferior, pensativo. Olhando Mirela com tristeza, balançou de leve a cabeça em afirmação e continuou:
– Eu sinto muito, Mirela!

Um gemido escapou da peeira quando Tiago arrancou o Machado Nefilim de seu corpo. Sangue escorreu enquanto ela girava de lado, pressionando a ferida.

Com o Machado Nefilim manchado com o sangue de Mirela, Tiago soltou um grito de puro ódio e girou o corpo, a lâmina rasgando o ar em direção ao inimigo. Camila não teve tempo de usar magia para deter o ataque. Dimos, nos poucos segundos que lhe restaram, arregalou os olhos e tentou pular para trás, mas foi lento demais. O metal afiado cravou na lateral do abdômen, onde ficou preso.

Dimos tombou de costas no chão, incrédulo. Fitando o teto do escritório, ele não acreditava que Tiago lutava até o final contra a força que o prendia ao seu criador. Sangue escorria da ferida e manchava o piso, praticamente se misturando ao de Mirela.

Capítulo 42

Tensa, Camila se ajoelhou ao lado de Dimos. Mesmo com o lobisomem ferido pelo Machado Nefilim, ela poderia fazer alguma coisa para tentar salvá-lo. O tempo era escasso e, ali, nada poderia fazer. Ela precisava levá-lo para um dos sagrados templos sombrios e realizar o ritual mais difícil e poderoso que faria em toda a sua vida. Seria uma batalha de poder contra os anjos criadores da arma que sugava a vida de seu mestre.

Com um movimento rápido, Camila fez o portal envolvê-los, levando-os às pressas diretamente para um dos templos.

Tiago viu Camila desaparecer com Dimos, carregando o Machado Nefilim cravado no abdômen do lobisomem ancestral. Naquelas circunstâncias, ele pouco se importava que o inimigo estivesse com a poderosa arma. Logo ele estaria morto. O que mais lhe preocupava no momento era Mirela.

O ômega correu ao encontro dela e caiu de joelhos ao seu lado, ignorando o sangue manchando suas roupas. Virando o corpo de Mirela, ele pressionou as mãos sobre as dela contra a ferida, tentando estancar o sangramento. De imediato, sentiu como ela estava gelada. Desviando o olhar para o rosto da peeira, percebeu o quanto ficara pálida. As pálpebras tremiam enquanto lutava para se manter consciente, esperançosa por uma ajuda que talvez nunca chegasse.

– Mirela, não morra! Eu preciso de você!

A respiração de Mirela estava fraca. O peito já não subia e descia com a mesma intensidade de antes. A vitalidade rapidamente desaparecia da peeira.

Desesperado, Tiago gritou:

– Mirelaaaaaaaa!

43

O desespero que corroía a alma de Tiago e do lobo dentro dele, mesmo ainda mantendo uma fraca conexão com Dimos, era tão intenso que a brisa repentina que surgiu na sala, balançando os cabelos desgrenhados e a barba do jovem, não lhe incomodou. Nem mesmo quando passos urgentes ecoaram ao redor, ou quando rostos preocupados entraram em seu campo de visão com as peeiras caindo de joelhos e se debruçando sobre Mirela, ou quando dóceis braços tentaram afastá-lo do corpo agonizante para poderem trabalhar, ele se entregou. Tiago não queria deixar Mirela sozinha, mesmo que incapaz de fazer alguma coisa.

– Afaste-se para podermos cuidar dela! – Conwenna, tentando puxar Tiago para longe de Mirela, falou em seu ouvido.

Reconhecendo que não poderia fazer nada por Mirela no momento, Tiago se deixou levar. De pé próximo do corpo, ele andava de um lado para o outro no escritório enquanto as peeiras tentavam estancar o sangramento. Virando-se para ele, Accalia perguntou:

– O que aconteceu aqui? – Seu tom de voz era urgente.

– É culpa minha – Tiago respondeu. – Eu fui iludido. Eu achei que estivesse atacando Dimos com o Machado Nefilim quando, cego, desci a lâmina contra Mirela.

Accalia apenas acenou com a cabeça que compreendia e voltou a atenção para Mirela. Fechando os olhos, tentou sentir a vida dentro da peeira. Ela estava fraca, mas a vitalidade ainda não a havia abandonado por completo. Havia uma mínima esperança de poderem salvá-la. A energia desprendida para isso seria imensa. A presença de todas seria fundamental para conseguir adiar o encontro de Mirela com a Deusa.

Espalmando as mãos sobre a ferida, Daciana falou:

– *Vita, mortis, vulneratio sanare.*

O peito de Mirela aqueceu conforme as mãos de Daciana começaram a brilhar. O sangue parou de escorrer. A ferida, no entanto, relutava em fechar. A magia das runas no Machado eram para matar lobisomens ancestrais. Não seria qualquer poder mágico que curaria suas vítimas. Se a salvassem, talvez a peeira nunca mais fosse a mesma.

Colocando as mãos sobre as de Daciana, Ainar tentou potencializar a magia da peeira:

– *Acceleratio curatis.*

A ferida começou a fechar. Conforme os músculos e a pele se uniam, uma cicatriz alongada se formava no peito e no ombro de Mirela. Suas pálpebras tremeram com mais intensidade, a vitalidade aos poucos retornando ao corpo. Dos lábios frios e descoloridos, escapavam fracos gemidos.

Apesar dos esforços, a força das magias sugando as energias das peeiras, o resultado esperado não se concretizava. Mirela não recobrava a consciência, por mais que a ferida estivesse quase fechada. A arma criada pelos Nefilins era mais forte do que elas. Talvez nem mesmo a Sacerdotisa fosse capaz de restaurar a saúde e vitalidade de Mirela.

Diante da realidade, Accalia lançou um olhar desolado para as peeiras e balançou a cabeça de um lado a outro. Elas reconheceram, naquele momento, que eram incapazes de salvá-la. Tiago, percebendo que elas deixavam o destino tomar conta do futuro de Mirela, falou:

– O que está acontecendo? – Seu tom de voz trazia preocupação. – Por que ela não acorda?

Conwenna estava prestes a revelar a triste verdade ao jovem quando uma enorme força adentrou a sala. No mesmo momento, o corpo de Tiago estremeceu, como se tocado por algo muito

Capítulo 43

gelado. As peeiras, reunidas ao lado de Mirela, reagiram àquela intensa energia, elevando as cabeças contra a vontade, como se controladas por fios invisíveis de um plano superior. Seus olhos imediatamente ficaram brancos. Palavras em língua antiga escapavam por suas bocas:

— *Vita, mortis, maledictum sanare.* — Sobre o característico timbre das quatro mulheres, uma quinta voz se sobressaía: Tala.

A peeira morta estava ali, em espírito, fortalecendo a magia. A energia agraciada pela Deusa era tão forte que até Tiago, mantendo-se um pouco distante, sentiu a vibração de paz e harmonia acalentando seu íntimo.

Mirela soltou um grito agudo quando seu corpo todo começou a queimar e se sentou com um salto. Ofegante, ela olhou ao redor. As peeiras, voltando a si quando Tala retornou ao plano espiritual de onde veio apenas para fortalecer a magia das colegas, olhavam-na com intensidade.

— Mirela, você está bem?

— Como... — Mirela tentou formar um único pensamento coerente em meio ao turbilhão que se passava em sua mente. — Como vocês chegaram aqui?

— Nós seguimos o rastro do seu portal — Ainar respondeu.

— Ainda bem que fizemos isso — Conwenna completou. — Caso contrário, agora você estaria dançando com a Deusa.

— Mas a sua missão ainda não acabou! — Daciana finalizou. — A própria Deusa sabe disso e mandou Tala para nos ajudar a salvar você.

Tiago, tendo percebido que Mirela recobrara a consciência, empurrou as peeiras de lado pelos ombros e deixou transparecer toda a sua preocupação:

— Mirela! Você voltou! Achei que... — ele deixou as palavras morrerem no ar. Mudando de assunto, continuou: — Como você está?

A peeira desviou o olhar para a cicatriz. Apoiando a mão direita sobre a ferida, girou o braço esquerdo algumas vezes. Caretas de dor quebraram as belas feições de seu rosto enquanto o fazia. Por fim, olhou para Tiago e respondeu:

— Nunca mais serei a mesma. Mas, depois do que aconteceu, fico feliz em estar viva.

As palavras de Mirela intensificaram a culpa que corroía o âmago de Tiago. Lançando a ela um olhar de desalento, começou a dizer:

– Mirela, eu sinto muito. Eu...

– Não precisa se desculpar – ela o interrompeu, um pouco mais ríspida do que o normal. – Você achou que estava atacando Dimos. – Olhando para todos os lados, perguntou: – Falando em Dimos, onde ele está?

Tiago ainda se sentia culpado, mas o olhar de Mirela, bem como suas palavras, deixavam-no um pouco menos desconfortável.

– Eu o ataquei com o Machado Nefilim.

– Mas não o matou? – Mirela foi incisiva.

Tiago abaixou a cabeça, decepcionado por ter falhado.

– Não tive a oportunidade. A peeira se transportou para longe com ele. O Machado Nefilim foi junto.

Mirela bateu com o punho esquerdo no chão. Uma forte dor no ombro a fez cambalear e levar inconscientemente a mão direita à ferida.

– Calma, Mirela – Daciana pediu. – Você ainda não está pronta para se levantar.

– Nós ainda não terminamos de curar você – Accalia complementou. Estendendo a palma da mão sobre o braço dela, sussurrou: – *Sanguinis infusio*.

Mirela sentiu como se um líquido frio entrasse pelo braço e percorresse seu corpo. Fechando os olhos, ela sentia a vitalidade retornando. O rosto voltou a corar. A dor no ombro diminuiu. Porém, sem enxergar nada, a peeira não percebeu que eram as colegas que ficavam pálidas, como se doassem o próprio sangue e as energias para ela.

Quando abriu os olhos, revitalizada, Mirela se colocou de pé. As peeiras a acompanharam. Fracas, cambalearam um pouco, lutando contra a vertigem. Apoiando-se umas nas outras para não tombarem enquanto tudo retornava ao foco, as palavras de Mirela chegaram aos seus ouvidos:

– Ainar, Accalia, Daciana, Conwenna, sou muito grata pelo que fizeram por mim. – O olhar estreito fitava as peeiras de forma estranha, deixando-as em dúvida quanto ao que se passava no íntimo da mulher. Havia ali um tom de "mas" que as deixou preocupadas. Conwenna estava prestes a perguntar quando a revelação veio: –

Capítulo 43

Daciana tinha razão quando disse que minha missão ainda não terminou. MINHA missão, não a de vocês.

– Mas, Mirela... – Accalia tentou retrucar. Elas estavam juntas na batalha contra Dimos. A Sétima Lua se aproximava. Não era o momento de heroísmos, mas nunca conseguiu terminar a frase. Antes que o fizesse, Mirela abriu um portal com um gesto simples de mãos e as mandou de volta para a fortificação.

Quando Mirela fechou o portal, ignorando os protestos das peeiras que desapareceram junto da passagem mágica, Tiago se aproximou dela e perguntou:

– O que você fez?

Virando-se para ele, Mirela justificou seus atos:

– Essa é minha missão. Ninguém mais deve morrer! O que fiz foi para salvar a vida delas.

– Mas... – Tiago, não a reconhecendo depois que ela voltara do estado de quase morte, tentou retrucar, mas bastou um olhar de Mirela para o lobo dentro dele se encolher de medo diante de tanto poder. Rendendo-se, ele gesticulou de forma displicente e perguntou:

– Está bem. O que vamos fazer agora?

– Quebrar o vínculo que existe entre você e Dimos.

Antes que Tiago pudesse dizer qualquer coisa, Mirela abriu um novo portal que engoliu os dois, levando-os para um local desconhecido ao jovem, mas poderoso o suficiente para quebrar um vínculo entre um lobisomem ancestral e sua cria.

Se a cria sobrevivesse ao que estava por vir.

44

— Maldita Mirela! – Conwenna gritou quando os pés tocaram o solo no pátio da fortificação. As piras com os restos mortais dos ômegas e de Tala ainda queimavam. Os lobisomens ao redor não haviam percebido que elas deixaram o local até surgirem de forma repentina no meio deles.

Preocupado com a reação de Conwenna, um deles perguntou:

– O que houve? Podemos fazer alguma coisa?

Ainar sorriu ao saber que os ômegas, apesar do golpe que sofreram, estavam ao lado das peeiras e de Versipélio. O que ocorrera entre elas e Mirela, no entanto, não deveria ser motivo para se preocuparem. Usando de toda a graciosidade que sua posição lhe competia, respondeu:

– Não foi nada. Pode deixar que tomamos conta da situação.

Não havia, porém, muito o que fazer para contornar a situação. Mirela, depois de mandar as peeiras de volta à fortificação, adotou medidas para que seu rastro não fosse seguido. Por mais que tentassem retornar ao local onde Dimos estivera arquitetando seus planos para a Sétima Lua e tentassem impedi-la de tomar qualquer atitude impensada, o portal não abria. Era como se

Mirela tivesse colocado um selo de proteção que a manteria segura para realizar seus planos com Tiago, fossem eles quais fossem.

Sem alternativas, restava às peeiras apenas uma coisa a fazer: levar os ômegas para a Thuata Olcán.

45

O sagrado templo sombrio ficava em um local de difícil acesso, no cume de uma enorme montanha.
As nuvens ao redor eram sempre negras, o que fazia com que as esculturas dos Deuses entalhados nas pedras tivessem feições mais malignas e ferozes do que suas ações – ora contadas pelas lendas de um povo há muito tempo extinto – um dia foram, apesar de os rituais ali realizados estarem sempre voltados para o desejo de fazer o mal ao outro. Sendo de difícil acesso e carregado de densa energia maligna, o local passou a ser frequentado apenas por bruxas que flertavam com o lado negro da magia ou realizavam rituais obscuros.

E o que Camila precisava naquele momento para salvar Dimos não era apenas flertar com o lado negro da magia, mas mergulhar fundo nela.

Colocando o inconsciente Dimos sobre o altar de pedra com inúmeros sulcos manchados de sangue seco, conectados um ao outro por linhas em baixo relevo, onde os ancestrais realizaram sacrifícios humanos para que seus desejos obscuros fossem atendidos, Camila voltou a atenção para as runas talhadas no Machado Nefilim cravado no lobisomem. Passando o dedo por elas com particular interesse, a peeira fechou os olhos e deixou a mente fluir para outros universos, tentando compreender o que estava escrito. Se fosse a fundo na magia que envolvia aquela poderosa arma, poderia convocar os Deuses do submundo capazes de reverter os danos causados por ela.

De olhos fechados, ela iniciou suas orações:

– Angus, oh grande Angus, mais do que nunca eu preciso de sua ajuda. Seu filho está à beira da morte. Dimos é o único filho seu que ainda carrega os ensinamentos ancestrais. Se ele morrer, tudo o que você passou, todos os ensinamentos que deixou, terão sido em vão. Angus, oh grande Angus, pela continuidade dos lobisomens, atenda ao meu chamado. Salve seu filho!

Camila sentiu uma enorme pressão em torno de si. O ar ficou gélido. Respirar ficou mais difícil. Era como se ela tivesse viajado para os confins do Universo, onde o ar rarefeito não supria as necessidades do corpo humano. Por mais que abrisse a boca, as tentativas ruidosas de sorver o oxigênio ecoando nas paredes internas do templo no alto da montanha, a peeira começou a ficar tonta. Enfraquecida, ela caiu de joelhos, uma das mãos sobre o altar onde o corpo de Dimos lutava pela vida.

– Angus... – ela tentou manter suas orações, mas a falta de ar a impedia de falar.

Camila tentava se manter consciente, sustentando-se ajoelhada. A falta de ar era tanta que, depois de muito resistir, ela caiu de costas no chão. Levando as mãos à garganta, rosnados estranhos escapavam de sua boca enquanto se debatia. Sem oxigênio para manter a máquina corpórea funcionando, a peeira começou a alucinar. Repentinamente, ela e o altar onde Dimos se mantinha imóvel flutuavam em meio a estrelas e planetas, levados para lugares longínquos por suas próprias orações. Para onde estava indo e quem encontraria no fim da jornada, se conseguisse chegar até lá, era impossível afirmar.

Camila iniciara uma oração e convocara um poder que não era capaz de controlar.

Ela estava à mercê dos Deuses ancestrais.

Sua vida e a de Dimos, agora, estavam nas mãos deles.

E na de Angus.

46

— An... – ela tentou sussurrar pelo nome do ancestral, pedindo socorro, mas não conseguiu expressar mais do que a primeira sílaba.

Contudo, como se atendesse ao chamado, a imagem de Angus, o grande lobo ancestral, formou-se entre as estrelas. Sua voz poderosa sobrepujou os ruídos sofridos da peeira, tentando respirar, e se perdeu pelo Universo ao redor:

— O que você busca, o que você quer, mera mortal, está muito além de sua capacidade, mas não da minha. Eu vou atender ao seu desejo. Vou salvar meu filho.

Camila, apesar do sofrimento e dos lábios ficando roxos, lançou um olhar de gratidão à imagem do grande Angus. Porém, o ancestral ainda não havia acabado de transmitir a mensagem:

— Mas tem um preço: a sua vida. Eu poderia tirá-la agora, mas deixaria meu filho desamparado. Ele precisa de você para manter meus preceitos vivos entre os humanos até a Sétima Lua. Portanto, peeira, o tempo de sua vida está atrelada ao tempo que Versipélio ainda tem. Quando o Machado Nefilim ceifar a vida dele, a sua também acabará.

Camila arregalou os olhos. Quando decidiu se juntar a Dimos, na longínqua cachoeira do litoral paulista, ela esperava governar os lobos ao lado dele. Mas agora, para salvá-lo, acabara de entregar sua vida a Angus. Desesperada, ela queria voltar atrás e desfazer a oração e a magia que havia feito para convocar o grande lobisomem ancestral.

Percebendo o arrependimento dela, Angus soltou uma risada sinistra pelo Universo e continuou:

– O que está feito, está feito. Aproveite o tempo que lhe resta, peeira! – E desapareceu, sua forma se dissipando no Universo, ficando no lugar apenas as estrelas que formaram a imagem do lobisomem ancestral por um breve momento.

Caída ao lado do altar, Camila inspirou ruidosamente, o som ecoando pela caverna. Os lábios lentamente retornavam ao tom vermelho habitual. A visão, aos poucos, se acostumava com a escuridão ao redor enquanto o corpo se aquecia. À frente, havia um homem de pé, inclinado na direção dela, estendendo-lhe uma das mãos para ajudá-la a se levantar, ao mesmo tempo que a outra segurava o Machado Nefilim, a lâmina ensanguentada encostada contra o piso de pedra.

– Camila... – Dimos começou a dizer, mas se conteve quando ela virou o rosto de lado, o ignorando.

Por causa de Dimos, por ter acreditado na promessa vazia dele, o nome de Camila fora escrito com sangue na profecia.

Quando a Sétima Lua chegasse, quando Versipélio morresse, quando Dimos assumisse o controle de todos os lobisomens, ela morreria.

Camila tinha apenas 24 horas de vida.

47

Tiago já viajara algumas vezes por portais criados por peeiras, mas aquela estava sendo a pior e a mais longa delas. Seu corpo rodopiava, como se tivesse sido engolido por um furacão. Ele não sabia mais o que estava acima ou abaixo dele. A sensação de tontura era muito forte e a ânsia revirava o estômago, fazendo subir aquele gosto ruim de quem estava prestes a vomitar. Se ele não estivesse girando sobre si mesmo, teria colocado o suco gástrico corroendo suas entranhas para fora em um jato amarelado e fétido.

Em meio a inúmeros rodopios, sem saber para onde estava sendo levado, a presença de Mirela se tornava cada vez mais distante. Tentando se controlar e manter o foco em si mesmo, ele fechou os olhos e respirou fundo. Tiago esperava que a vertigem melhorasse, porém a ânsia se tornava mais intensa enquanto o Universo girava em alta velocidade ao seu redor.

Quando finalmente sentiu os joelhos tocando um solo arenoso, os pedriscos misturados à terra deixando marcas profundas na pele e lhe causando dor, Tiago tentou abrir os olhos. Com a mente ainda girando, não conseguia identificar o céu estrelado e a terra sob ele com clareza. Virando o corpo de lado, vomitou.

Tiago sentou-se sobre os calcanhares, limpou a boca com o dorso de uma das mãos e tentou se localizar em meio à escuridão que o cercava. Conseguia sentir a terra aquecida sob ele e a brisa úmida e gelada causando calafrios ao tocar o corpo suado. Era como se estivesse em uma clareira circular de terra batida, cercado por altas árvores. Entre ele e a floresta, havia cinco totens de pedra, cada um marcado com um símbolo na face interna. Um deles, o maior de todos, estava bem diante dos olhos do jovem. Os outros quatro, distribuídos ao seu redor, perfeitamente posicionados de acordo com a rosa dos ventos, apontavam para Norte, Sul, Leste e Oeste.

Sentindo o poder daquele lugar mágico, o corpo de Tiago vibrava, como se estivesse posicionado no centro de um altar preparado exclusivamente para ele. Conhecendo um pouco sobre esse mundo, onde as pessoas colocadas nas posições que ocupava naquele momento eram sacrificadas, um forte tremor passou por ele. *Será que Mirela pretende me matar?* A dúvida era forte demais para ser ignorada. Sua vontade era de sair correndo dali para salvar a própria vida. O lobo dentro dele, conectado a Dimos, era o mais agitado, temendo o que estava por vir.

Porém, antes que Tiago pudesse fazer algo por sua própria vontade ou impelido pelo medo lupino dentro dele, batidas ritmadas e lentas de tambores chegaram aos seus ouvidos de algum lugar distante, sobressaindo ao farfalhar das folhas. Sobre o estranho som, ele ouvia, às vezes, uma poderosa voz entoando um cântico curto, como os indígenas costumavam fazer em rituais de purificação.

Ritual de purificação. O pensamento invadiu Tiago. *Era isso! Só podia ser! Mirela havia dito que iria quebrar o vínculo entre mim e Dimos. Talvez seja isso que esteja acontecendo comigo. Talvez o ritual de purificação seja o único caminho para me libertar da ligação com meu criador.* Fechando os olhos, deixou-se levar pelo som cada vez mais harmônico. Ele não sentia mais a presença de Mirela, mas pouco se importava. Ele estava em paz. Seu corpo, levado pelas poderosas batidas dos tambores, começou a balançar de um lado a outro contra a vontade. Por mais que tentasse manter o controle e os pensamentos coerentes, aquele ritual parecia sugar a capacidade de raciocinar. Tudo o que restou na mente foi um longo e completo vazio, como se viajasse pelo complexo espaço de seu eu, chamado natureza cósmica.

Capítulo 47

Em meio ao cântico o conduzindo nessa louca viagem para as profundezas de seu ser, uma única imagem se formou na mente de Tiago:

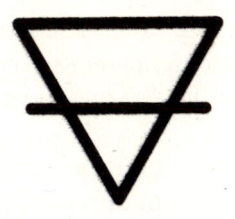

Por mais que tentasse, aquela imagem não saía da mente. Porém, não ficava estática. Ela parecia reduzir de tamanho até ficar minúscula e, para surpresa de Tiago, estar marcada na testa de uma mulher idosa, com longos cabelos cinzas desgrenhados caindo pelas laterais do rosto sujo. Trapos marrons cobriam o corpo encurvado da bruxa que se aproximava dele a passos lentos. Era ela quem entoava o cântico, os dentes apodrecidos à mostra pelos poucos segundos que abria a boca. No meio dos dedos com unhas compridas e sujas, pendia uma corrente atada a um pentáculo, a representação ritualística do elemento terra.

Ela era, naquele momento, a representação desse elemento, a base de todos os outros e do corpo, e estava ali, convocada por Mirela, para conferir estabilidade e solidez a Tiago, fortalecendo-o contra o demônio lupino conectado a Dimos. Com a força da terra, o rapaz seria conduzido a quebrar uma parte do vínculo com seu criador.

Aproximando-se de Tiago, a idosa estendeu os braços à frente, deixando o pentáculo bem diante dos olhos do jovem. Abrindo as mãos para revelar um pó negro e fedido, ela o assoprou no rosto dele, fazendo as partículas entrarem pelas narinas e pela boca. Enquanto o jovem inalava e engolia a poeira mágica, o xamã desapareceu, deixando-o novamente sozinho para a viagem astral que se seguiria.

Tentando se controlar do mal-estar causado pelas partículas, Tiago sentiu como se estranhos vermes rastejassem por debaixo da pele. Agindo por instinto, ele passava as unhas sobre os sulcos avermelhados que as larvas deixavam ao ascenderem pelo corpo enquanto rangia os dentes. Parecia que aqueles seres comiam sua carne, causando-lhe uma dor imensa.

— Mirela!!! — ele gritou para a noite, desesperado por ajuda, ao mesmo tempo que arrancava a camiseta e a jogava longe.

Controle-se, Tiago. Ele ouviu Mirela se comunicando com ele através do pensamento. *Se você está passando por isso, se está te incomodando, é porque você precisa se livrar destas marcas que o consomem. Deixe os vermes limparem seu corpo e sua alma. Quando terminarem, você estará um passo mais próximo de quebrar o vínculo com Dimos.*

Tiago voltou a ranger os dentes, mas deixou os braços caírem ao lado do corpo, confiando em Mirela e liberando os vermes para comerem aquilo que estava podre dentro dele. O sofrimento era intenso, mas ele iria resistir. Não queria o vínculo com Dimos, não queria fazer parte das atrocidades do lobisomem ancestral e, se passar por aquilo o deixaria livre de tal influência, estava disposto a encarar o sofrimento de cabeça erguida.

Por debaixo da pele, os vermes subiram por pernas, braços, barriga, peito e chegaram ao rosto, praticamente desconfigurando-o. Naquele momento, Tiago estava irreconhecível de tão inchado. Inclinando o corpo para a frente contra a vontade, o jovem apoiou as mãos no chão e deixou as larvas, gordas depois de tanto se alimentar, irromperem por suas narinas, orelhas e boca voltadas para o chão de terra. Um pouco de sangue escorria enquanto os seres deixavam o corpo.

Erguendo-se quando o último dos vermes escorregou para fora de uma das narinas, devolvendo-lhe as feições normais depois de estar irreconhecível pelo inchaço, Tiago soltou um grito de agonia para o ar. O coração batia forte, como se fosse pular do peito. Marcas vermelhas, por onde os vermes passaram, eram evidentes por todo o corpo. Apesar do sofrimento, ele havia resistido ao elemental da terra. O vínculo com Dimos enfraquecia. Ele sentia a fera interior um pouco mais sob seu controle.

Quando terminasse, ele teria total controle sobre o lobo.

Mas ainda não havia acabado.

Ainda precisava encarar os elementais do fogo, da água e do ar.

48

Apesar de liberadas, as larvas continuaram rastejando ao redor de Tiago, resistentes a quebrarem o vínculo com o garoto. Mas bastou mais um símbolo aparecer contra a vontade na mente dele para os vermes se consumirem em chamas:

△

De olhos fechados, preso em seu próprio mundo, Tiago ouviu os guinchos agudos das larvas explodindo. Um dos vermes, ainda em chamas, rastejava para longe, levando uma minúscula partícula do vínculo com o lobisomem ancestral. Mas não conseguiu abrir uma trilha muito longa. Tão logo se afastou alguns centímetros do jovem, uma sandália criada com madeira das árvores ao redor, atada ao pé por tiras feitas com folhas secas, pisou sobre o fugitivo. O estalo foi alto.

À frente de Tiago ainda sentado sobre os calcanhares, havia outra idosa, muito parecida com a primeira. Esse xamã, no entanto, carregava nas mãos um athame de cabo preto com o símbolo da triluna atada à lâmina de osso talhada com runas antigas. Com movimentos rápidos, ela abriu cortes superficiais na pele do jovem enquanto dizia:

– Minus, desagregue, fermente, decomponha e dissipe o vínculo com Dimos. – Tiago mordeu os lábios quando sentiu a lâmina fazendo o sangue escorrer dos cortes superficiais.

Ignorando os gemidos de dor que escapavam do jovem, ela abriu novas feridas em pontos energéticos do corpo e continuou:

– Pólo, construtivo, doador de vida, nutriente e preservador, devolva o controle do poder lupino ao jovem.

Pelo vão entre as pálpebras cerradas, Tiago percebeu que não estava mais mergulhado nas mesmas trevas que estivera na presença do elemental terra. Diante do xamã representando o fogo, parecia que uma fogueira ardia em algum lugar atrás da idosa, como se estivesse prestes a consumi-la. O corpo do rapaz queimava por dentro. Suor lhe escorria pelos poros e se misturava ao sangue das feridas. O lobo dentro dele se debatia, tentando se livrar da alta temperatura que rompia os laços com Dimos. O remorso e o arrependimento pelas maldades que fez em nome dessa conexão queimavam.

Com as pálpebras tremendo ao mantê-las unidas, Tiago pedia por algo que lhe desse conforto e acabasse com o sofrimento de um corpo que logo irromperia em chamas. Como se suas preces tivessem sido ouvidas, mais um símbolo surgiu à mente do rapaz no ritual de purificação:

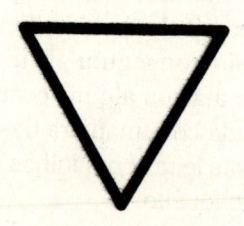

▽

Gotículas frias começaram a cair sobre ele, misturando-se ao sangue e levando o líquido vermelho para a terra sob seus joelhos e pernas. A temperatura diminuía enquanto a intensidade da chuva aumentava, tornando-se uma tempestade. Apesar do medo que o agitado lobo dentro dele tivesse da água, Tiago se sentia confortável.

Capítulo 48

Era como se a chuva limpasse as maldades que fizera em nome daquela conexão, a qual colocou a vida de Mirela em risco.

Como se invocada por ele, mais um xamã, parecido com os anteriores, surgiu diante de Tiago. A idosa, desta vez, carregava nas mãos uma taça preenchida com a água da chuva. Mergulhando as unhas compridas dentro do artefato antes de fazer gestos no ar, jogando as gotas sagradas no jovem, ela falou:

– Pólo, nutriente, construtivo, doador de vida e preservador, conceda ao garoto o dom de dominar a fera interior.

Tiago sentiu cada uma das gotas sagradas batendo em seu corpo, como se a chuva ao redor não existisse. Um sorriso se abriu de tão acalentador que era receber aquela benção do xamã. O lobo dentro dele não exercia quase mais nenhuma pressão para dominar seus instintos humanos. Era ele quem, de uma vez por todas, domava a fera a ponto de poder usar esse poder da forma como considerasse melhor.

Como se viesse lhe agraciar, uma leve brisa bateu, refrescando-o ainda mais. Em outras ocasiões, um tremor de frio passaria por seu corpo, movimentando todos os músculos. Mas agora, diante da paz que crescia em seu espírito, ele se sentia bem e fortalecido para enfrentar os perigos da Sétima Lua.

Quando o vento ganhou força, mais um xamã apareceu diante dele sem que o elemental da água tivesse se retirado. A idosa carregava uma adaga pintada em amarelo com runas talhadas em tons de violeta. Na testa, estava marcado o símbolo do quarto e último elemento:

Inclinando o corpo idoso na direção do jovem em êxtase, ela passou a lâmina de raspão na pele dele, sem abrir qualquer ferida. Conforme o fazia, sob os ventos cada vez mais fortes a balançar a barba e os longos cabelos molhados do jovem com a cabeça erguida, como se admirasse o céu, apesar de estar com os olhos fechados, os sulcos causados pelas larvas e as feridas abertas pelo elemental do fogo desapareciam, restaurando o corpo e cortando em definitivo os laços com Dimos.

Terminando de passar a adaga pelo braço de Tiago, o xamã desapareceu, levando consigo o elemental da água. A chuva refrescante parou de cair. Os ventos não balançavam mais as árvores, os cabelos e a barba do jovem. Parecia que ele havia sido deixado sozinho para terminar a viagem pelos quatro elementos que agora estavam dentro dele, percorrendo cada célula, fortalecendo-o.

Mas Tiago não fora deixado sozinho. Ainda sentado sobre os calcanhares, de olhos fechados e a cabeça erguida em direção ao céu estrelado, ele sentiu a presença poderosa de mais um ser. Havia um quinto elemento que viera em seu auxílio, fechando o pentagrama do ritual de purificação como o ser mais forte e perfeito: o espírito.

A figura que representava o elemental do espírito era muito diferente das anteriores. O corpo era esbelto, jovem, de cabelos negros longos e mechas brancas caindo pelo rosto. Inclinando-se na direção dele enquanto lhe estendia a mão, falou:

— Você está pronto para a Sétima Lua, Tiago. — Apesar de reconhecer aquele tom de voz de outras aventuras, havia algo diferente. Estava mais calmo, controlado. Era como se, desde o dia que a conhecera, aquela mulher reconhecesse todo o seu potencial. Ela não mais o desprezava ou o tratava com rispidez, muito menos desejava a sua morte. Pela primeira vez, ela o acolhia de verdade.

Sentindo o calor dos primeiros raios de sol da última manhã antes da Sétima Lua, Tiago abriu os olhos e levantou a cabeça na direção dela. Contemplando o dócil olhar daquela mulher, decidiu:

— Vamos acabar com esta guerra, Mirela.

49

Além da atmosfera terrestre, planetas seguiam os cursos elípticos em torno do sol. Pela segunda vez no mesmo mês, a lua era vista em sua totalidade pelas minúsculas pessoas na Terra, fato conhecido como *Lua Azul*. Movimentando-se ao redor do planeta, a órbita lunar atingia o perigeu. Estando o mais próximo possível do Planeta Azul, a impressão era de que, ao olho humano, o satélite natural era muito maior do que o convencional, motivo pelo qual era chamada de Superlua. Ocorria, ainda, nesta noite específica, mais um fato astronômico de suma importância. Estando em perfeito alinhamento com a Terra e o sol, a Superlua tornava-se vermelha, dando a impressão de sangrar no céu.

Para a maioria das pessoas, a ocorrência do raro fenômeno da Superlua Azul de Sangue apenas fortalecia as crenças de que as bruxas estariam à solta. Afinal, era Halloween. Mal elas sabiam que, fugindo das lendas urbanas, as bruxas realmente tomariam conta daquela noite, mas de uma maneira muito diferente do que pensavam.

Mal elas sabiam que, naquela noite, as bruxas lutariam contra forças das trevas que, de acordo com a antiga profecia, tentariam tomar o controle da Terra.

Mal elas sabiam que a conjunção dos três eventos lunares acontecia pela sétima vez em toda a história.

O momento profetizado chegava ao seu apogeu.
A Sétima Lua ganhava os céus.
A profecia tornava-se realidade.

50

A enorme lua, alta no céu, parecia muito mais rubra do que o normal quando vista pelas lentes vermelhas do homem prostrado diante da enorme janela. Ao longo de todo o dia que antecedeu esse raro fenômeno que inspirou a profecia celta, Versipélio não deixou a aconchegante sala da reitoria da Thuata Olcán. Por mais que o ambiente pudesse ser acolhedor, os dedos do lobisomem pressionavam com força excessiva a imagem do lobo na bengala.

    De sua posição privilegiada na cobertura do prédio, diante do extenso gramado, ele presenciou a chegada das peeiras e dos ômegas sobreviventes ao ataque ao forte, preparado para o evento que se aproximava com a crescente trajetória lunar pelo céu noturno, assim como o regresso de Mirela e de Tiago, sem o Machado Nefilim. Observou também os membros da Ordem das Rosas Negras lançando feitiços de proteção ao redor do complexo, preparando-o com urgência para a batalha profetizada entre os lobisomens ancestrais, uma vez que o forte tornara-se inviável após o ataque sofrido (por mais que considerasse ineficiente para evitar a invasão de Dimos, já que ele, junto de Camila, fora capaz de quebrar a magia protetiva da fortificação). Além disso, sua matilha traçava estratégias e se aprumava no ambiente para a batalha que se desenhava.

A atenção de Versipélio foi desviada quando, ao redor de um gramado vazio e até o momento silencioso, uivos ferozes começaram a chegar aos ouvidos do lobisomem ancestral. Confirmando suas suspeitas, a magia protetiva colocada pela Ordem não foi suficiente para manter Camila, Dimos e a matilha distantes da Thuata Olcán. O inimigo entrou no complexo e caminhou à frente de inúmeros lobisomens sedentos por sangue e poder.

A porta da sala se abriu no mesmo instante que Dimos, usando apenas calças e botas negras, interrompeu a marcha da matilha. Em suas mãos, estava o Machado Nefilim. Apontando a arma para o alto, gritou para a figura prostrada na janela:

– Versipélio! Veja a lua no céu! Chegou o momento de sua morte. Aceite o que o destino lhe reservou. Ninguém mais precisa morrer!

Pela porta aberta, entraram Roberta, Mirela e Tiago. Aproximando-se dele, a Sacerdotisa falou:

– Chegou o momento.

Versipélio, tendo substituído o elegante terno por calças e botas negras e um colete de couro com ombreiras, se virou na direção deles. Com um suspiro profundo, movimentou a cabeça por um curto momento, compreendendo que chegara a hora. Retirando os óculos vermelhos com lentidão excessiva, como se o perigo do lado de fora não o afetasse, ele os colocou sobre a mesa no momento que a voz do inimigo mais uma vez o alcançou pela janela:

– Não há como fugir da profecia, irmão. Apresente-se para o sacrifício ou veja seus amados lobisomens serem mortos, um a um, enquanto você se esconde na proteção da Ordem das Rosas Negras.

Roberta, pressentindo o blefe nas palavras de Dimos, falou:

– Não dê ouvidos. Ele está blefando.

– Não, não está. – Versipélio deixou os óculos sobre a mesa e se virou para ela. – Se tivéssemos o Machado Nefilim, eu não confiaria nas palavras de Dimos. Mas, na atual situação, creio que eu não tenha escolha.

Tiago não teve a oportunidade de conhecer Versipélio muito mais do que algumas horas na noite que fora transformado, mas não acreditava que o lobisomem ancestral estivesse sucumbindo às vãs ameaças de Dimos. Sentindo uma enorme determinação crescendo em seu âmago depois do ritual de purificação, ele estava pronto para

Capítulo 50

a batalha. As roupas que usava, uma calça cáqui, botas negras, blusa cinza de manga longa por baixo de um colete de couro marrom e ombreiras de metal, indicavam que, pela primeira vez na vida, ele não estava de brincadeira. A longa barba negra e os cabelos presos em coque davam à sua expressão um ar de ferocidade. Na cintura, pendia um machado e uma faca de lâmina larga atados a um cinto de couro.

– Eu vou recuperar o Machado Nefilim para você. – Tiago deixou a determinação extravasar.

Mirela, dando um passo na direção de Versipélio, conteve o entusiasmo de Tiago e tomou a palavra:

– Você não precisa do Machado Nefilim. – Com o olhar fixo em Versipélio, estendeu o braço à frente e pediu: – Sua espada!

Versipélio colocou a bengala à frente do corpo e apertou mais uma vez a imagem do lobo, analisando as possibilidades: entregar-se ou confiar no que quer que Mirela estivesse planejando.

– O que vai ser, Versipélio? A Sétima Lua não irá durar para sempre! – o grito de Dimos o alcançou mais uma vez. – Vou contar até cinco para você sair. Quando o tempo acabar, não haverá como voltar atrás.

Depois de uma pausa em que Versipélio ainda considerava as possibilidades, Dimos gritou:

– Cinco!

Fitando-o com intensidade, o braço ainda estendido e um olhar sério, Mirela repetiu as palavras de Dimos:

– O que vai ser, Versipélio?

Versipélio mordeu os lábios, pensativo. A voz de Dimos atravessou a janela mais uma vez:

– Quatro!

Tomando uma decisão, Versipélio sacou a espada de lâmina fina da bainha que era a bengala e a entregou a Mirela.

– Três! – Dimos gritou do gramado. Ao lado dele, percebendo que o inimigo não respondia aos comandos do aliado, Camila começou a sussurrar palavras na língua antiga. Seus olhos ficaram negros. O vento começou a balançar seus cabelos loiros.

Com o tempo escasso, Mirela apoiou a espada sobre as mãos espalmadas e falou:

— O poder do Machado Nefilim não está em seus criadores, mas sim nas runas cravejadas na lâmina. Eu estudei cada uma delas durante a missão de recuperá-lo.

Dando um passo à frente, o semblante se enchendo de esperanças, Roberta perguntou:

— Você pode reproduzi-las?

Mirela balançou a cabeça em afirmação e começou a sussurrar em um dialeto que nem mesmo a Sacerdotisa conhecia. Seus olhos ficaram negros como a noite. Enquanto runas ancestrais queimavam o metal, a voz de Dimos se fez ouvir por cima dos sussurros da peeira:

— Dois! — O poder de Camila se tornou mais intenso.

Terminando de cravejar as runas na lâmina, os olhos de Mirela retornaram ao tom verde tradicional. Ao entregar a espada à Versipélio, falou:

— Acabe com ele.

Pela janela, entrou o último aviso de Dimos:

— Um! — O poder de Camila alcançava o auge. Bastavam mais algumas palavras para a magia ser lançada.

Versipélio desviou o olhar apenas por um segundo para a janela. Voltando a encarar Roberta e Mirela, ordenou:

— Se algo der errado, prometam que não vão deixar Dimos acabar com minha vida.

Roberta abriu a boca para protestar, mas foi Mirela quem, fitando Versipélio nos olhos, respondeu:

— Eu juro pela Deusa.

Pela janela, a voz de Dimos adentrou o ambiente pela última vez:

— Acabou seu tempo, Versipélio! Heitor...

A ordem de Dimos para atacar foi encoberta pelas calmas palavras de Mirela, a mente conectada às peeiras, aos ômegas e aos lobisomens da matilha de Versipélio:

— Atacar!

51

Durante toda a contagem regressiva, peeiras, ômegas e lobisomens, unidos, observavam, em silêncio, os inimigos. Ansiosos, eles apenas aguardavam a ordem para atacar. Quando Mirela liberou o ataque, as bruxas da Ordem das Rosas Negras, entre elas Rebeca, finalizaram a magia que os mantinha escondidos sob um manto etéreo de invisibilidade. De uma hora para a outra, Dimos, Camila e seus lobisomens se viram cercados. Pelo flanco esquerdo, Ainar comandava a investida. Pelo direito, Conwenna. Pela retaguarda, Accalia conduzia os ômegas. Com um estrondo, a porta do prédio principal se abriu e o restante das forças de Versipélio, com Daciana à frente, desceu a escadaria.

Começara a batalha profetizada para a Sétima Lua.

Pegos de surpresa, Camila teve de interromper o encanto que preparava. Experiente, ela rapidamente recitou novas palavras e atacou a peeira e os ômegas que desciam as escadas. Daciana, com um gesto simples, deteve o poder da bruxa, permitindo que os lobisomens ao seu lado alcançassem os inimigos. Pelos flancos e pela retaguarda, sem a proteção de alguém com poderes mágicos, Heitor teve de dividir as forças para deter o ataque. Os primeiros membros da matilha caíram sem vida assim que Lucca, seus seguidores e os ômegas os alcançaram.

    Quando os combatentes se encontraram, misturando-se na batalha feroz, sangue manchou o gramado. Corpos se acumularam. Lucca e Heitor eram lobisomens ferozes e, dotados de garras poderosas, eliminavam os oponentes com facilidade enquanto se aproximavam um do outro. Ao ficarem frente a frente, eles se ergueram sobre as patas traseiras. Os fortes braços peludos agarraram o corpanzil inimigo e começaram a se empurrar, medindo forças. Rosnados ferozes escapavam pelas bocarras. Estando praticamente colados, eles trocavam investidas com as bocas, os dentes passando a centímetros da jugular ou de qualquer outro membro do oponente.

    Apesar da experiência de Heitor, Lucca era mais forte. Com rápidos movimentos, ele conseguiu mudar a posição das patas dianteiras. Enfiando as garras nos ombros do lobisomem, o membro da Thuata Olcán desequilibrou o inimigo, jogando-o de lado. Um caminho se abriu no gramado quando o corpanzil se arrastou por alguns metros. Aproveitando-se da vantagem, Lucca investiu contra o inimigo caído, as garras prontas para um golpe certeiro.

    Mas Heitor era, além de experiente, traiçoeiro. Girando o corpo de lado no derradeiro momento, ele passou as garras pelas patas traseiras do inimigo. Sangue escorreu no gramado enquanto um urro de dor lhe escapava. Com as pernas tremendo, Lucca tentou cambalear para longe. Ele precisava de um tempo para se recuperar da ferida e retornar para o combate com força total.

    Um tempo que Heitor não daria. Levantando-se com um salto sobrenatural, típico de lobisomem, ele se jogou contra Lucca antes mesmo de ele conseguir se afastar mais do que dois passos. Os dois caíram no gramado em meio a diversos conflitos individuais da batalha sangrenta. Heitor ficou por cima do inimigo, impedindo-o de se levantar.

    Apesar de ferido e em desvantagem, Lucca não estava fora de combate. Desviando a cabeça de lado quando Heitor o atacou, o que fez as garras dele afundarem no gramado sem sequer tocá-lo, o lobisomem investiu contra a fera sentada em seu tórax, abrindo um rasgo no braço usado para defender o rosto. Um urro curto lhe escapou. Aquela ferida deixaria uma cicatriz, mas ele pouco se importava quando contra-atacou, desta vez sendo bem-sucedido em

Capítulo 51

arrancar a orelha de Lucca com mais um golpe contra o rosto do oponente.

Lucca e Heitor continuaram trocando golpes, alheios às pernas de outros combatentes passando por eles como se não existissem. Se os dois continuassem assim, trocando golpes certeiros, abrindo rasgos no corpo um do outro, iriam se matar.

Não muito distante de onde Heitor e Lucca lutavam, Daciana, Ainar, Conwenna e Accalia alteravam os ataques contra os inimigos, ora usando magia para estourar a cabeça de um lobisomem, ora usando espadas, facas ou machados que carregavam. Independentemente do que escolhessem para o ataque seguinte, elas deixavam um rastro de sangue e morte enquanto tentavam se aproximar de Camila.

Dimos utilizou o Machado Nefilim para atacar, com ferocidade, os lobisomens que se aproximavam dele. Sendo o único que não adotou a forma lupina, o peito desnudo logo estava coberto de sangue enquanto abria caminho pelos inimigos. Seu objetivo era subir a escadaria, ir para dentro do prédio da Thuata Olcán e concretizar a profecia com um ataque direto a Versipélio.

Camila, usando poderosa magia, tentava, a todo custo, manter-se perto dele. Talvez para protegê-lo, talvez para evitar que Versipélio fosse morto. Ela não sabia. Se o líder da Thuata Olcán encontrasse o trágico destino, Angus a levaria para o mundo espiritual. E ela não queria morrer. Porém, a profecia era bem clara: somente um dos dois sobreviveria à Sétima Lua. Se, ao fim, ela decidisse viver e se voltasse contra Dimos, a peeira estaria nas mãos da Sacerdotisa e, mesmo tendo garantido a vitória do atual inimigo, poderia encontrar a morte caso, depois do que fizera no forte, Roberta exigisse sua execução. Perdida em seus próprios temores, ela não percebia que não era mais tão poderosa como um dia fora.

Por mais que tentasse se manter ao lado de Dimos, era uma batalha e nem sempre as estratégias funcionavam como deveriam. Desviando de garras ferozes e atacando os lobisomens que investiam contra ela, Camila teve de se contentar com a visão do homem carregando o Machado Nefilim, cortando um ômega ao meio e subindo apressado as escadas, afastando-se cada vez mais dela. Com um grito de desespero, ela fez uma das mãos brilhar e a enfiou no peito de uma das feras. Um uivo sofrido escapou do inimigo enquanto o pulso da bruxa se enchia de sangue. Quando a retirou, ela segurava o coração dele. Sussurrando rápidas palavras, fez o órgão queimar em suas mãos no mesmo instante em que o corpo caía, sem vida.

Com o caminho livre, ela começou a correr em direção à escadaria. Porém não deu mais do que dois passos quando Daciana se colocou à frente dela, os olhos estreitos em expressão de pura fúria. Das mãos da peeira, as garras mágicas ameaçavam rasgar o ar a qualquer momento e, assim, ceifar a vida de Camila.

– Eu já matei uma de vocês – Camila desafiou. – Não será problema nenhum acabar com sua vida também, Daciana.

– Desta vez será diferente – Daciana rebateu.

– Desta vez, será você quem morrerá, Camila – Conwenna, alcançando-a por um dos flancos, falou com a voz carregada de ódio.

– Camila, nós vamos nos vingar do que você fez com Tala. – Ainar e Accalia se aproximaram das peeiras, fechando o cerco em Camila.

Os olhos das quatro peeiras ficaram negros como a noite. A ventania que se seguiu à invocação da magia balançou os cabelos delas. Com rápidos movimentos, elas lançaram todo o poder contido contra a mulher no centro. Camila teve tempo apenas de formar um globo de proteção ao redor do corpo. Com os dentes cerrados para conter o ataque de quatro bruxas, ela teve de se contentar em ver Dimos se afastar de vez.

Dimos havia subido apenas metade da escadaria quando Versipélio, na forma humana, atravessou a porta escancarada da Thuata Olcán. Nas mãos, a espada descansava dentro da bainha. De um lado, estavam Mirela e Tiago, preparados para a guerra. Do outro, Roberta.

– Achei que nunca iria enfrentar o destino reservado a você, irmão – Dimos falou.

Com o olhar fixo em Dimos, Versipélio tirou a espada da bainha com lentidão excessiva. Jogando a capa para o lado, o lobisomem apenas apoiou a ponta da lâmina contra o primeiro degrau diante dele. Um sorriso se abriu no rosto do inimigo. Aquela lâmina não lhe faria nenhum mal. Afinal, ele estava com o Machado Nefilim. Levantando a arma confeccionada pelos anjos até a altura do peito, soltou um grito e avançou os últimos degraus.

Para proteger Versipélio, Mirela e Roberta começaram a sussurrar na língua antiga. Antes mesmo que Dimos as alcançasse, elas liberaram a magia. O poder combinado delas, no entanto, não foi

Capítulo 51

suficiente para deter a investida. Conforme acertaram o Machado Nefilim, o feitiço se voltou contra elas. A peeira foi arremessada de volta para dentro do prédio. A Sacerdotisa bateu as costas contra a parede de pedra e caiu, desacordada.

Sem esperar para ver o desfecho da magia lançada pelas duas, Tiago retirou do cinto o machado e a faca e avançou. Com um único movimento, Dimos desviou dos dois ataques e brandiu o Machado Nefilim contra o jovem. Jogando o corpo de lado, ele conseguiu evitar, por muito pouco, que um talho fosse aberto na barriga. Era sua hora de contra-atacar. Fingindo um golpe com a arma na mão esquerda, ele desferiu o verdadeiro ataque com a lâmina larga da direita. Dimos, no entanto, conhecia esse truque de batalha e, avançando um passo, agarrou-o pelo pescoço antes que fosse atingido. Aproximando o rosto de Tiago, falou:

— Eu lhe disse que, antes de atacar um inimigo, é preciso ter certeza de que pode vencer.

Em meio a caretas de dor causadas pelo forte aperto, Tiago falou entredentes:

— Eu tenho certeza de que posso.

O ataque de Roberta, Mirela e de Tiago era um engodo. Enquanto Dimos se preocupava em detê-los, Versipélio levantava a espada e promovia uma investida. O local onde o lobisomem fora ferido pelo Machado Nefilim estava exposto. Bastava apenas que a lâmina do líder da Thuata Olcán perfurasse o abdômen do inimigo ancestral para a profecia se encerrar.

Mas Dimos era esperto. No último segundo, jogou Tiago escada abaixo, como se o rapaz não pesasse mais do que uma pena. Um rastro foi deixado nos degraus. Inclinando o corpo para trás, o lobisomem ancestral ergueu o Machado Nefilim à frente do corpo no momento exato que a espada de Versipélio vinha ao encontro da cicatriz.

O Machado Nefilim e a espada de Versipélio se encontraram em pleno ar.

A batalha entre os dois lobisomens ancestrais tivera início.

A profecia alcançava o auge.

52

O som do choque entre a espada e o Machado Nefilim foi ensurdecedor. Os braços dos dois lobisomens ancestrais tremeram e foram arremessados para longe do adversário, tamanha força que usaram. Recuando alguns passos para manter o equilíbrio, eles se encararam. O sorriso de Dimos, fitando com olhos arregalados as runas incandescentes na lâmina de Versipélio, desapareceu. Ele não estava mais tão convicto de que seria uma vitória fácil.

– O que foi, irmão? – Versipélio usou, com um tom irônico, a mesma palavra que Dimos usara para se referir a ele. – Achava que só você possuía uma arma criada pelos Nefilins?

Dimos não caiu no blefe.

– Eu sei que sou o único.

Subindo os últimos degraus para alcançar o patamar entre a porta escancarada e a escadaria, Dimos se posicionou diante de Versipélio. Ao levantar o Machado Nefilim à frente do corpo coberto de sangue dos lobisomens que matara até chegar àquele local, lançou um breve olhar para a enorme lua vermelha no céu antes de encarar o inimigo.

– Vamos acabar logo com isso – Dimos falou e, com um grito selvagem, brandiu o Machado Nefilim contra o inimigo.

Versipélio desviou com agilidade da primeira e da segunda investida, girando o corpo de lado, mas foi pego de surpresa quando Dimos girou a poderosa arma e conseguiu acertá-lo de raspão em um dos braços, abrindo um talho por onde o sangue começou a escorrer. Um leve gemido escapou da vítima quando sentiu a ardência no braço, como se estivesse queimando. Porém, tendo planejado o ataque ao mesmo tempo em que era ferido, ele conseguiu abrir um rasgo superficial no peito do inimigo, fazendo-o recuar alguns metros, o corpo encurvado e a mão livre sobre a ferida.

No gramado abaixo, próximo ao início da escadaria onde Tiago tentava recuperar a consciência depois do forte golpe que recebera, Daciana, Accalia, Conwenna e Ainar haviam finalizado a magia que usaram para atacar Camila. Erguendo-se, os cabelos loiros revoltos depois de conseguir se proteger, a peeira olhou, por um breve momento, para a batalha entre Dimos e Versipélio. O conflito entre os lobisomens ancestrais começara e, se quisesse sobreviver, ela precisaria fazer algo urgente para impedir a profecia de se concretizar. Voltando a atenção para as inimigas que a cercavam, os olhos negros fitando cada uma delas, começou a mover os lábios, sussurrando:

– *Dimensionis janua!* – Os braços se agitavam no ar, deixando rastros de luminescência ao seu redor.

– Ela está tentando fugir! – Accalia gritou.

Em resposta à tentativa dela de se transportar para o conflito entre Versipélio e Dimos, as peeiras criaram uma redoma de energia que a impediu de sair do espaço confinado entre elas. O corpo de Camila chegou a brilhar e a ficar translúcido, mas não saiu do cerco. Materializando-se novamente entre as quatro mulheres, ela praguejou. Se quisesse sobreviver, teria de eliminá-las rapidamente. Com os olhos negros se tornando ainda mais sombrios, ela sussurrou novas palavras.

– Preparem-se! – Conwenna gritou para as colegas, já fazendo as mãos brilharem para conter a investida com magia. – Ela vai nos atacar.

As peeiras criaram um escudo em torno delas quando Camila atacou. Um estrondo se seguiu ao clarão que as envolveu quando as magias se encontraram. O ar, deslocado com forte intensidade, desequilibrou as feras que lutavam ao redor. Lucca, tendo prendido o

Capítulo 52

braço de Heitor entre seu corpo e o próprio braço, preparava-se para o golpe mortal contra a guarda aberta do lobisomem quando o vento os alcançou, fazendo o inimigo tombar de lado. As garras rasgaram apenas ar quando avançaram na direção onde estava Heitor antes de ser derrubado.

Na plataforma acima da escadaria, a ventania também alcançou os lobisomens ancestrais, mas não influenciou o combate. Com os cabelos revoltos, eles trocavam poderosos golpes. O som das armas se encontrando no ar era ensurdecedor. Os braços vibravam a cada choque. O cansaço era nítido no rosto de ambos. Aquela batalha acabaria quando um deles sucumbisse às limitações do próprio corpo.

Ou quando...

Com um ataque descendente proferido por Dimos, o Machado Nefilim rasgando o ar na tentativa de abrir a cabeça do inimigo ao meio, Versipélio levantou a espada horizontalmente para aparar a investida. O choque foi tão grande que a perna machucada não resistiu, cedendo. Ajoelhando-se contra a vontade, a cabeça erguida e o olhar fixo nos dentes cerrados do lobisomem em pé diante dele, ele apenas arregalou os olhos quando a lâmina, não suportando a força da arma criada pelos Nefilins, se quebrou ao meio. Sem ter mais nada entre seu corpo e o inimigo, o Machado Nefilim foi cravado no ombro esquerdo de Versipélio, quase amputando o braço.

Sangue jorrou da ferida, manchando a lâmina. Um sorriso sádico se abriu no rosto de Dimos. As forças de Versipélio eram sugadas pelas runas talhadas no Machado Nefilim. Seus olhos oscilavam enquanto a mente vagava entre a percepção do perigo à frente e a inconsciência.

– Dimos... – Versipélio tentou dizer, mas as palavras morreram no próprio sofrimento.

Arrancando a lâmina do ombro de Versipélio, Dimos levantou-a no ar para o próximo ataque, que seria o último. Encarando o corpo do inimigo ajoelhado, cambaleante de um lado para o outro enquanto sangue escorria da ferida aberta, falou:

– Por mais que alguém tenha colocado as poderosas runas em sua espada, ela não foi forjada pelos Nefilins. – Levantando a cabeça para a enorme lua vermelha no céu, gritou: – Nefilins, obrigado por confeccionar arma tão poderosa!

Ainda olhando para o alto, Dimos bradou:

– Angus, poderoso Angus, obrigado por agraciar seu filho com a vitória. Seus preceitos serão agora restaurados.

Voltando o olhar para Versipélio, Dimos desceu o Machado Nefilim contra o pescoço exposto.

53

Mirela recobrou a consciência no momento que o Machado Nefilim descia contra Versipélio. Caída de bruços, ela estendeu o braço à frente e começou a sussurrar, tentando, em um último ato de desespero, cumprir a promessa que fizera ao líder da Thuata Olcán antes de deixarem a sala.

Roberta também despertou no mesmo momento. Com as costas apoiadas contra a parede do prédio principal da Thuata Olcán, ela testemunhou, através de uma mente oscilando entre o estado de consciência e inconsciência, o que se seguiu.

Tiago, recuperando os sentidos na escadaria, olhou na direção de Dimos e Versipélio no momento que o Machado Nefilim descia ao encontro do lobisomem ancestral caído de joelhos. Em um salto, ele se transformou e avançou contra a batalha profetizada quase chegando ao final. O coração lupino batia forte na tentativa desesperada de salvar o líder da Thuata Olcán.

No gramado abaixo, Camila soltou um grito estridente, perdendo forças enquanto a magia que usara para atacar as peeiras ao seu redor se encerrava contra a vontade. A redoma de energia se desfez. Levantando o olhar no momento que o Machado Nefilim descia ao encontro de

Versipélio, cambaleando de joelhos à frente de Dimos, ela estendeu o braço na direção dos lobisomens ancestrais e gritou:

– Dimos, não!

Tarde demais. Camila, Roberta, Mirela, Tiago, Ainar, Conwenna, Accalia e Daciana presenciaram, sem nada poderem fazer, o momento que o Machado Nefilim decapitou Versipélio. A cabeça do lobisomem ancestral rolou pela plataforma enquanto o corpo caía de lado.

– Nãããããoǃ – Camila gritou, desesperada mais por temor à sua própria vida, atrelada à de Versipélio, do que pelo homem.

Tomada por uma forte dor e queimação que a invadiu de imediato, Camila caiu de joelhos entre as quatro peeiras. Debruçada sobre si mesma, as mãos pressionavam a barriga com força. No mesmo instante que a cabeça parou de rolar, praticamente aos pés de Dimos, nuvens negras se fecharam acima dela, cobrindo a enorme lua vermelha no céu. A ventania balançava seus cabelos e os das mulheres em volta. O corpo de Camila subitamente se inclinou para trás, como se fios invisíveis a fizessem de marionete. Os braços contorcidos se esticaram na mesma direção. A cabeça foi erguida. A palidez tomou conta dela. Seus lábios se retorciam conforme era convocada por uma força maior.

Seguindo o fluxo dos fios invisíveis que a manipulavam, o corpo de Camila levitou. Seus olhos ficaram brancos. Da boca, uma névoa alva começou a escapar, como se a alma dela fosse retirada por um ser sobrenatural que vinha cumprir uma promessa. Quando o último vestígio do espírito de Camila deixou o corpo, misturando-se às nuvens negras acima dela, os restos mortais do que um dia fora uma maligna peeira despencaram, caindo sobre o gramado, todo retorcido e pálido.

A alma de Camila foi levada por Angus, conforme lhe fora profetizado quando salvou Dimos da morte.

Com o fim de Versipélio, Camila também encontrou seu fatídico destino.

54

Dimos sorriu quando a cabeça de Versipélio rolou até quase seus pés. A profecia se concretizava em seu nome. Angus o escolhera para restaurar os preceitos ancestrais. Os ômegas, a Thuata Olcán, a Ordem das Rosas Negras, o mundo, todos, a partir daquele momento, deveriam se curvar a ele. A visão de Camila sendo levada pelo criador de todos os lobisomens não o afetou. Ela cumprira sua função. Desestabilizara o inimigo e o salvara da morte. Agora ele não precisava mais dela. Camila passou a ser apenas uma mera lembrança.

Em meio a seus ambiciosos devaneios, uma forte queimação percorreu todo o corpo de Dimos, muito parecida com a que sentira na primeira vez que se transformara em lobo. Mas isso acontecera havia muito tempo e ele, além de ser capaz de controlar a transformação, estava acostumado com as dores.

Mesmo assim, apesar de conhecido, era diferente.

– O que está acontecendo comigo? – ele perguntou, largando o Machado Nefilim para passar as unhas humanas por todo o corpo.

Os membros de Dimos começaram a se tornar maiores e mais fortes. Unhas afiadas cresceram, arranhando a pele em transformação. O tecido humano que envolvia todo o seu corpo começou a se rasgar. Das fendas profundas, surgia uma pelagem branca que, aos poucos, o envolvia por completo. O rosto se alongou. Os dentes afiados se tornaram proeminentes. Os olhos ficaram vermelhos enquanto o focinho ganhava forma. Os gritos de dor se transformaram em rosnados ao mesmo tempo que ele balançava os braços no ar de forma desconexa.

A profecia da Sétima Lua, naquele momento, se encerrava.

Dimos se transformara no lobo branco.

55

Mirela se levantou com um salto quando o urro feroz de Dimos varreu o gramado, interrompendo a luta que ainda se seguia. Ela sentia a morte de Versipélio. Sem o líder e com o inimigo fortalecido, lutar contra ele seria decretar o atestado de óbito dos ômegas e das peeiras.

Eles precisavam fugir.

Proferindo algumas palavras, ela se transportou para onde estava Roberta. Segurando-a pelo braço, Mirela levou a Sacerdotisa, com a mesma magia que usara para alcançá-la, até Tiago.

Quando alcançou Tiago transformado em lobo, ele segurava o Machado Nefilim entre suas fortes mãos e avançava contra Dimos pelas costas. Seria um golpe certeiro. Mas Mirela sabia que o lobo branco era muito mais forte do que o lobisomem ancestral que eles haviam enfrentado e que um ataque direto resultaria na morte do colega. Impedindo-o de fazer uma besteira, ela se colocou diante dele, o abraçou e o transportou para longe.

Aparecendo de surpresa no meio das peeiras perplexas com o que acontecera com Camila, Mirela rapidamente gritou:

— Temos de salvar o máximo que conseguirmos dos ômegas e fugir daqui! — Não havia tempo a perder se quisessem proteger os seus e sobreviver.

As peeiras, concordando depois do que viram, começaram a se transportar pelo gramado, salvando o máximo de ômegas que conseguiam levar para longe da batalha. Os membros das Ordens das Rosas Negras que haviam sobrevivido também ajudaram, levando-os para o templo.

Elas fugiram para poder lutar novamente.

56

Lucca, em combate feroz contra Heitor, não pôde ser salvo pelas peeiras ou pelos membros da Ordem das Rosas Negras. Quando viu Versipélio ser morto, soltou um uivo sofrido e caiu de joelhos, ignorando o inimigo. Em meio ao desespero, voltou a ser humano, o uivo se transformando em grito desesperado enquanto caía de quatro, entregue totalmente para o lobisomem que enfrentava.

Seu sofrimento, no entanto, durou pouco. A raiva passou a consumi-lo. Quando Heitor, retornando à sua forma humana, aproximou-se pelas costas e o agarrou por baixo do queixo, fazendo-o erguer a cabeça para contemplar o lobisomem branco, Lucca pensou em contra-atacar. Porém, bastou um rápido olhar ao redor para ser tomado pela terrível visão dos ômegas que, abandonados no campo de batalha pelas peeiras, se entregavam à matilha de Dimos. Sem eles para o apoiarem na revolta ainda no gramado, qualquer reação violenta o levaria à morte.

Sem alternativa, Lucca apenas levantou os braços, rendendo-se a Heitor, e se deixou levar pelas forças inimigas. Se quisesse se vingar, ele teria de engolir o ódio lhe corroendo as entranhas e aceitar a dominação de Dimos.

Pelo menos por enquanto.

57

De início, Dimos achou que nunca conseguiria voltar a forma humana depois de se transformar no lobo branco. A mudança fora tão dolorosa como a primeira vez que se transfigurara. Mas bastou um pensamento de comando para o lobo interior, muito mais forte do que a figura lupina que habitava seu íntimo até a morte de Versipélio, ceder e deixá-lo retornar à forma original. Um sorriso se abriu quando a leve brisa lhe acariciou o rosto. Ele e o lobo branco eram um só. A transformação aconteceria quando houvesse necessidade, obedecendo aos seus comandos. E, naquele momento, com o que sobrou da matilha do inimigo ancestral se rendendo, ele poderia deixar o poder lupino descansar.

Adentrando o prédio que um dia fora governado por Versipélio, Dimos se dirigiu diretamente para a sala do antigo inimigo. A porta foi mantida aberta e atravessá-la lhe trouxe uma onda de satisfação há muito não sentida. Desviando o olhar para os óculos de lentes vermelhas sobre a enorme mesa de madeira, ele abriu um sorriso ainda maior. O dono daquele artefato único nunca mais iria usá-lo. Por mais que quisesse guardá-lo como troféu dos grandes feitos que realizara, o lobo branco dentro dele se agitou, conduzindo-o a fazer o contrário.

Pegando os óculos, ele cerrou os dentes e fechou os dedos com força. As finas hastes de metal se retorceram com a pressão. Um estalo baixo ecoou pela sala quando as lentes vermelhas trincaram. Aquele objeto nunca mais seria usado por ninguém.

A hegemonia de Versipélio se encerrou naquela noite. Quando a enorme lua vermelha desaparecesse no céu, colocando um fim ao raro evento astronômico profetizado como Sétima Lua, o lobisomem que ocupara aquela sala não passaria de uma incômoda memória com tendências a cair no esquecimento.

Aquela sala agora pertencia a Dimos.

Ele tomara a Thuata Olcán.

58

A Ordem das Rosas Negras era um local cuja entrada de homens era proibida. No entanto, considerando o forte golpe que sofreram e a ausência de um ambiente seguro para se reunirem, a Sacerdotisa concedeu autorização para que os ômegas e lobisomens resgatados da matilha de Versipélio se alojassem no templo externo, um amplo espaço circular, a céu aberto, com piso de granito claro onde se via, desenhado por magia, em baixo relevo, uma representação gigante da *Yggdrasil*, a árvore da vida.

Sobre os galhos, como se sustentado por eles, estava o altar daquele templo usado para cerimônias abertas ao público. Colunas de pedras cilíndricas se erguiam das extremidades da circunferência e terminavam em um anel circular que circundava todo o templo. Pelo meio do anel, a luz avermelhada da enorme lua iluminava corpos feridos, física e moralmente. Bruxas circulavam entre eles, usando magia para curar as feridas, limpando os corpos manchados com sangue das vítimas durante a batalha e tentando consolá-los com palavras doces.

A verdade é que ninguém estava bem. A Sacerdotisa, as peeiras e Rebeca haviam se retirado do templo externo, levando o Machado Nefilim com elas. Tiago tentou acompanhar. Ele queria participar das decisões que seriam tomadas no templo sagrado onde horas antes

Roberta pedira a proteção da Deusa, mas foi impedido. Naquele espaço, somente mulheres estavam autorizadas a entrar.

– Depois de tudo o que fiz e passei, vocês não podem me deixar de fora! – ele gritou, enquanto elas se afastavam pelos caminhos de pedra no meio do gramado. Seus protestos, no entanto, foram ignorados e ele teve de se contentar em ficar sob os cuidados de uma das bruxas.

No interior do templo, Roberta subiu as escadas com passos urgentes, ocupando a posição convencional de destaque diante do altar. Depois de uma breve reverência à imagem da Deusa, gesto seguido pelas mulheres na sala, a Sacerdotisa colocou o Machado Nefilim sobre a pedra alta e apontou o dedo indicador diretamente para Mirela:

– Suas runas não foram poderosas suficientes para proteger Versipélio. – Sua expressão era de puro ódio da pupila. – Por sua causa, Dimos foi soberano na Sétima Lua. Umberto está morto por sua causa.

Mirela recebia as acusações com a cabeça baixa. Os olhos carregados de desespero encaravam o piso abaixo de seus pés. Ela, por si mesma, já estava se condenando por ter falhado na criação da arma. Quando talhou as runas com magia, acreditava que os conhecimentos adquiridos nos manuscritos celtas, com os quais teve contato durante a viagem pelos mundos para recuperar o Machado Nefilim, seriam suficientes para proteger Versipélio. No entanto, não foram. E Mirela sabia exatamente o motivo de ter falhado.

– Não sou uma Nefilim – Mirela sussurrou. Olhando em direção à Roberta, continuou: – Somente os Nefilins podem reproduzir as runas com poder suficiente para forjar uma arma poderosa. Não sou uma Nefilim.

Voltando a fitar o chão sob seus pés, Mirela repetia as últimas palavras como um mantra:

– Não sou uma Nefilim. Não sou uma Nefilim. – A culpa a consumia.

Perdida em seu remorso, Mirela mal ouvia o que os outros membros no templo diziam:

– Ela fez o que pôde, Sacerdotisa! – Rebeca veio em sua defesa. – As ações dela deram esperança à Versipélio. Não acho que deveria...

Capítulo 58

– Falsas esperanças! – Roberta ralhou, apontando o dedo indicador para Rebeca. – Versipélio está morto por falsas esperanças.

– Ele estaria de qualquer jeito, pois Dimos estava com o Machado Nefilim e não possuíamos nenhuma arma à altura para equilibrar o combate – Rebeca rebateu, desrespeitando a Sacerdotisa.

O olhar de Roberta brilhou de ódio. Sua vontade era lançar uma magia poderosa sobre Rebeca. A pupila, quase tão poderosa quanto a Sacerdotisa, reagiria à altura. Se o fizesse, um novo conflito, tão mortal quanto do qual acabaram de escapar, começaria.

Ainar, usando de sua graciosidade natural, apesar de também sentir a perda de Versipélio, tomou a palavra, desviando a atenção do iminente conflito:

– Nós podemos atacar a Thuata Olcán enquanto eles ainda comemoram a vitória. Dimos estará com a guarda baixa. Nunca vai esperar por isso.

Desviando o olhar de Rebeca para Ainar, Roberta inquiriu:

– E de onde vamos tirar tanta determinação? Os lobisomens que conseguimos resgatar estão emocionalmente derrotados. O que restou de nossas forças juraram, na melhor das hipóteses, lealdade a Dimos para sobreviver. Na pior delas, estão mortos. Contar com eles está fora de cogitação.

Daciana concordava com a posição de Ainar e a encorajou:

– Podemos invocar as forças das trevas para preencherem nossas fileiras.

– Ou podemos usar magia para criar ilusões – Conwenna completou. – Eles nunca vão saber se o que veem é real.

– Ainda mais porque Camila não está mais ao lado dele. – Accalia tentou encher a pequena cúpula de esperança. – Não sei o que aconteceu com ela, mas podemos explorar esse ponto. Dimos não possui mais nenhum poder mágico ao seu lado. Nós, sim. Esse será um diferencial que pode nos conceder a vitória.

– E temos o Machado Nefilim. – Mirela entrou na conversa depois de passar um tempo remoendo as consequências de seus atos. – Temos Tiago, que já se mostrou capaz de empunhar a arma. Nós podemos matar Dimos.

Roberta ouvia, atenta, as sugestões de estratégias para um ataque a Dimos. As peeiras estavam dispostas a colocar um fim à guerra, mesmo tendo perdido Versipélio. Porém um ataque direto à Thuata

Olcán estava fora de cogitação. Um plano melhor se formava na mente da Sacerdotisa.

– Vamos atrair Dimos para fora da Thuata Olcán, onde estará mais vulnerável.

Pegas de surpresa pela repentina mudança na conduta de Roberta, Daciana perguntou:

– Como vamos fazer isso? Ele nunca vai deixar o local onde se sente protegido.

– Vai, sim – Mirela respondeu. – Nós temos duas coisas que ele quer: os lobisomens, ômegas ou ex-membros da matilha de Versipélio, e o Machado Nefilim. Se oferecermos entregar isso a Dimos, ele virá ao nosso encontro.

– Ele saberá que é uma armadilha – Ainar contrapôs. – Talvez não caia nessa.

– Ele vai cair – Accalia deixou sua opinião. – Depois desta noite, o ego dele está elevado. Ele se acha invencível. A ganância por ter os ômegas sob seu comando ou mortos – caso se recusem –, além do Machado, o fará vir ao nosso encontro. Só precisamos de alguém para levar a mensagem a ele.

As peeiras se entreolharam. As últimas palavras de Accalia fizeram a tensão entre elas retornar. Mandar uma mensagem por magia estava fora de cogitação. Sem Camila ao lado de Dimos, a resposta nunca chegaria. Alguém precisaria ir até lá. Havia, porém, uma enorme possibilidade de o mensageiro nunca regressar à Ordem das Rosas Negras.

Das mulheres ali reunidas, cinco delas precisavam ficar para preparar os lobisomens para a nova batalha que se aproxima. Mandar Tiago também era inviável. Seria ele quem empunharia o Machado Nefilim quando o confronto começasse. Enviar um dos ômegas também estava fora de cogitação. Com toda certeza, ele seria morto ou forçado a se juntar às forças inimigas. Sobravam duas pessoas confiáveis na sala que poderiam cumprir a missão: a Sacerdotisa e Rebeca.

Roberta, porém, na posição de Sacerdotisa, não poderia deixar seu posto para uma missão tão perigosa. Por mais que fosse muito poderosa, sozinha não seria capaz de vencer uma batalha contra Dimos e sua matilha caso as regras das relações diplomáticas, em que o mensageiro não deve ser tocado, fossem violadas.

Capítulo 58

Os olhares de todas na sala se voltaram imediatamente para Rebeca. Percebendo o que aquilo significava, a bruxa balançou a cabeça de um lado para o outro algumas vezes enquanto dizia:

– Não, nem pensar! – Seus olhos estavam arregalados. Voltando-se para Roberta, implorou: – Senhora, não pode fazer isso comigo!

– Você é a única em quem confiamos para uma missão tão importante. Não há mais ninguém.

– Mas, senhora... – ela começou a questionar, mas se conteve. Olhando para as peeiras com os olhos fixos nela, juntou forças, endireitou o corpo, levantou a cabeça e, com a expressão séria, mudou o discurso: – Eu vou.

Por mais que a voz tivesse saído trêmula, transparecendo uma coragem vacilante, Rebeca, desde o início da discussão, queria essa missão para si.

Seus secretos planos sombrios dependiam disso.

59

Heitor adentrou a ampla sala que um dia fora ocupada por Versipélio após bater de leve na porta. Depois das inúmeras batalhas que travou contra os membros da Thuata Olcán e da Ordem das Rosas Negras, ele ainda não havia tido a oportunidade de conversar com seu superior. Lançando um olhar ao homem com cabelo moicano sentado confortavelmente na poltrona diante da mesa enquanto caminhava ao seu encontro, ele percebeu como Dimos estava diferente após ter se transformado no lobo branco. Parecia que, como efeito da Sétima Lua, ele irradiava um poder tão grande que nada nem ninguém poderia pará-lo.

– Heitor! – Dimos abriu um enorme sorriso e deixou o conforto da poltrona. Parando diante do homem, segurou-o pelos ombros com força controlada e continuou: – Você cumpriu um papel fundamental para garantir que eu chegasse aqui. Se não fosse por você e a maneira como conduziu a matilha, eu teria muito mais dificuldade para matar Versipélio.

Heitor sorriu, sem jeito. Nunca, em toda a sua vida, ele recebera um elogio pelos feitos heroicos, nem de Versipélio e muito menos do antigo Dimos. Desconcertado com o comentário, ele não sabia como responder.

Dimos, no entanto, o salvou. Soltando os ombros de seu homem de confiança, sentou-se sobre a mesa e falou:

– Não precisa dizer aquilo que seus olhos transmitem. Eu já compreendi sua gratidão pelos elogios que recebeu. – Movendo-se sobre a mesa para se sentar de forma mais confortável, Dimos continuou: – É essa mesma conduta que eu quero tomar com os lobisomens que ainda não fazem parte de nossa matilha. Eu quero dar a eles a chance de serem fiéis a mim. Preciso que você, então, me traga Lucca e os lobisomens que se renderam. Depois, vou precisar que você cace os que fugiram e os traga a mim com vida.

Sentindo-se mais confortável por ter sido designado para uma missão, Heitor respondeu:

– Vou trazer os lobisomens que capturamos. – Sua expressão ficou séria quando abordou a segunda ordem que recebeu. – Porém, sobre caçar os lobisomens que fugiram, creio que teremos um problema. Eles foram levados pela Ordem das Rosas Negras. Não podemos promover um ataque contra as bruxas. É suicídio.

– Por que não? – A pergunta de Dimos refletia toda a confiança de um rei. Gesticulando para o aposento ao redor, continuou: – Veja onde estamos! Veja o que fizemos! Nós já vencemos a Ordem das Rosas Negras duas vezes. A Sacerdotisa e suas bruxas estão enfraquecidas.

Por fim, veio a frase que Heitor mais temia ouvir:

– A Ordem das Rosas Negras não é párea para nós.

Heitor engoliu em seco. Ele já vira, em sua curta vida, grandes líderes serem derrotados pelas próprias ganância e arrogância. Versipélio, de certa maneira, fora um deles. Trilhar aquele caminho era perigoso, assim como desafiar as decisões autoritárias de seu mestre e mentor. Encurralado, não lhe restou alternativa além de aceitar as ordens de Dimos.

– Vou trazer os prisioneiros.

60

Lucca não sabia precisar quanto tempo ele e alguns lobisomens que pertenceram à matilha de Versipélio estavam trancados naquela sala. Pela iluminação da Superlua de sangue ainda adentrando pelas pequenas janelas retangulares alocadas no alto, não parecia ter passado mais do que algumas horas. Enquanto os companheiros de cela buscavam escapar do que parecia ser um depósito de materiais de limpeza, tentando arrebentar a porta com seus corpos lupinos ou jogando armários e estantes contra ela, ele apenas permaneceu sentado em um dos cantos escuros, encostado contra o encontro de duas paredes que delimitavam o minúsculo espaço, as mãos apoiadas sobre os joelhos flexionados.

– Não adianta tentarem sair. – Lucca olhou para os ferozes lobisomens. – As paredes desta sala foram reforçadas propositalmente para corrigir membros que desobedeciam às ordens da Thuata Olcán. Nós somente sairemos daqui quando eles abrirem a porta. Portanto, meus amigos, não desperdicem sua fúria em atos desesperados e ineficazes.

Retornando à forma humana, um homem quase tão forte quanto Lucca, apesar de ser mais baixo, arreganhou os dentes para a figura sentada na escuridão.

– Se não vai fazer nada para nos ajudar a escapar, pelo menos cale sua boca!

Lucca se colocou de pé com um salto. O lobisomem que o provocara recuou um passo, temendo que fosse atacado pelo próprio membro da matilha. Em vez disso, ele apenas passou pela figura e se aproximou da porta. Durante todo o tempo que permanecera no canto escuro, Lucca não estava sem fazer nada, conforme acusado. Apurando os ouvidos, ele prestava atenção aos sons de passos que se aproximavam. Recostando-se contra a parede, aguardou.

Quando a porta se abriu, Lucca atacou a primeira figura que entrou na minúscula sala. Agarrando-a pelas costas, ele a jogou contra os lobisomens. Nos segundos que se seguiram, um dos lacaios de Dimos foi dilacerado por três membros da Thuata Olcán. Sangue jorrou por todos os lados, manchando seus corpos lupinos, as estantes e as paredes ao redor. Com um rosnado feroz após largar o cadáver jogado na parede abaixo das janelas, eles correram na direção da liberdade.

Mas conseguiram chegar apenas no largo corredor. Do lado de fora do minúsculo aposento, diversos lobisomens os atacaram, os agarrando pelas costas e os jogando contra a parede. Pressionados por enormes figuras de pelagem negra, as grandes patas os segurando pelas cabeças, deixando os pescoços à distância de um ataque que colocaria um fim em suas vidas, eles cederam. Transformando-se em humanos novamente, levantaram os braços em rendição.

Lucca, sendo o último a deixar o aposento com ferocidade similar aos colegas, tentou a sorte com um ataque brutal. Transformando-se em lobo, ele se atracou com o mais poderoso membro da matilha de Dimos: Heitor. Por alguns segundos, eles trocaram golpes, as garras rasgando apenas o ar. O conflito, porém, logo se extinguiu quando mais dois lobisomens selecionados para escoltar os prisioneiros investiram por suas costas e o empurraram contra a parede, prendendo-o da mesma maneira que os companheiros de cela.

Lucca se debatia contra os agressores para tentar se livrar das garras que o pressionavam, pouco preocupado se eles estavam em posição privilegiada para acabar com sua vida, quando Heitor falou:

– Dimos quer conversar com você.

Lucca parou de se debater e retornou à forma humana, rendendo-se aos homens que o vieram buscar na cela. Deixando-se levar, os passos ecoando pelo corredor produziram um som cada vez mais

Capítulo 60

alto quando os outros membros da Thuata Olcán se juntaram a ele no caminho ao encontro de Dimos. A mente do braço direito do falecido Versipélio vagava pelas possibilidades que logo se apresentariam. Assim que tivesse a oportunidade, ele incitaria os aliados a reagirem.

Porém, para surpresa de Lucca, Heitor o fez subir uma escadaria interna enquanto o restante da matilha seguia em frente pelo corredor, provavelmente sendo levada para o exterior da Thuata Olcán. *Merda!*, ele pensou. O plano de incitar uma revolução contra Dimos acabou com um simples ato de seus captores. Por outro lado, ele não conseguiu evitar um sorriso quase imperceptível. Se suas suspeitas repentinas se confirmassem, o lobo branco estaria à distância de um ataque.

Tudo o que ele precisava fazer para vingar Versipélio e recuperar o controle da Thuata Olcán seria um único e bem-sucedido ataque contra Dimos.

Porém teria de fazê-lo sozinho.

O destino da Thuata Olcán, dos lobisomens e dos ômegas aprisionados, sendo levados ao gramado externo, estava nas mãos de um único homem.

Nas circunstâncias que se apresentavam, somente Lucca poderia matar Dimos.

61

Lucca foi empurrado para dentro da sala que já frequentara muito, mas a pessoa que o aguardava naquele amplo espaço não era Versipélio. Prostrado diante da janela, de braços cruzados sobre o peito desnudo enquanto observava os lobisomens e ômegas sendo colocados de joelhos no gramado, voltados para o prédio da Thuata Olcán, Dimos se virou na direção do convidado de honra. Levantando o olhar para Heitor enquanto descruzava os braços, falou:

– Deixe-nos.

Heitor se surpreendeu com a posição de Dimos. Com uma expressão de quem não gostava da decisão tomada, tentou retrucar:

– Dimos, não acho que seja...

– Espero que não esteja contestando minha ordem, Heitor. – O olhar intenso fulminava-o.

– Como quiser. – Heitor fez um gesto de desdém e deixou a sala, batendo a porta com força excessiva.

Lucca, tendo recuperado o equilíbrio após o empurrão que recebera nas costas, sentiu a tensão entre eles e permaneceu em silêncio. Sozinho, não seria capaz de cuidar de dois. Mas quando Heitor se retirou, as possibilidades de acabar com a vida de Dimos aumentaram.

Mas Dimos esperava por isso e, antes mesmo que pudesse ser atacado, começou a usar o dom da palavra:

— Creio que você esteja sedento por vingança pelo que fiz com Versipélio. Se eu estivesse no seu lugar, eu também me sentiria assim.

Lucca soltou um rosnado feroz, mesmo sem se transformar. As palavras de Dimos o deixaram com mais raiva e ele estava prestes a avançar contra o inimigo quando a voz do homem diante dele o alcançou mais uma vez:

— Porém, me transformar no lobo branco me trouxe uma nova consciência. É como se minha mente tivesse sido inundada com todo o conhecimento ancestral mantido em segredo pelos druidas que nos criaram. Antes da Sétima Lua, eu era movido apenas pela raiva, condição natural de todos nós, lobisomens. — Dimos gesticulou em direção à janela na intenção de indicar os ômegas e os lobisomens no gramado. — Você não sabe como era difícil me controlar. Mas, agora que matei Versipélio, eu consigo compreender melhor as atitudes de meu irmão.

— Então por que não aceita que podemos ser livres, que podemos escolher nossos próprios caminhos, e liberta os ômegas? — Lucca perguntou.

Dimos foi rápido na resposta, como se tivesse ensaiado inúmeras vezes aquele discurso:

— Porque, para cumprir meus objetivos, eu preciso deles sob meu comando.

— Você já alcançou seu objetivo — Lucca respondeu. Transparecendo a raiva que fazia o lobo se revirar dentro dele, continuou: — Você já matou Versipélio e tomou o controle da Thuata Olcán. O que mais você quer?

— A Ordem das Rosas Negras! — retrucou Dimos. Abrindo os braços e elevando ainda mais a voz, ele prosseguiu: — O mundo sombrio!

Transformando a raiva em escárnio, Lucca deixou escapar um riso irônico e falou:

— Você é louco!

— Posso ser. — Dimos estava preparado para todas as acusações que viesse a receber. — Mas somente conseguirei se você e os lobisomens que o seguem jurarem lealdade a mim.

Capítulo 61

A resposta de Lucca foi tão rápida como todas as palavras cuspidas por Dimos:

– Nunca!

Lucca avançou, adotando a forma lupina em apenas dois passos. Dimos desviou de lado no momento em que as garras e a boca arreganhada se aproximaram dele, escapando de todas as investidas. Sem se transformar, ele agarrou o lobisomem e o empurrou contra a parede, fazendo-o bater a cabeça.

Dimos não precisava se transfigurar no lobo branco para conseguir usar em batalha parte de sua força. Mas a imagem assustadora de quem se tornou após a Sétima Lua seria um caminho para quebrar a fraca confiança que os lobisomens no gramado ainda pudessem ter em Lucca. Deixando a fera interior dominar seus instintos, os membros cresceram e o corpo ficou maior. Pela segunda vez desde a morte de Versipélio, Dimos se transformou no lobo branco.

Recuperando-se do impacto contra a parede, onde uma rachadura se abrira, Lucca balançou a cabeça de um lado a outro por alguns segundos e investiu novamente contra o inimigo. Além de ser grande, o lobo branco era ainda mais forte e troncudo. Bastou um movimento para Dimos conter o ataque e o jogar sobre a mesa. Com o impacto, o móvel se quebrou sob o pesado corpo do lobisomem.

Antes mesmo que o inimigo pudesse se recompor, o lobo branco o agarrou pela pelagem da nuca e das costas e o arrastou pelo piso da sala. Lucca se debatia, as patas dianteiras se movendo de encontro aos braços que o seguravam, tentando se livrar. Sendo colocado diante da janela, o rosto quase colado no vidro, Dimos voltou à forma humana, debruçou-se até os lábios estarem colados à orelha do lobisomem e falou:

– Eles confiam em você. Esperam que você tome a decisão certa e se torne membro de minha matilha. Eles o seguiriam sem pestanejar se você fizesse o juramento.

Transformando-se em humano, mas ainda preso pelos fortes braços de Dimos, Lucca replicou:

– Não são eles que esperam que eu me junte à sua matilha, mas sim você, Dimos. Se eu o fizer, será muito mais fácil para você controlá-los, e isso nunca vai acontecer.

O tom de Dimos se tornou mais agressivo para responder à verdade atirada sobre ele por Lucca:

— O que estamos discutindo aqui é a sua vida. Se você não aceitar se tornar membro de minha matilha, é você quem vai morrer. Quando eles virem que o lobo branco matou Versipélio e Lucca, vão se entregar. Portanto, Lucca, a questão é: você quer viver?

Lucca rosnou com ferocidade e se transformou. Mesmo preso por braços fortes, ele tentou virar o corpo e atacar com as poderosas garras. Dimos, no entanto, o tinha sob seu domínio. Mal o inimigo havia terminado a transfiguração, o lobo branco já havia tomado novamente o controle. Com um simples gesto, ele o lançou de encontro à janela.

O vidro arrebentou no momento que o corpo peludo bateu contra ele. O urro grave, carregado de medo, se perdeu pela noite enquanto ele mergulhava em direção à escadaria, chegando aos ouvidos dos rostos assustados dos lobisomens prostrados de joelhos no gramado. O estalo de Lucca batendo contra a pedra e deslizando pelo terreno em declive foi alto, encobrindo seus gemidos de dor. Sangue escorreu das inúmeras feridas causadas pelos estilhaços de vidro e pelo impacto. Quando estagnou, alguns metros abaixo do patamar onde Versipélio fora morto, ele permaneceu imóvel.

Mas Lucca não estava morto. Afinal, ele era um lobisomem. Não seria uma queda daquelas que colocaria um fim à sua vida. Porém não era indestrutível e o impacto lhe causara graves ferimentos. Tendo retornado à forma humana, um gemido escapou por seus lábios cobertos de sangue. O rosto estava ensanguentado. Movendo os fortes braços com dificuldade, ele tentou se levantar. Os membros tremiam mediante o esforço. Não sustentando o peso do corpo em meio à dor, ele caiu de bruços.

No alto do prédio, Dimos pulou sobre o batente da janela. Flexionando os joelhos e estendendo os braços para os lados, as garras voltadas para o corpo de Lucca tentando se levantar, urrou. Ele esperava que os ômegas e lobisomens do gramado cedessem por medo do lobo branco, uma vez que o líder se recusara a fazer o juramento de lealdade. Como isso não acontecera, saltou na direção da plataforma, determinado a colocar um fim à vida do lobisomem caído na escadaria.

Quando Lucca fosse morto, os lobisomens, por medo de sofrerem as mesmas consequências, jurariam lealdade a Dimos.

O destino de Lucca estava selado.

62

O impacto de Dimos na plataforma deixou a marca de seus enormes pés na pedra. Para amortecer a queda, ele flexionou os joelhos. Mal pousou em segurança e urrou. Movendo-se com agilidade, o lobo branco encurtou a distância até a cabeça de Versipélio, ainda abandonada no local depois da batalha, e a pegou pelos cabelos. Estendendo o braço à frente, ele a ergueu no ar, mostrando aos lobisomens ajoelhados no gramado qual seria o destino deles caso negassem se juntar à sua matilha. Algumas gotas de sangue pingaram pelo pescoço decepado.

Os lobisomens no gramado arregalaram os olhos quando Dimos usou do terror para tentar convencê-los, mas não cederam. Alguns deles, em resposta ao ato do lobo branco, tentaram avançar contra os inimigos que os cercavam, mas foram contidos por fortes golpes nas costas ou por garras sendo colocadas debaixo de seus queixos, ameaçando-os de morte. Temerosos, eles apenas caíram novamente de joelhos.

As esperanças eram ínfimas, mas ainda havia um raio de luz que poderia tirá-los daquela situação complicada. Um raio de luz chamado Lucca. Enquanto Dimos aterrorizava as figuras no gramado, o lobisomem se levantou. A visão da cabeça de Versipélio erguida tivera o efeito contrário nele, assim como nos membros que esboçaram uma reação no gramado. Em vez de se entregar pelo medo, aquilo inflamou sua raiva. Transformando-se mais uma vez, ele urrou e avançou cambaleando contra o lobo branco.

No caminho, Lucca pegou a metade inferior da espada de Versipélio, segurando-a pelo cabo. Por mais que a lâmina estivesse rachada, formando pontas duplas na extremidade onde quebrara, parte das runas ainda estava nela e poderia causar algum dano em Dimos. Alcançando o patamar, ele atacou. O lobo branco, no entanto, era muito mais forte e estava em plenas condições enquanto o inimigo estava ferido. Desviando do ataque apenas com um giro, o enorme lobisomem largou a cabeça de Versipélio e agarrou Lucca pelo punho e pela nuca. Estendendo o braço diante dele, Dimos abriu a enorme boca e o mordeu quase na altura do ombro.

Lucca urrou, e o som se transformou em um grito de dor quando abandonou a forma lupina contra a vontade. O braço estendido diante do inimigo se tornou menor e mais frágil, facilitando o trabalho dos enormes dentes afiados e da poderosa mandíbula que o pressionava. Com mais um grito do lobisomem, o braço caiu no chão com um baque surdo. Sangue escorria do coto. Enfraquecido, os olhos semicerrados e a visão oscilando entre o vermelho da enorme lua e as trevas, ele caiu de joelhos.

O braço de Lucca estava estirado no chão, mas não a espada fragmentada que estivera em suas mãos. Ela agora era empunhada pelo lobo branco. Retornando à forma humana, ainda segurando o inimigo de joelhos diante de seu enorme corpo, Dimos levantou o olhar para os lobisomens ajoelhados no gramado e elevou a voz para ser ouvido:

– Quem sabe agora vocês jurem lealdade a mim.

Girando a espada fragmentada entre os dedos, as pontas duplas apontadas para o homem ajoelhado diante dele, Dimos abaixou o braço. A lâmina entrou na nuca de Lucca. Um gemido escapou por seus lábios antes do sangue começar a escorrer. Com o olhar provocativo fixo nos lobisomens do gramado, o lobo ancestral girou a arma branca e, muito lentamente, começou a degolá-lo. Suas mãos se manchavam de vermelho conforme cortava carne, ossos e artérias. Quando terminou a volta, separando a cabeça do corpo, ele a levantou no ar enquanto o que restou do cadáver tombava de lado.

Capítulo 62

Lucca foi executado a sangue frio. Heitor e a matilha vibraram com a carnificina. Os lobisomens aprisionados estavam em estado de choque com tamanha violência de Dimos. Temendo pelas próprias vidas, eles juraram lealdade ao lobo branco.

– Ótimo. – Dimos abriu um sorriso malicioso e passou a primeira ordem aos seus novos membros: – Agora limpem essa bagunça.

Desviando o olhar para Heitor, continuou:

– Você sabe o que fazer com as cabeças de Lucca e Versipélio.

Sem esperar a confirmação, Dimos largou a cabeça de Lucca e virou as costas, retornando para o interior do prédio.

Lucca não foi morto por Dimos. Ele foi executado. Os lobisomens agora temiam o lobo branco. Seu poder aumentava. Logo ele colocaria um fim à Ordem das Rosas Negras.

Era apenas uma questão de tempo.

63

O sol estava alto no céu claro com poucas nuvens quando uma mulher, trajando túnica azul-escura, caminhou pelo gramado em direção à escadaria de acesso ao prédio da Thuata Olcán. A Superlua de sangue já não era mais vista. A profecia havia se encerrado com a vitória de Dimos e a morte de Versipélio e Lucca. Mas a guerra ainda não havia acabado, motivo pelo qual ela estava ali.

Quando os lobisomens da matilha de Dimos, por ordens de Heitor, a cercaram no meio do gramado, fazendo-a parar ao lado de uma poça de sangue, ela gritou:

– Eu trago uma mensagem da Sacerdotisa da Ordem das Rosas Negras. – A voz transparecia poder, apesar de estar tensa.

Os segundos que se seguiram pareceram durar horas. Ela não sabia se Dimos aceitaria a visita ou mandaria os lobisomens em torno dela acabarem com sua vida. A mulher não percebera que prendia a respiração até o poderoso homem com cabelo moicano aparecer diante da janela, cujo vidro estava quebrado, e fazer um gesto com uma das mãos para ela subir.

Aliviada, ela se permitiu ser escoltada por Heitor e dois lobisomens em direção à escadaria, enquanto os outros membros da matilha retornavam à limpeza do gramado e à remoção dos corpos. A tensão inicial havia passado, mas não durou muito. Bastou a mulher olhar para a plataforma ao subir os primeiros degraus para o coração quase parar de bater com o que viu. Enfincadas em estacas no topo da escadaria, uma de cada lado, estavam as cabeças de Lucca e Versipélio.

– Nova decoração? – ela perguntou para Heitor, fitando-o por alguns segundos.

– Foram ordens de Dimos – Heitor respondeu, deixando transparecer um certo desconforto pela maneira como Dimos profanara os cadáveres, desrespeitando-os.

A mulher subiu a escadaria com passos lentos. Quando passou entre as duas estacas, ela fitou a cabeça de Versipélio. Um sorriso quase imperceptível surgiu, como se aquela visão a enchesse de prazer, e não mais o medo que a consumira até Dimos lhe autorizar a entrada na Thuata Olcán.

Por algum motivo que não queria tentar explicar, ela se sentia bem ali.

64

— A que devo a honra de sua visita, sra...? – Dimos a recebeu na sala bagunçada em que estivera com Lucca.

— Rebeca – ela respondeu depois que a porta se fechou, deixando-a sozinha com Dimos observando-a, de braços cruzados, com particular interesse.

Quando falou o nome, Dimos arregalou os olhos e descruzou os braços. Apesar de não a conhecer, parecia que já ouvira aquela voz em algum momento de sua vida. O lobo dentro dele se remexeu, como se tivesse medo dela. O timbre, porém, estava diferente, o que o deixava em dúvida. Ignorando a apreensão momentânea, perguntou:

— Qual é a mensagem?

— A Ordem das Rosas Negras quer colocar um fim a essa guerra.

Dimos sorriu. Cruzando novamente os braços, respondeu:

— Eu estou aguardando um ataque da Sacerdotisa. Por que, em vez de trazer as peeiras, os ômegas e o restante dos lobisomens resgatados, ela mandou você, uma simples mensageira?

Rebeca esperava essa pergunta de Dimos e estava pronta para retrucar:

— Porque ela tem medo de você.

— E por isso ela quer me tirar daqui, um local onde estou fortalecido, para um combate em terreno neutro ou que a favoreça de alguma maneira? – Inclinando o corpo na direção dela, ele abriu um sorriso e usou um tom de escárnio para lançar uma nova pergunta: – Vocês acham que eu sou idiota?

A resposta imediata que passou pela mente de Rebeca foi "Não, você não é idiota!". Mas se dissesse isso, o plano da Ordem das Rosas Negras, e o seu, encontrariam um fim naquela sala. Escolhendo as palavras com cuidado, replicou:

— Você não é o todo poderoso Dimos, último lobisomem ancestral vivo e fortalecido pela Sétima Lua? O que tem a temer?

Dimos riu alto. Apontando o dedo na direção dela, falou:

— Eu sei o que está fazendo. Você está inflamando meu ego para eu cometer um deslize e deixar a segurança deste local em um ataque contra a Ordem das Rosas Negras em vez de esperar que as bruxas venham até mim.

Dimos era esperto, Rebeca tinha de reconhecer, mas ela estava preparada para isso. A conversa estava seguindo exatamente como planejara. Bastava mais algumas palavras para levá-lo ao objetivo de ela estar ali.

— Você tem um enorme contingente de lobisomens sob seu comando. Você tem os poderes do lobo branco profetizado pelos druidas. Sua vitória está quase completa. Quando você estiver em posse do que temos em mãos, ninguém mais poderá te vencer. Não vale a pena o risco de uma investida contra a Ordem das Rosas Negras para se tornar invencível?

— O Machado Nefilim! – Dimos retrucou de imediato, movido pela ganância. Mordendo o lábio inferior, ele pensou nas possibilidades. Rebeca tinha razão. Aquela poderia ser a oportunidade de realmente se tornar invencível. Quando conseguisse recuperar o artefato, iria destruí-lo e ninguém mais seria capaz de matá-lo. Por outro lado, aquilo parecia ser uma armadilha. Se eles usassem a poderosa arma, como esperava que usariam, ele poderia morrer antes mesmo de concretizar seus planos mais ambiciosos. O que eles discutiam ali, era, na verdade, o quanto Dimos estava disposto a se arriscar para se tornar o mais poderoso de todos os seres sobrenaturais sobre a Terra.

Capítulo 64

Rebeca ficou apreensiva. Dimos estava demorando demais para se decidir. Se ele não aceitasse a proposta da Ordem das Rosas Negras, seria a cabeça dela que estaria pendurada em uma estaca. Ou pior: seria a cabeça dela que seria mandada de volta à Sacerdotisa como resposta à mensagem enviada.

Mas precisava de um retorno e, quanto mais Dimos pensasse, mais ele poderia colocar a perder todos os planos da Ordem das Rosas Negras. Por isso, tomou uma atitude arriscada:

— Então, grande Dimos, o que vai ser?

Dimos balançou a cabeça, compreendendo a pressão que ela lhe fazia. Voltando o olhar para ela, disse:

— Eu aceito. — Havia, no entanto, um tom de "mas" em sua voz, que logo ele esclareceu: — Porém, será do meu jeito, no local que eu escolher e quando eu estiver pronto.

— Acho justo — Rebeca falou.

— Estejam na pedreira Adrastea ao cair da noite — Dimos ditou as regras depois de pensar um pouco. — Quero que estejam presentes a Sacerdotisa e os ômegas sob seus cuidados. E não esqueçam de levar o Machado Nefilim.

Rebeca meneou a cabeça, compreendendo as regras. Ela conseguira o que queria. Dimos deixaria a segurança da Thuata Olcán para se tornar o mais poderoso de todos os seres sobrenaturais sobre a Terra.

— Estaremos lá — ela respondeu.

O confronto final entre a Thuata Olcán e a Ordem das Rosas Negras estava marcado. Somente um sairia vencedor.

Aquela batalha não profetizada seria a última.

65

O amplo vale da pedreira Adrastea, cercado por enormes paredões, estava em plena atividade quando a lua ganhou o céu sem nuvens. Com o movimento natural dos astros, ela não estava mais tão grande nem vermelha, como estivera na noite anterior. Os intensos raios lunares se misturavam à iluminação artificial instalada ao redor do espaço aberto, permitindo aos trabalhadores perfeita visão para realizarem suas atividades. Para os homens comuns, trajando característicos uniformes laranja e o capacete, não passava de mais uma madrugada de serviço braçal nas gigantescas máquinas espalhadas pelo vale.

Uma rotina que estava prestes a mudar.

Quando homens mal-encarados e armados ganharam o vale, seguindo uma enorme figura com cabelo moicano, eles deixaram, apressados, os postos. Não havia salário, por melhor que fosse, que os faria permanecer ali quando, a seus olhos, uma gangue de marginais escolhera aquele espaço para resolver uma rixa antiga.

De certa maneira, eles estavam corretos quanto à rixa antiga. Eles apenas não esperavam que de um lado estivessem lobisomens e, do outro, bruxas e ômegas.

– Sacerdotisa! – Dimos falou quando ficou frente a frente com Roberta. Ela não usava mais o belo terno que sempre fora seu traje para encontros diplomáticos.

Naquela noite, ela vestia uma túnica negra por cima de uma armadura. Entre eles, havia um bom espaço de terreno vazio. Desviando o olhar para Mirela, para Tiago empunhando o Machado Nefilim, para as peeiras, para os ômegas e por último para as bruxas da Ordem, entre elas Rebeca, continuou: – Vejo que a Ordem das Rosas Negras sempre cumpre sua promessa.

– Tem uma promessa que ainda não conseguimos cumprir – Roberta rebateu com o olhar intenso voltado para Dimos. – Mas vamos esta noite.

Dimos riu, compreendendo a ameaça. Devolvendo-lhe o mesmo olhar intenso, não se abateu.

– Se você está se referindo a recuperar o controle da Thuata Olcán, creio que essa promessa você irá quebrar. Mas não se preocupe em como seus seguidores vão enxergar você. Eles estarão mortos para questioná-la.

Os lobisomens que sempre pertenceram à matilha de Dimos gritaram em satisfação, inclusive Heitor. Os outros, tendo feito o juramento havia poucas horas, se entreolharam, visivelmente preocupados com a possibilidade de entrarem em combate contra amigos. Eles não tinham, porém, alternativa. Presos pela força da promessa que fizeram, mesmo contra a vontade, eles teriam de lutar, gostassem ou não. Afinal, faziam parte da matilha do lobo branco.

– Dimos! – Roberta elevou a voz. – Você está esquecendo de um pequeno detalhe. Temos do nosso lado diversas bruxas. Você, apesar de estar em maior número, não será capaz de combater magia tão poderosa. Camila se foi. Você está sozinho nessa. Não tem como você vencer.

Dimos riu ainda mais alto.

– Eu estou disposto a arriscar. E você?

Roberta fez um gesto com as mãos. Os ômegas se transformaram. As bruxas e peeiras começaram a recitar algumas palavras. Globos de luz surgiram entre as mãos praticamente unidas. Tiago segurou com firmeza o Machado Nefilim. Ele não iria se transfigurar até que fosse realmente necessário. Para ele, o lobo deveria assumir o controle somente quando não houvesse nenhuma alternativa. Era como se o monstro dentro dele fosse um reforço às suas forças, um poder que ele nunca mais esperava ter de libertar.

Capítulo 65

Do outro lado, a matilha de Dimos se transfigurou. Gritos determinados pela batalha iminente se transformaram em urros ferozes.

– Vamos encerrar logo nossas diferenças – Roberta disse e, com um gesto, ordenou o ataque.

Bruxas e peeiras gritaram. Os ômegas urraram. No segundo seguinte, corriam em direção à matilha de Dimos.

O confronto entre duas forças poderosas, a partir daquele momento, era inevitável.

66

O encontro entre as duas facções foi barulhento. Diferentemente da noite anterior, quando os lobisomens inimigos haviam jurado, por vontade própria em algum passado longínquo, seguir Dimos, permitindo às peeiras aplicar força letal, nesta batalha teriam de zelar pela segurança dos ômegas forçados a seguirem o lobo branco. Mesmo inflamadas pelo desejo de vingança, usar magia mortífera seria apenas em último caso, quando suas próprias vidas estivessem em risco. Afinal, as vidas deles eram responsabilidades delas.

As bruxas da Ordem das Rosas Negras, no entanto, não compartilhavam dessa obrigação, mas prometeram à Sacerdotisa que fariam o possível para poupar a vida dos inimigos. Mirela, por ser uma peeira, mantinha-se no controle para evitar a morte dos lobisomens que a atacavam. Tiago, no entanto, não estava preso a nenhum juramento e, com os dentes cerrados, girava o Machado Nefilim com ferocidade, manchando a lâmina de vermelho enquanto ceifava vidas sem qualquer remorso.

Dotadas de um poder que os inimigos não possuíam, as peeiras e bruxas faziam os lobisomens retornarem à forma humana ou os aprisionavam em jaulas mágicas, tirando-os da batalha. Apesar de todos os esforços em prol da vida, uma batalha era uma batalha e, perante isoladas condições adversas, elas tiveram de usar magia letal para preservarem suas próprias vidas ou a de aliados que estavam à beira da morte. Entre mortes e encarceramentos, conseguiam, aos poucos, dividir as forças inimigas, garantindo o equilíbrio numérico entre as duas facções, fortalecendo os ômegas para que vencessem a frustração da derrota que tiveram na noite anterior e lutassem com o desejo de sangue tão natural de sua espécie sombria.

Tiago e Mirela haviam combinado de ficarem sempre próximos um do outro, pois cabia ao jovem chegar até Dimos e acabar com a vida dele enquanto era de responsabilidade dela garantir que o fizesse em segurança. No entanto, em uma batalha, os planos nem sempre se concretizavam. Assim que se chocaram com a barreira lupina inimiga, eles se separaram. Por mais que tentassem se aproximar um do outro, os dois estavam sempre cercados, sendo quase impossível atravessar o campo para se unirem novamente.

Tendo de tomar uma decisão por conta própria, Tiago, brandindo o Machado Nefilim, cuja lâmina já estava manchada de sangue, ceifava vidas enquanto tentava se aproximar de Dimos. Contudo, em seu caminho até o lobo branco, aniquilando com ferocidade ômegas e algumas bruxas, surgiu Heitor.

Balançando a cabeça de um lado ao outro, Heitor retornou à forma humana:

— Garoto, essa arma é muito poderosa para você. — Estendendo a mão à frente e flexionando repetidas vezes, com rapidez, os dedos, continuou: — Entregue logo o Machado Nefilim para mim.

Tiago abriu um sorriso e girou o artefato no ar com destreza absurda, mostrando a Heitor que ele era mais do que capaz de manuseá-lo. Encarando-o ao segurar novamente a arma diante do corpo, respondeu:

— Vem buscar. Se me vencer, ele é seu.

Sacando duas espadas da cintura, Heitor retrucou:

— Eu esperava que fosse dizer isso. Para equilibrar o combate, não vou me transformar. — Depois de abrir um sorriso confiante, continuou: — A menos, claro, que você assuma a forma lupina.

Tiago soltou um grito, levantou o Machado Nefilim acima da cabeça e atacou. A lâmina rasgou o ar com velocidade surpreendente, pegando Heitor de surpresa. Ele não esperava, apesar da demonstração de agilidade do garoto alguns segundos antes, que

Capítulo 66

a investida fosse tão rápida. Com o tempo escasso, ele tentou girar o corpo de lado e elevou a espada para aparar o golpe. Para sua surpresa, a frágil lâmina quebrou ao meio.

Apesar de ter perdido a arma que usou para se defender, a guarda de Tiago estava aberta para um golpe da espada na outra mão. Agindo por instinto e décadas de experiência, Heitor atacou, mas nunca encontrou o alvo. Antes que pudesse abrir uma ferida mortal no jovem, o Machado Nefilim, na inércia do movimento, passou de raspão no braço do lobisomem, provando sangue antes de bater no chão.

Heitor sentiu uma dor rápida e intensa e recuou. A ferida queimava. Era algo que ele nunca sentira antes. Olhando para o corte e depois para Tiago, novamente empunhando o Machado Nefilim entre os dois, ele teve medo pela primeira vez. O inimigo, assim como as peeiras e as bruxas, não mediam esforços para derrotar Dimos. Se quisesse sobreviver, deveria ter muito cuidado.

Endireitando-se, Heitor colocou a espada em riste à frente do corpo e estreitou o olhar, procurando por um ponto fraco ou um local por onde poderia passar a guarda do adversário. Vendo-o mais uma vez girar o Machado Nefilim, parecia que não havia como ultrapassar aquela barreira para atingi-lo. A arma era poderosa tanto na defesa quanto no ataque e, empunhada por alguém com a experiência demonstrada por Tiago, era quase impossível vencê-lo.

A menos que quebrasse sua promessa.

Com um grito que se transformou em rosnado, Heitor assumiu a forma lupina. O corpo se tornou maior e mais forte. A espada em sua mão não era mais necessária e ele a jogou de lado com displicência enquanto deixava pegadas no terreno ao se aproximar do inimigo.

Tiago, esperando pela traição de Heitor, não se intimidou com o tamanho do lobisomem. Nessa forma, apesar de mais forte, o inimigo era mais lento, sendo mais fácil desviar e contra-atacar. A primeira investida resultou em garras rasgando o ar. Girando o corpo depois de escapar, o jovem subiu a lâmina com um grito feroz. Sangue jorrou em seu rosto quando a mão foi decepada.

Heitor soltou um urro de dor e recuou, segurando o coto. Aproveitando a oportunidade, Tiago girou o Machado Nefilim e contra-atacou. Para se defender, o lobisomem estendeu o braço íntegro à frente do corpo. Se não o fizesse, a lâmina o teria cravado pela lateral no abdômen, findando sua vida. Aquilo o salvara, mas às custas de mais um membro que se separava do corpo. Outro urro escapou dele.

Aquilo não era uma batalha, mas sim uma execução. E, para surpresa de Tiago, ele estava gostando daquilo. O poder do Machado Nefilim, pela primeira vez, o consumia. Com ele, o jovem poderia liderar a Thuata Olcán. Para isso, ele precisava apenas acabar com o sofrimento de Heitor e soltar toda a sua fúria em Dimos.

Cerrando os dentes, os olhos brilhando de ódio, Tiago não deixou Heitor se afastar muito. Com um giro do Machado Nefilim, ele subiu a lâmina com ferocidade. Ao atingi-lo na barriga, elevou a arma, rasgando carne e músculos até liberá-la por um dos ombros, deixando no corpo do inimigo uma ferida incurável.

Com os olhos arregalados demonstrando incredulidade pela maneira como fora vencido, Heitor cambaleou para trás e caiu. Sangue escorria dos cotos e da ferida aberta em seu corpo. A dor era tão intensa que ele retornou à forma humana. Os lábios, cobertos de sangue, se moviam em pedido de clemência.

Atendendo ao pedido de Heitor, Tiago lhe concedeu a clemência. Girou o Machado Nefilim mais uma vez e, com um grito de ódio, desceu a lâmina ao encontro da cabeça do homem caído. Antes mesmo que o moribundo pudesse tomar qualquer reação, a lâmina rachou seu crânio ao meio, findando de vez a vida do lobisomem agonizante.

Ao tirar a lâmina ensanguentada da cabeça do inimigo, Tiago levantou os olhos para procurar Dimos. Com o Machado Nefilim firme em suas mãos, falou:

– Um já foi. Dimos, você é o próximo!

67

Depois da morte de Heitor, parecia a Tiago que os lobisomens intensificaram a proteção ao redor de Dimos. Se, sozinhos, não eram capazes de enfrentar o garoto empunhando o Machado Nefilim, eles o fariam em grupo.

Mas, para ele, isso não era problema. Os ômegas, aliando-se ao jovem depois de vê-lo matar Heitor, o cercaram, tomando conta de seus flancos e retaguarda no ataque às criaturas que protegiam Dimos. Pela primeira vez, os lobisomens viam no garoto a liderança que tanto esperaram ter no campo de batalha. Uma liderança de um ômega como eles, não de peeiras.

Com um grito feroz, os ômegas correram contra as feras. Tiago, brandindo o Machado Nefilim, aproveitava-se da investida dos aliados para abrir feridas mortais e decepar membros dos inimigos. A cada golpe, sangue jorrava sobre o garoto, manchando ainda mais suas roupas e seu rosto. Os cabelos longos se soltaram do elástico que os prendiam. A cada giro do jovem para desferir um novo golpe, mechas meladas voavam, seguindo o movimento da cabeça. Da barba revolta, gotas vermelhas pingavam.

Tiago, em sua determinação para matar Dimos, transformara-se em uma máquina de guerra. Com o Machado Nefilim e os ômegas ao seu lado, ninguém poderia pará-lo. O confronto com o lobo branco se tornava mais próximo a cada passo.

Tendo aberto caminho, Tiago deu os últimos passos que o separavam de Dimos. O lobo branco, percebendo o ataque pelas costas, eliminou o lobisomem ao seu alcance, ao enfiar o dedo nos olhos e arrancar a cabeça com ferocidade excessiva, e se virou no exato momento que o Machado Nefilim presunçosamente descia ao encontro de seu crânio.

Dimos, no entanto, era muito maior, mais forte e experiente do que o próprio Heitor, fazendo Tiago praticamente diminuto frente a seu corpanzil. Com um urro feroz, ele segurou o cabo do Machado Nefilim, impedindo que a lâmina encontrasse o alvo. O jovem, percebendo que o ataque fora ineficiente, cerrou os dedos com mais força em torno da arma e tentou arrancá-la da mão do lobo branco. O inimigo, em contrapartida, o trazia para mais perto, fazendo os pés do garoto deixarem marcas arrastadas no chão.

Com os dentes cerrados e os olhos arregalados, medindo força com Dimos, Tiago tentou mudar a posição das mãos sobre o cabo e girar o Machado Nefilim para acertar os membros inferiores do enorme lobo branco. Para sua infelicidade, a fera era muito mais forte do que ele e a arma sequer se mexeu, por mais que usasse toda a força.

Seu rosto estava tão próximo dos enormes dentes do lobo branco que os cabelos e a barba balançavam a cada expiração raivosa do inimigo. Pela segunda vez na vida, Tiago se via refletido nos olhos vermelhos de Dimos. Desta vez, porém, estava mais preparado. Ele era um lobisomem. E, por mais que não gostasse, chegara o momento de liberar a fera interior.

Sem soltar o Machado, Tiago se transformou em lobisomem diante dos olhos de Dimos. Seu corpo se tornou peludo, os braços e as pernas cresceram e tornaram-se mais fortes. O focinho se alongou e, antes que o inimigo pudesse reagir, o garoto cravou os dentes afiados no abdômen do lobo branco, arrancando-lhe sangue.

Dimos soltou um urro feroz e largou o artefato. Porém, antes que Tiago pudesse usar a arma, o lobo recuou um passo e desceu a garra com ferocidade no rosto do inimigo. Um rasgo se abriu em sua face, por onde o sangue começou a escorrer. O impacto fora tão forte que o lobisomem se desequilibrou para o lado, deu dois passos

Capítulo 67

e mergulhou de bruços. A arma escapou de suas mãos e deslizou para longe, abrindo sulcos no terreno pedregoso.

O lobo branco rosnou com ferocidade e avançou contra Tiago. Temeroso, ele tentou rastejar para longe. Com passadas mais largas, o lobisomem ancestral não o deixava se afastar para se levantar. O braço de Dimos estava estendido no alto, as garras reluzindo sob um dos fortes holofotes.

Aquele seria o golpe final contra o único que poderia empunhar o Machado Nefilim. Depois que o fizesse, ninguém mais poderia se colocar no caminho do lobo branco.

Dimos tomaria a posse do Machado Nefilim e acabaria com a Ordem das Rosas Negras.

68

Mirela estava distante de Tiago quando o viu ser ferido por Dimos. Sentindo a urgência de salvá-lo, ela usou uma magia poderosa para transformar em corpos retorcidos os oponentes que a cercavam. Com o caminho livre, correu na direção do lobo branco. Ele era muito maior do que ela, mas a peeira precisava ajudar o ômega a colocar um fim no inimigo ancestral. Faltava muito pouco para eles terem êxito.

Com um grito, ela conjurou um feitiço para conseguir saltar mais alto do que um ser humano era capaz. Aproximando-se pelas costas do lobo branco, ela já preparava uma magia capaz de feri-lo gravemente quando Dimos se virou com agilidade surpreendente e a agarrou pelo pescoço. De um momento a outro, Mirela se transformou de atacante à presa fácil.

Sentindo o aperto na garganta, as garras arranhando de leve o pescoço por onde filetes de sangue escorriam dos cortes superficiais, Mirela se debatia. Os dentes estavam cerrados pela dor, tentando lutar para se manter consciente apesar do aperto que lhe tirava o ar e impedia o sangue de circular até o cérebro. A visão começou a ficar turva. Os frágeis braços, até o momento pressionando as patas peludas na tentativa de escapar, enfraqueciam. Ela estava perdendo a batalha contra as limitações humanas de seu corpo.

Tiago via a cena de camarote e não podia deixar que Dimos matasse Mirela. Levantando-se com dificuldade, o sangue da ferida escorrendo por cima dos olhos o impedindo de enxergar direito, ele cambaleou até o Machado Nefilim e o agarrou com mãos trêmulas. Voltando o olhar na direção do inimigo, percebeu que estava longe demais para conseguir alcançá-lo em um ataque direto antes que a vida de Mirela fosse consumida.

Agindo por desespero, ele girou sobre si mesmo algumas vezes, como um atleta de arremesso de martelo faz, e soltou o Machado Nefilim. A arma ganhou o ar, girando na direção de Dimos. Não haveria como ele escapar daquele ataque. Mesmo que não fosse um golpe mortal, o faria largar Mirela.

Porém a arma nunca alcançou a vítima. No derradeiro momento, alguma força externa interferiu na trajetória, fazendo-a passar ao lado do lobo branco sem tocá-lo e deslizar pelo chão. Não havia, no entanto, nenhuma figura, humana ou sobrenatural, para causar alteração tão significativa a ponto de salvar Dimos. Para Tiago, parecia que alguém havia usado magia para evitar que o lobisomen ancestral se ferisse.

A questão era: quem? Tiago, nos segundos que se seguiram, não conseguia pensar em ninguém. Camila, a única com poderes mágicos ao lado de Dimos, estava morta. A não ser que...

A não ser que houvesse alguém infiltrado na Ordem das Rosas Negras.

Enquanto a vida da peeira era sugada pelo aperto de Dimos, Tiago não sabia mais o que fazer. Em um último ato de desespero, ele correu em direção ao lobo branco, torcendo para Mirela resistir enquanto encurtava a distância. Comparado à força do inimigo, não acreditava ser capaz de vencê-lo em combate aberto, mas era a única opção que lhe restava. Se ele e Mirela estivessem destinados a morrer, o fariam lutando até o fim.

Mas Mirela tinha outros planos. Usando as energias que lhe restavam, os dedos ainda roçando os pelos dos braços de Dimos, ela sussurrou algumas palavras. As mãos começaram a brilhar. Um urro escapou do lobo branco. Desta vez, era ele quem queria escapar, soltar a peeira e correr para longe, mas a magia o impedia. Um globo de luz emanou da jovem e formou uma redoma poderosa que encobriu os dois, Tiago e o Machado Nefilim, ao mesmo tempo que cegava os lobisomens, outras peeiras, ômegas e bruxas em batalhas pelo amplo vale, interrompendo o confronto por alguns segundos.

Quando a redoma de luz desapareceu, Dimos, Mirela, Tiago e o Machado Nefilim haviam sumido.

69

— O que vocês fizeram? – Roberta perguntou, espantada com tamanho poder, enquanto desviava do ataque feroz de um lobisomem e, colocando a mão brilhando na frente da fera, o fez retornar à forma humana.

Accalia, batendo a mão espalmada no peito de um lobisomem e fazendo-o tombar para trás, apesar da aparência do ataque ter sido fraco, respondeu:

— Não fizemos nada!

— Deve ter sido Mirela. — Conwenna, encurralada, fez o peito de um lobisomem explodir com poderosa magia. Voltando-se para os outros que a cercavam, já conjurando outro feitiço letal, independentemente dos esforços para poupar suas vidas, continuou: — Ela não é confiável.

Sem uma liderança para mantê-los unidos, os lobisomens estavam à mercê das bruxas e peeiras. Alguns caíam de joelhos e levantavam os braços, em sinal de rendição. Outros, mais fiéis a Dimos e Heitor, tentavam fugir.

— Não podemos deixá-los escapar! – Ainar gritou.

No alto de uma plataforma sobre o monte pedregoso, por onde partículas de pedras extraídas desciam pela esteira íngreme até o reservatório no centro do equipamento, Daciana conjurou uma magia poderosa que derrubou os três lobisomens em seu encalço. O som de ossos se quebrando foi evidente em meio aos uivos doloridos. Voltando a atenção para as feras debandando, ela disse:

– Eu cuido disso.

Sussurrando palavras na língua antiga, os cabelos esvoaçaram enquanto os olhos ficavam negros. As mãos brilharam com intensidade. A energia se espalhou na direção dos lobisomens em fuga. Quando os atingiu, as pernas deles imediatamente começaram a tremer. A maioria caiu de joelhos no mesmo instante. Alguns, mais fortes, ainda conseguiram dar alguns passos antes de tombarem contra a vontade.

Com a magia de Daciana, os lobisomens de Dimos foram contidos. De joelhos, aos poucos sendo cercados pelas peeiras e pelas bruxas da Ordem das Rosas Negras, eles não eram mais uma ameaça.

A Ordem das Rosas Negras vencera a batalha.

Dimos estava sozinho no confronto contra Tiago e Mirela.

70

Envolvido pelo globo de luz conjurado por Mirela, Dimos não enxergava nada ao redor. As mãos, que segundos antes apertavam o pescoço da peeira, não a sentiam mais. Uma leve brisa começou a acariciar seu rosto, balançando seus pelos brancos enquanto a claridade diminuía. Os pés, até o momento flutuando, tocaram o terreno rochoso ao mesmo tempo em que a luminosidade se extinguia, permitindo a ele, pela primeira vez desde o momento que fora engolido pela magia, enxergar onde estava.

Não era mais noite. Suor escorria devido ao imenso calor. A brisa que fazia seus pelos balançarem não era suficiente para aplacar a sensação desconfortável. Elevando a cabeça para o céu avermelhado, ele viu dois sóis ardendo nos horizontes. Um deles era circundado por anéis, como Saturno. Perdido, começou a girar sobre si mesmo, tentando se localizar. Nunca vira nada parecido no mundo que conhecia. O terreno rochoso parecia não ter fim quando se voltou para o norte, para o oeste e para o sul. Para o leste, no entanto, o piso terminava em uma encosta escarpada, formando um cânion profundo. Do outro lado da larga abertura, o terreno rochoso se estendia a perder de vista. Arriscando um olhar para dentro da enorme fenda, ele viu um estreito risco azul, como se um rio revolto passasse em meio às duas margens do paredão de pedra.

Onde estou? Dimos se perguntou. Sentindo-se sozinho, ele continuou girando sobre si mesmo, não para reconhecer o local, mas para tentar encontrar Tiago e Mirela. Tendo sido a responsável por trazê-lo até aquele mundo desconhecido, a peeira deveria estar em algum lugar daquela vastidão desértica, apenas esperando o momento de arrancar seu coração.

Retornando à forma humana, Dimos gritou:

– Mirela! Apareça! Vamos encerrar nossa batalha.

Os cabelos estilo moicano de Dimos balançaram de leve quando ela apareceu em suas costas. Virando-se com agilidade, fixou os olhos nela e em Tiago, parado ao seu lado, o Machado Nefilim ensanguentado firme nas mãos do jovem novamente na forma humana.

– Onde nós estamos? – Dimos perguntou. – Para onde você me trouxe?

Caminhando com passos acelerados ao encontro do lobisomem branco, a expressão de guerreira tomando conta de suas feições, Mirela respondeu:

– Não é só no nosso mundo que existe uma profecia como a da Sétima Lua. – Com os passos rápidos se transformando em corrida, encurtando a distância com incrível velocidade, ela continuou: – Tiago, esse é meu verdadeiro poder.

Com um salto, Mirela se transformou em um enorme lobo branco. Os olhos eram negros como a noite. Dentes pontiagudos a deixavam com uma expressão mortal. As patas dianteiras e traseiras, apesar de serem mais finas do que as de Dimos, eram tão poderosos quanto as dele. As garras, mais longas e afiadas, deixaram o lobisomem ancestral com medo pela primeira vez em sua longa vida. Os longos cabelos negros agora eram brancos como a neve. O rabo balançava no ar enquanto ela avançava contra o inimigo, as patas deixando marcas no terreno rochoso.

Mirela não era apenas uma peeira.

Naquele mundo, ela era uma *she-wolf*.

71

Na pedreira iluminada pelos fortes holofotes, os lobisomens inimigos foram reunidos no centro de uma circunferência guarnecida pelas bruxas da Ordem das Rosas Negras. No início, alguns deles tentaram resistir, mas a magia era poderosa demais e, sem um líder capaz de combatê-la à altura, não lhes sobraram alternativas além de se entregarem. Sem Dimos e Heitor, eles foram vencidos.

Roberta caminhava na frente deles, o olhar agressivo passando pelos discípulos mais ferozes de Dimos, esperando algum tipo de reação hostil. Tudo o que recebia em troca, no entanto, era um desviar de olhares para o chão.

— Lobisomens e ômegas, vocês escolheram um caminho errado ao jurarem fidelidade a Dimos — Roberta começou. — Sei que muitos de vocês fizeram isso por medo. Mas alguns — e fitou um dos homens barbudos que ela sabia ter escolhido ficar ao lado do lobisomem ancestral — o fizeram por vontade própria.

Caminhando com passos determinados, Roberta ponderava quais destinos aqueles lobisomens mereciam. Circundando-os com passos firmes, ela continuou:

— Eu poderia muito bem mandar executar cada um de vocês. — Os lobisomens enrijeceram de medo. A atitude da Sacerdotisa, no entanto, não passava de uma imagem para incitar medo neles. – Porém não é assim que resolvemos as diferenças na Ordem das Rosas Negras. Portanto, serão nossos prisioneiros enquanto decidimos o que vamos fazer com vocês.

Terminando a volta em torno dos lobisomens rendidos, ela parou na frente deles e terminou o discurso:

– Hoje vocês renascem sob o comando de uma nova ordem. – Virando-se de costas para eles, a Sacerdotisa fez um gesto com as mãos enquanto ordenava: – Leve-os para o calabouço da Ordem.

Antes que o comando fosse cumprido pelas bruxas reunidas ao redor deles, uma leve brisa balançou os curtos cabelos de Roberta. Ao girar o corpo com agilidade e reconhecer o poder da magia que os ventos traziam, ela teve tempo apenas de testemunhar um portal engolindo todos os lobisomens reunidos, levando-os para um lugar que ela desconhecia.

As bruxas e peeiras ao redor estavam em alvoroço. Sem Camila, não imaginavam que aquilo poderia acontecer. Para elas, deveria ter mais uma bruxa ao lado de Dimos, mantida nas sombras até aquele momento.

– Quem fez isso? – Ainar perguntou.

Conwenna e Accalia, entrando em ação, tentaram rastrear o portal. Quase no mesmo instante, seus narizes começaram a sangrar. Os olhos reviraram, não pela magia criada por elas, mas pelo poder mágico da responsável pela abertura do portal e transporte dos lobisomens para um lugar seguro. Se continuassem insistindo, o cérebro delas derreteria.

Com um grito de ódio, as peeiras foram forçadas a encerrar a magia, deixando-os escapar pelo meio de seus dedos.

Uma força muito maior do que elas resgatara a matilha de Dimos. Lançando um olhar raivoso para todos os lados, Roberta gritou:

– Onde está Rebeca?

A bruxa, no entanto, havia desaparecido.

72

A perplexidade de Dimos perante a visão de Mirela se transformando durou pouco. Com um grito feroz, ele deixou o lobo branco tomar conta de seu corpo e avançou. Apesar da surpresa em descobrir que a peeira era uma *she-wolf*, ele era muito maior, mais forte e experiente do que ela.

Pelo menos, era o que acreditava.

A meio caminho de se encontrarem em uma batalha feroz, mais uma surpresa se abateu sobre ele. O lobo branco diante de seus olhos se transformou em dois. Depois em quatro. Em oito. De um momento a outro, Dimos se viu diante de uma matilha de *she-wolves*. A verdade de que seria derrotado o dominou. Não havia como enfrentar Mirela quando os poderes da peeira eram fortes também naquele mundo.

Mas Dimos não iria se entregar. Elevando-se nas patas traseiras, ele urrou com ferocidade e rasgou o ar com as garras afiadas. O primeiro ataque acertou um dos lobos brancos, fazendo-o desaparecer, como uma ilusão que é quebrada com um poderoso golpe. Com agilidade, ele ainda conseguiu desferir mais um ataque contra outra fera, fazendo-a também evaporar.

Mas ele estava em menor número e o que lhe fez acreditar ser uma ilusão se desintegrou diante de seus olhos. Os lobos brancos que o atacaram com garras ou dentes afiados abriam feridas em Dimos, manchando seus pelos de vermelho conforme o sangue escorria. Desesperado, ele girava sobre si mesmo, rasgando apenas o ar com golpes ferozes enquanto os inúmeros inimigos continuavam a abrir cortes largos e profundos nele.

Diante dos ataques, Dimos arregalou os olhos para Tiago, caminhando em sua direção com o Machado Nefilim pronto para desferir o golpe de misericórdia:

– Como se sente provando do próprio veneno, Dimos?

Apesar da desvantagem no combate, os olhos de Dimos brilharam com intensidade. Tudo agora fazia sentido para ele. Estava explicado o porquê de Mirela estar tão preocupada em ter o Machado Nefilim, fazendo-a aparecer em sua mansão para salvar o garoto. Assim como ele, aquela arma era a única que poderia matá-la. Ele apenas não entendia como ela ainda estava viva depois de ter sido ferida pela lâmina com runas angelicais. *Será que ela também fora agraciada com a vida por meu pai?*, ele se perguntou.

Divagar, no entanto, não iria salvá-lo. Ele precisava agir. Deixando escapar um rosnado carregado de determinação, Dimos deu um passo em direção a Tiago. Porém não conseguiu dar o segundo. Um lobo branco pulou sobre suas costas e tentou morder sua jugular. Tendo de desistir do ataque ao jovem, ele levantou o braço no momento derradeiro, quando uma ferida se abriu assim que os dentes se fecharam ao redor do membro, protegendo-se de ser mortalmente ferido.

Tentando se livrar da fera em suas costas, Dimos recuava e girava o corpo para os dois lados. O inimigo, porém, relutava em largar. Sem perceber, nessa briga com a matilha que o cercava, ele se aproximava cada vez mais da beirada do cânion.

Mais um passo e ele cairia.

Sentindo os pés deixarem, aos poucos, a firmeza do terreno, Dimos percebeu o plano de Mirela e de Tiago. Ele estava à mercê de um golpe fatal do Machado Nefilim quando duas possibilidades se desenharam diante dele: correr o risco de enfrentar de peito aberto a lâmina criada pelos anjos ou deixar-se cair no cânion.

Um sorriso mental se abriu quando um pensamento o invadiu: *Mirela não deve estar disposta a se sacrificar para colocar um fim em minha vida*. A dúvida, porém, o consumiu: *Deve?* Com o Machado

Capítulo 72

Nefilim levantado no ar, a poucos metros do alvo, o tempo era escasso para ponderar possibilidades.

Tomando uma decisão, Dimos fechou os olhos e deixou o corpo tombar para trás no momento que o Machado Nefilim descia ao encontro de sua cabeça. A lâmina cravou no chão, abrindo uma pequena rachadura na beirada do cânion, enquanto os lobos brancos mergulhavam em direção ao rio.

Com a queda inesperada, a magia criada por Mirela perdeu força. Uma a uma, as ilusões retornavam à peeira, sobrando apenas o lobo branco nas costas de Dimos, as patas dianteiras envolvendo o largo pescoço da criatura. No olhar dela, estava evidente o desespero. Ela nunca esperara que o lobisomem ancestral tivesse a coragem de se jogar desta maneira no cânion.

Dimos, porém, não agira de tal forma sem ter um plano. Confiando em suas poderosas garras, ele buscava, desesperado, uma reentrância que pudesse sustentar o peso e evitar que mergulhasse em direção ao filete azul no fundo da abertura. Quando encontrou um ponto forte o suficiente para deter a queda, seu corpo bateu contra a parede de pedra. Um uivo abafado lhe escapou. Ferido, ele não conseguiu manter a forma lupina. Isso, porém, não significava nada naquele momento. Ele conseguira se salvar.

Com o impacto de Dimos contra a lateral do cânion, os braços de Mirela escorregaram do pescoço do lobisomem, o único ponto de apoio capaz de salvá-la da queda, as garras cravadas no peito abrindo feridas sangrentas até escaparem por cima dos ombros dele. Sem a sustentação do inimigo, ela mergulhou para o fundo do abismo.

Em queda, Mirela retornou à forma humana. Caindo de costas rumo ao minúsculo filete azul no fundo do cânion, ela arregalou os olhos de pavor. O braço direito, estendido na direção de Tiago, seguro na beirada da abertura, implorava por ajuda enquanto a distância entre eles aumentava.

– Tiago – ela sussurrou.

– Mirela! – Tiago gritou, vendo-a despencar como se tudo ao redor estivesse em câmera lenta. Caindo de joelhos na beirada do cânion, ele estendeu o braço na desesperada tentativa de segurá-la.

Mas ela estava longe demais. Não havia como alcançá-la. Ajoelhado, ele viu, através de olhos marejados, a peeira tornar-se cada vez menor, o braço ainda estendido em sua direção, até ser engolida por completo pelo abismo.

– Aaaaaahhhhhhhh! – Tiago gritou para o alto. Encurvando o corpo na sequência, ele socou o chão algumas vezes.

Apesar de seu sofrimento e desespero, uma risada chegou até ele. Abrindo os olhos, a imagem de Dimos, com inúmeras feridas no corpo agora humano, por onde sangue escorria para o fundo do abismo, segurando-se com todas as forças em uma reentrância na rocha, o alcançou. Ele escalava em direção ao Machado Nefilim cravado na beirada do cânion na intenção de usá-lo para se içar até a segurança do terreno plano.

Levantando-se, Tiago arrancou o Machado Nefilim da fenda onde ficara preso antes que o lobisomem conseguisse alcançá-lo. A imagem de Mirela caindo no abismo ainda estava fresca em sua memória, bem como a morte de Versipélio e de Tala. Lançando a Dimos um olhar de ódio pelo meio das lágrimas que escorriam, gritou:

– Por sua culpa, Versipélio está morto! Por sua causa, Mirela morreu! – Erguendo o Machado Nefilim no ar, ele gritou: – Ninguém mais morrerá por causa de seus atos!

Dimos fitou o artefato com desespero. Ele estava à distância de um golpe. Naquela posição, não havia nada que pudesse fazer. A raiva que o garoto sentia o deixava cego para qualquer palavra que pudesse usar para salvar sua vida. Virando a cabeça de lado até apoiá-la contra o braço estendido agarrado em uma das reentrâncias do paredão, ele fechou os olhos e esperou o golpe.

Mas alguém o queria vivo. Com os olhos fechados enquanto o Machado Nefilim descia ao encontro de sua cabeça, ele sentiu que sua mente era transportada para outro lugar. De repente, estava de pé em um ambiente totalmente escuro. Os pés não balançavam mais no interior da fenda. O chão negro era firme. Naquela imagem mental, não parecia que ele estava pendurado em um cânion, próximo a um ataque capaz de ceifar sua vida.

Diante dele, estava a figura encapuzada.

– Solte-se – ela ordenou. – Eu vou trazer você de volta.

– E minha matilha? – Dimos perguntou.

A mulher bufou, não conseguindo acreditar que Dimos estava preocupado com a matilha enquanto sua vida corria risco. Não

Capítulo 72

havia, porém, tempo de repreendê-lo por tal atitude enquanto o Machado Nefilim descia ao encontro de sua cabeça, motivo pelo qual respondeu à pergunta dele:

– Está a salvo, apenas aguardando seu retorno.

Dimos sorriu. Apesar dos fatos daquela noite terem sido desfavoráveis, a mulher encapuzada resolvera todos os conflitos por ele e ainda veio em seu resgate. Olhando em direção ao rosto coberto pelo capuz, falou:

– Eu achava que conhecia você. Precisava apenas ouvir sua voz novamente para colocar um rosto dentro deste capuz. – Após uma breve pausa, completou: – Muito obrigado, R...

– Você não me conhece! – A voz foi incisiva e carregada de poder. Com um gesto displicente, ela encerrou o encontro mental.

Dimos retornou à realidade praticamente no mesmo segundo que a deixara. O Machado Nefilim ainda descia de encontro à sua cabeça. Abrindo os olhos e elevando-os na direção de Tiago, abriu um sorriso malicioso e se soltou.

– Nãããããoooooo! – Tiago gritou quando viu o corpo de Dimos despencando.

O Machado Nefilim atingiu apenas a rocha, onde, segundos antes, estivera Dimos, e ficou cravado novamente na pedra. Arrancando-o com raiva excessiva, o jovem levantou o braço flexionado e apoiou o cabo da arma atrás da nuca. Mantendo o olhar para o corpo do lobisomem branco tornando-se cada vez menor até ser envolvido pelo clarão de um portal criado, ele teve de se contentar com a fuga do inimigo.

Dimos podia ter escapado naquele momento, mas o jovem jurava mentalmente que iria dedicar sua vida a caçar o lobo branco, nem que precisasse ir aos confins do Universo para isso. Elevando a mão livre de forma inconsciente até o peito, ele agarrou o medalhão que Mirela lhe dera.

– Versipélio, Mirela, Tala... – Tiago falou, passando os dedos pelo medalhão. – Eu vou vingar a morte de vocês. O lobo branco não vai ficar impune.

Mas, primeiro, ele precisava deixar aquele mundo. Sem Mirela, que o levara para lá, Tiago não sabia como fazer para retornar. Pensativo, ainda esfregando o medalhão, ele sentiu o artefato esquentando seus dedos. Uma leve brisa balançou seus cabelos revoltos e melados de sangue dos lobisomens que matara na pedreira. Virando-se, viu-se diante de um portal.

Depois de piscar algumas vezes, sem acreditar na própria visão, Tiago se perguntou:

– Mas, como? – A princípio, ninguém sabia para onde Mirela o havia levado. *Sabia?* Ele se perguntou mentalmente.

Para Tiago, havia apenas uma explicação para o medalhão ter esquentado entre seus dedos e para o portal se abrir de maneira misteriosa: Mirela não morrera no cânion.

Talvez, um dia, eles voltariam a se encontrar.

Abrindo um sorriso carregado de esperança, Tiago atravessou o portal.

EPÍLOGO

Algumas noites depois de um lobisomem ter retornado ao seu mundo através de um portal aberto no cânion onde despencara... Algumas noites depois de um vampiro em chamas despencar do telhado de um hotel... Algumas noites depois de uma locomotiva descarrilhar nos arredores de Cafelândia...

Mergulhado na penumbra, um homem com cabelos moicanos ouvia, de braços cruzados, a proposta de Rodrigo. Erick parecia não gostar do que chegava aos seus ouvidos. A importância do vampiro era praticamente insignificante perante o convidado diante dele, o que o levou a arreganhar os dentes mais uma vez, mostrando as presas para o humano. Não fosse a mulher loira ao lado dele novamente lhe pedir calma e aceitar de bom grado o que lhes era, de certa maneira ordenado, aquele frágil encontro entre figuras sombrias teria terminado em sangue.

O homem de cabelos moicanos pouco se importava com aquela briga idiota. Ele estava gostando de ouvir qual seria o seu papel em tudo isso. Um sorriso se abriu em seu rosto quando percebeu como ele e seus lacaios seriam importantes para o cumprimento dos planos traçados por Rodrigo. Mentalmente, ele era grato pela mulher encapuzada (misteriosa para os outros ali reunidos, pois ele desconfiava da identidade dela, por mais que nunca fosse contar) ter resgatado a matilha. Graças aos atos dela, ele poderia assumir o controle das figuras reunidas naquele local.

Descruzando os braços, inclinou-se para a frente e, deixando-se iluminar pelo ponto de luz sobre o grimório diante de seus olhos, encarou o anfitrião:

– Sr. Rodrigo, seus planos me agradam – Dimos falou. Havia, no entanto, um tom de "mas" que ele logo deixou bem claro. – Eu percebi que, para cumpri-los, a minha participação é fundamental, diferente do nosso amigo aqui. – Ele gesticulou, propositalmente, em direção a Erick. Ignorando as ações da loira mais uma vez contendo o ímpeto vampírico do outro convidado, continuou: – Sem minha matilha, você está fadado ao fracasso. Porém, o que você me oferece em troca não é suficiente.

Rodrigo não gostou do comentário de Dimos. Antes da reunião começar, ele havia se inteirado do que o lobisomem e o vampiro passaram e definira os limites de cada um no plano que desenhou. Ele acreditava que a presença dos grimórios recuperados por ele seria suficiente para controlar as figuras sobrenaturais. Mas, ao ouvir o comentário do homem de cabelo moicano, percebeu que era ele quem pretendia tomar o controle da situação, deixando-o acuado apesar de possuir os livros sagrados.

Não se permitindo levar, Rodrigo desafiou:

– Eu esperava que pudesse aceitar, de bom grado, o que tenho a oferecer. Pelo jeito, os grimórios estão abaixo de seus desejos.

– Não preciso deles – Dimos retrucou de imediato. – Já tenho o poder que preciso para seguir adiante com meus planos. Planos que, inclusive, se misturam aos seus em alguns aspectos.

Rodrigo ouviu aquilo com particular interesse. Havia ali uma brecha que podia ser explorada.

– Por isso é importante você estar ao meu lado. Juntos, podemos ser mais fortes. As garantias de sucesso são maiores.

– Volto a dizer – Dimos rebateu –, não nas condições que me apresentou.

Dimos e Rodrigo se encararam por segundos que pareceram durar horas. Nenhum deles disse nada. Os dois apenas ponderaram as possibilidades e aguardaram a posição do outro. Havia entre eles uma disputa silenciosa por poder. Uma disputa que não agradava a ambos, mas que precisava ter um fim.

Um fim que foi decidido por Dimos. Apoiando as mãos sobre a mesa, ele se levantou enquanto dizia:

– A reunião acabou.

Rodrigo ficou calado propositalmente para esperar por esse desfecho de Dimos. Assim, suas palavras, escolhidas com cuidado, seriam mais eficientes sobre o lobisomem:

– Já que nossos planos se misturam em alguns pontos, você deve saber muito bem que, se sair por aquela porta, seremos inimigos. Se isso acontecer, podemos fracassar, além de arruinar os planos de nossa aliada, que se esforçou muito para nos colocar nesta sala. Porém, se estivermos unidos, volto a dizer, a chance de sucesso será maior. – Após uma pausa proposital para intimidar o lobisomem, Rodrigo continuou: – Você quer colocar tudo a perder por causa desta disputa de poder?

Dimos estancou. Ele sabia que Rodrigo tentava manipulá-lo para aceitar as condições impostas. Pensativo, sabia que o homem tinha razão. A mulher encapuzada, cuja identidade nunca contaria, foi a responsável por ele estar naquela posição de barganhar com o humano. Se a reunião acabasse e ele se tornasse inimigo daquela organização detentora dos grimórios, a batalha seria violenta, principalmente porque Erick estava do outro lado. Se isso acontecesse, ambos perderiam forças que poderiam ser usadas para atingir um objetivo comum. Além do mais, ele frustraria os planos de quem o ajudara a vencer Versipélio e salvara a matilha quando tudo parecia perdido. Por mais que se sentisse um peão em um tabuleiro de xadrez, manipulado pela mulher encapuzada, ele devia a ela.

Deixando escapar um suspiro cansado, Dimos voltou a se sentar e falou:

– Vou ajudá-lo, sr. Rodrigo. Não pelo que me oferece, mas para não frustrar os planos de nossa aliada mais poderosa.

Rodrigo abriu um sorriso. Puxando uma confortável cadeira de rodinhas para se sentar na ponta da mesa retangular, olhou para Erick, para a loira ao lado dele e depois para Dimos. Batendo as mãos abertas uma única vez diante do corpo, disse:

– Cavalheiros, temos um acordo!

Compartilhando propósitos e conectando pessoas
Visite nosso site e fique por dentro dos nossos lançamentos:
www.gruponovoseculo.com.br

- facebook/novoseculoeditora
- @novoseculoeditora
- @NovoSeculo
- novo século editora

gruponovoseculo.com.br

Edição: 1ª
Fonte: Bookmania